公爵の花嫁になれない家庭教師

エレノア・ウェブスター 作

深山ちひろ 訳

ハーレクイン・ヒストリカル・スペシャル

東京・ロンドン・トロント・パリ・ニューヨーク・アムステルダム
ハンブルク・ストックホルム・ミラノ・シドニー・マドリッド・ワルシャワ
ブダペスト・リオデジャネイロ・ルクセンブルク・フリブール・ムンバイ

THE DUKE'S PROPOSAL FOR THE GOVERNESS

by Eleanor Webster

Published by Harlequin Japan, a Division of K.K. HarperCollins Japan, 2024

エレノア・ウェブスター

無骨な靴が必須の、雪山が多いカナダ北部在住だが、ハイヒールと太陽を愛している。いろいろ手作りしてみた結果、創作意欲は書くことを通して発揮するのがいちばんと気づく。歴史と文芸創作で学士号を取得し、現在は心理学の博士号取得を目指している。過去への憧れを文章で表現するのが好き。

主要登場人物

アビゲイル・カーステンズ……住み込みの家庭教師。愛称アビー。
ミセス・ハリントン……アビーの亡き母の親友。
ルシンダ……アビーの親友。ミセス・ハリントンの娘。愛称ルーシー。
イグナシウス……アビーの教え子。ミセス・ハリントンの息子。愛称イギー。
フレッド夫妻……ハリントン家の使用人。
ミス・ブラウンリー……アビーの恩師。故人。
ランドルフ……エルムセンド公爵。ランズドーン卿。
ミセス・ハリントンの遠縁。愛称ドルフ。
マデリーン……ドルフの姉。レディ・スタンホープ。
スーザン……マデリーンの娘。
ジェイソン……マデリーンの息子。
バーナビー……ドルフの亡き兄。
ベントン……ドルフの侍従。執事。

プロローグ

「ミセス・ハリントンが謁見を求めておいでです」

ベントンが図書室の入り口から仰々しく告げた。

ランズドーン卿《きょう》ことエルムセンド公爵は、無用の邪魔立てを受けて顔を上げた。「謁見？　ぼくは法王じゃないんだがな。それに誰なんだ、そのミセス・ハリなんとかというのは」

「ミセス・ハリントンです」ベントンがくり返した。

「亡きご母堂のご親戚です」

「ということは貧乏人だな？」

「存じあげません」

「一人の女性はいったい何人の貧乏な親戚を持てるものなんだ？」彼はぼやいた。

「存じあげません」

「で、そのミセス・ハリントンがぼくになんの用だ？　おっと、〝存じあげません〟なら言わなくていいぞ。どこに案内した？」

「応接間でございます」

「体調がすぐれないと伝えろ」

「はあ、またも二日酔いでございますか」ベントンはその言葉に小さな舌打ちを添えた。先代公爵がよくたてていた音だ。

ランドルフ――ドルフは天井を見あげた。ありがたいことに、そこには心地よい空白があった。亡き母はよりによってキューピッドを装飾に使うことに凝っており、被害をまぬがれた部屋は少なかった。

「わかったよ、会ってみよう。顔も知らない親戚をがっかりさせるのはやめてやるから、おまえも恨めしそうな顔をするのをやめろ」

「ご母堂はたいそう親切なお方でございました。ご親戚を大事にしておられました」

「問題はその親戚の数が多すぎることだ」ドルフは言った。「しかも貧乏人ぞろいときている」

そのボンネットは実に興味深かった。貧乏人がかぶるには、あまりにど派手すぎるしろものだ。かぶりものというより果樹園に近い。いや、ぶどう畑か。八百屋の店先にも似ている。ミセス・ハリントンは南国の果物を売る八百屋をおしゃれの手本にしているのかもしれない。ところで八百屋では南国の果物も売るのだろうか？　ドルフは八百屋業界には精通していなかった。

「ランズドーン卿！」トランペットのような甲高い声が、ドルフのもの思いを破った。

「ミセス・ハリントン」ドルフは一礼し、相手の向かいに腰を下ろした。ミセス・ハリントンは中年の女性で、ふくよかな体を包む黒い喪服がボンネットと対照的だった。

「お目にかかれてうれしいですわ。亡くなったお母さまから聞いておいででしょうけれど、私はあなたさまの親戚ですの。ハロゲートから参りました」

「そうでしたね」ドルフは言った。ありえない話ではない。母は大家族の出身なのだから。それに、同意するほうが反論するよりも面倒が少なそうだった。

正直に言えば、ドルフは母のとりとめのないおしゃべりを真剣に聞いたことがなかった。ドルフはため息をついた。おかしなものだ、昔はうるさいとしか思えなかったものが、二度と聞けなくなった今ではなつかしくなるとは。

ドルフは感傷を頭から追い払い、会話相手に視線を戻した。「ご用件はなんでしょう。それとも単に、親戚のよしみを深めにいらしたのですか？」ドルフはものうげに長い脚を暖炉のほうへ伸ばした。

ミセス・ハリントンは衣《きぬ》ずれの音をさせながら身

を乗り出し、特大の声量で話を続けた。亡きミスター・ハリントンは耳が遠かったのだろうか、とドルフは思った。「ええ、その、あなたのお母さまはとてもご親切な方で、いつも私どもにクリスマスカードを送ってくださいましたの。うちのルシンダにはかわいい贈り物まで添えて。ほんとうにご親切な方でしたわ。あなたのお父さまとお兄さまが亡くなられたとき、お母さまはひどく気落ちしておられました。私たち、お悔やみの手紙を送ったんですの。そうしたらお返事をくださって。お辛いときでしたのにね。ともかく、そのお返事で私たちは希望を持ったんです、ロンドンに行けば……そうしたらきっと……あなたの親切なお母さまが……私たちを社交界に紹介してくださるんじゃないかと。そして私たちの……うしろだてになってくださるんじゃないかと……」

　ドルフは体をこわばらせた。胸を刺した鋭い痛みが憎かった。自分の傷つきやすさが憎かった。「なるほど、母の死でその計画が頓挫したわけですか」

「私、困りはてましたわ」ミセス・ハリントンは手を握りしめた。「でもお母さまの訃報が届いたときにはもう、家を人に貸す手配をすませておりましたし、荷造りも全部終わっていました。そこで、ともかくロンドンに行って最善の結果に期待しようと思ったんです」

「最善の結果？」

　ミセス・ハリントンの幅の広い、人の良さそうな顔が紅潮した。「ええ、あの、夫は少し前に亡くなったんですけれど、私、ルシンダの持参金用に少しばかりお金をとっておきましたの。たいした金額ではありませんが、縁談がまとまったときに困らない程度のものを。そういうわけで、あなたが親戚のよしみで社交界に紹介の労をとってくださらないものかと――」

ドルフはまばたきし、二日酔いの重い頭で込み入った話をどうにか整理した。「そういうことなら、ぼくより姉のほうが適任なのでは？」

「お姉さまはいつ訪ねてもお留守なんです」

もちろんそうだろう。姉は他人のためにひと肌脱ぐような人間ではない。相手の社会的地位が低ければなおさらだ。「都合のいいことだ」ドルフはつぶやいた。「ところで、あなたとぼくの母は正確にはどういう血縁なんでしょう？」

「あなたのお母さまのおじさまが、私の母のまたいとこなんです。いえ、またまたいとこだったかしら。でなければお母さまの――」

ドルフはもういいというように手をふった。瑣末《さまつ》なことだ。母は親戚ならどんなに遠い関係でも援助していた。祖父が運よく一代で築いた富は、母の胸に今もまだかつかつの暮らしを送る親戚たちへの罪悪感を植えつけたのかもしれない。

父は母のそんな習慣を軽蔑していた。いや、母そのものを軽蔑していた。母は称号も、先祖代々の領地も持っておらず、社交界でうまく立ちまわる術《すべ》も身につけていなかった。気を抜けばヨークシャーなまりが出る母だった。

だが母は大金持ちで、父は一文なしだった。

ドルフは椅子の肘掛けを指でトントン叩《たた》いた。音が頭に響いたので、手を止めた。

「娘に会えば、きっと気に入っていただけますわ。とても器量よしなんです」ミセス・ハリントンは話に熱が入るとますます早口になった。「作法もしっかり身についています。絵も上手ですのよ。フランス語も話せます。あれはとても音楽的な言語だと、私はつねづね思っておりますの。わが家の家庭教師がとても流暢《りゅうちょう》に話しますのよ」

長々と続く称賛の言葉はドルフの脳裏に、いまだに母の部屋に残るラベンダーの濃い香りを、母の書き物机や長椅子のクッションに染みついた残り香をよみがえらせた。ドルフが爵位を継いだ頃、母はよくこんな話をしていたものだ。母は結婚相手にふさわしい令嬢たちの名を挙げ、上品な顔立ちや感じのいい微笑、信じがたいほどの音楽の才を褒めたたえた。

　ドルフはその手の話が嫌いだったし、自分が後継ぎであることもいやだった。

　ドルフは唐突に立ちあがった。「そろそろ失礼しなければ」

「はい、あの、どうぞお構いなく」ミセス・ハリントンは首筋まで真っ赤になった。

　今のは無礼なふるまいだ。彼は無礼さを憎んでいた。それは自制心の欠如のあらわれであり、不親切だった父を連想させるからだ。

　ドルフは一礼した。「お会いできてよかった。ベントンに名刺を渡しておいてください。今週の後半にでも、今度はぼくからお訪ねしましょう」

「なんてうれしいことでしょう――」

　自分が求めると同時に憎んでもいる静かな虚無を渇望しながら、ドルフは呼び鈴を鳴らした。

1

軽快なノックの音に、アビーは飛びあがった。ロンドンに来て以来、ハリントン家は訪問客を迎えたことがなかった。しかも間の悪いことに、今は家族全員が出かけている。

アビーはしぶしぶ縫い物を脇に置き、玄関へ続く狭い廊下を通り抜け、扉を開けた。

戸口には紳士が立っていた。その体は驚くほど大きかった。ヘシアンブーツが背の高さを強調しているが、肩幅の広さも半端ではない。厚手のオーバーコートのおかげでさらに大きく見える紳士の体が、玄関ホールをふさいでいた――とはいえ、玄関ホールの狭さを考慮に入れると、そこまで異例の事態というわけでもないのだが。

「こんにち――」アビーが慌てて口にした挨拶は、バジルの四つ足がとどろかせる音でさえぎられた。

その直後、巨大な犬にうしろからぶつかられ、アビーは訪問客のほうへつんのめった。一瞬、時間の流れが止まり、アビーはオーバーコートに埋もれた自分の顔が紅潮し、煙草《たばこ》のにおいが混じった男性的な香りが鼻孔に流れこんでくるのを意識した。手が本能的に紳士の肩のほうへ伸びかけた。

「バジル！」アビーははっと息をのみ、急いで紳士から離れると、転がるように玄関先の階段を駆けおりた。「その子を止めて！」

バジルは階段の一番下までたどり着き、今にも通りに飛び出そうとしていた。

大きな体からは想像もつかない敏捷《びんしょう》さで紳士がくるりとふり返り、階段を駆けおりると同時にぼろぼろのリードをつかんだ。間一髪、バジルはぐいと引き戻された。

「君の犬だね？」紳士がリードを手渡した。

「ありがとう」アビーはリードを強く引いて玄関前まで戻った。バジルはアビーのすぐ近くに座り、あやうくアビーのスリッパがバジルのおしりの下敷きになるところだった。「あなたはランズドーン卿《きょう》ね」

「そうだ」

「お入りになって」

正直なところ、アビーは彼を喜んで迎える気にはなれなかった。むしろ腹をたてていた。音沙汰がないまま一週間が過ぎた今、ミセス・ハリントンはランズドーン卿が訪ねてきてルーシーの社交界デビューを助けてくれるという夢のような考えを捨てる気になっていたし、アビーもそれに賛成だった。アビーの父はとっぴな思いつきやむなしい夢にしがみついて、多くの時間を無駄にしたものだ。

一方、アビーは断固とした現実主義者だった。

重たい体を動かすのが急に億劫《おっくう》になったのか、アビーの脚にずっしりと体重を預けてくる手に負えないいたずら犬を引っぱりながら、アビーは玄関から中に入った。あとからランズドーン卿もついてくる。どういうわけか、彼がそばにいると気持ちが落ち着かない。卿の大きな体が狭い廊下を埋めつくしてしまったようで、息苦しい。

そんなことは科学的にありえないわ、とアビーは自分に言い聞かせた。たしかにこの廊下は狭いけれど、人一人の体で埋まるほどではない。私の気持ちが落ち着かないのは、彼がこの三十一番地には似合わない客だからだ。

ただし、三十一番地に似合う客とはどんな人物なのか、アビーがはっきり知っていたわけではない。なにしろ今日までハリントン家を訪れた客は一人もいないのだから。

「扉を閉めようか？」ランズドーン卿が訊《き》いた。

「ええ、お願いします」アビーは廊下を後退しながら言い、あやうくバジルにつまずきかけた。「こら、行きなさい！」アビーは反省の色がない犬に命じた。「イギーの部屋にいなくちゃいけないのはわかってるはずよ」

バジルはしっぽをふり、意外にも命令に従って、木の床に爪痕を残しながら階段を駆けあがった。

犬のほうが片づくと、アビーは訪問者を客間へ通すために引き返した。「ミセス・ハリントンは外出中ですから、中でお待ちになって」

客間の前で足を止め、アビーは客をちらっと見た。彼のすべてがこの貸家と対照的だ。ぴんと立ったシャツの襟も、おしゃれなクラバットの結び目も、爵位持ちの貴族らしく洗練されており、この貸家の家具や飾られた絵画の野暮ったさが悪目立ちする。

塗料が剥げた手すりや、けばだった絨毯《じゅうたん》など、財政難を示す証拠には気づかないふりをすると決めたのか、彼の顔には礼儀正しい無関心が浮かんでいた。

その礼儀正しさがまたアビーの癇《かん》にさわった。きっと口先では立派なことを並べて、行動は起こさないタイプだわ。紳士とはそういう人たちだ。父の教区でもそうだった。地主のアシュリー一族は、小作人の待遇改善のための提案に愛想よく賛成はしても、なに一つ実行に移さなかった。

しかもランズドーン卿はただの地方地主ではなく、紳士階級の中でも最上流の、社交界の一員なのだ。

ミセス・ハリントンが言っていたとおりの人だわ。

私が思っていたとおりの人。

そして心配していたとおりの人。

「ランズドーン卿、質問してもよろしいかしら？」

彼は片方の眉を吊《つ》りあげた。黒い髪、角張った顎、そして高い頬骨が、強情で妥協を知らない性格という印象を与える。

アビーは背筋をしゃんと伸ばした。「この訪問の目的を教えていただける？」

これはこれは。今すぐ礼儀作法を直さないと、このお嬢さんは社交界に八つ裂きにされるぞ。ドルフはミス・ハリントンをじっと観察してみたが、印象はたいして良くならなかった。しゃれっ気がまったくない。母親が派手好みなのに、娘のほうは正反対らしい。ドレスは地味なグレー、茶色い髪は高いひたいからうしろに流し、流行とは無縁のひっつめ髪にしている。眉は色が濃くてまっすぐだ。そして眉のすぐ下の青い目は、面食らうほどの強さで彼を直視していた。

「その質問はぶしつけな印象を与えかねないな」ドルフは言った。このお嬢さんには誰かが厳しく言ってやる必要がある。

「私の父が言いそうなせりふだわ」彼女は平然と答えた。

「君の父上は分別のある紳士らしい」

「そうでもないわ。むしろ正反対。父は社交辞令を重んじていただけ。私は率直にものを言うほうが好きなの」彼女の視線はゆるがなかった。その目のはっとするような美しさは、ドルフも認めざるを得なかった。長いまつげにふちどられた大きな目だ。瞳は空のように澄んだ青で、思わず吸いこまれそうな磁力がある。

流行も愛らしさも無視した髪型だが、髪そのものは豊かで濃い栗色《くりいろ》だ。顔はハート型で、首はすんなりと優雅に長く、肌は色白できめ細かい。

万人が美人だと思うタイプではないが、それでも彼女には言葉にしがたい魅力があった。

「残念ながら」ドルフは会話に注意を戻した。「ぼくはこの十年というもの、率直にふるまったことがない。率直な会話とは、座ってはできないものだったかな？」

彼女は肩の線をぴくりとこわばらせたが、それでも扉を開け、迷いのない足取りで室内に入った。ドルフはオーバーコートを脱いでコート掛けに掛けてから、狭くて薄暗い客間に入った。暖炉の火は弱々しかった。家具はそこそこ質のいいものが置かれ、部屋の雰囲気を明るくするためか、サイドテーブルには花を活《い》けた花瓶があった。

「どうぞ、お掛けになって」彼女は小さな肘つきの長椅子を手で示し、自分は暖炉のそばの背もたれがまっすぐな椅子に座ると、スカートの皺《しわ》を伸ばしながらドルフのほうを見た。答えを待っているようだ。

ドルフも腰を下ろした。「目的というほどのものはない。ミセス・ハリントンから訪問を受けたから、礼儀として訪問を返しに来ただけだ」

彼女は眉根を寄せた。「そうでしょうね。ただあなたにとっては単なる返礼のつもりでも、ミセス・ハリントンは約束と解釈しかねないのよ」

「約束？」

彼女はいったん黙り、指でドレスのスカートをなぞって衣《きぬ》ずれの音をたてた。「ミセス・ハリントンは底抜けの楽天家なの。きっとあなたがミス・ハリントンの社交界デビューを助けてくれると信じてしまうわ。ミス・ハリントンがすばらしい良縁に恵まれて、ハリントン家の諸問題はおとぎ話のように一瞬で解決すると」

ドルフはいつもの完璧なマナーを忘れ、一瞬相手を凝視した。「君はミス・ハリントンではないのか？」

「まさか」笑みが彼女の顔をぱっと輝かせた。この変貌ぶりにはなんとも言えない魅力があった。表情がくるりと変わったせいかもしれないし、ユーモアのセンスがちらりとのぞいたせいかもしれない。

「私はミス・カーステンズ、家庭教師よ」

　それで合点がいった。考えてみれば、この家の令嬢であるミス・ハリントンが自分で玄関の扉を開けるわけがないのだ。それに目の前にいる女性は、作法がしっかり身についた若いレディには見えない。かといって家庭教師にも見えないが。彼女は姉の屋敷で影のようにひっそりと暮らしている、哀れっぽい従順な生き物とは大違いだ。

「これは失礼。ミス・ハリントンに家庭教師がついているとは思わなかった」

　ミス・カーステンズの笑みがさらに広がった。

「あら、もちろんついていないわ。ルーシー、つまりミス・ハリントンの教育は仕上がっているもの。私が教えているのは彼女の弟。イグナシウスよ」ミス・カーステンズは、その仕事には多大な忍耐力が必要なのだというように天を仰いだ。

「あの犬の飼い主か」ドルフは推測した。

「ええ、バジルとイグナシウスは相思相愛なの。イグナシウスはバジルを博物館に連れていけないからふてくされていたわ」

「ぼくが思うに、バジルは博物館で歓迎される客ではなさそうだな」

　ミス・カーステンズはくすくす笑った。気持ちのこもった、温かく自然な笑い声もまた、さっきまでの厳しい態度からは想像がつかないものだった。

「そのとおりよ。イグナシウスだけでもどんな騒ぎを起こすかわからないのに。私が監督に行ければよかったんだけれど――」そこで彼女は針仕事用のかご、その一番上に置いた縫いかけの布を目で示した。「仕事が山積みだから」

　なるほど、ミス・カーステンズは家庭教師のほかに従僕と侍女も兼ねているわけだ。ハリントン家の苦しい台所事情が判明したところで、二人は最初の話題、ミス・ハリントンの社交界デビューに向き合うほかなくなった。ドルフは身じろぎした。家庭教師を相手に雇用主の経済状態を話し合いたいとは思わないが、ミス・カーステンズの断固とした口元とゆるぎないまっすぐな視線を見れば、これが避けて通れない話題であることはわかった。

「それで君は、ハリントン一家が帰ってきたら、ぼくになにを話せと言うんだい？」ドルフは訊いた。

ミス・カーステンズは少し黙ってから答えた。

「とにかく正直に話してほしいわ」

ドルフは唖然《あぜん》とした。おまえは嘘《うそ》つきだとほのめかされたようで心外だったし、女性にこんな口をきかれるのは初めてだった。「ぼくに嘘をつく癖があるとでも思っているのか、ミス・カーステンズ」彼はベントンでさえ震えあがるような声で言った。

「あなたとは癖を把握するほど親しい関係じゃないけれど」ミス・カーステンズはまったく震えずに言った。「たいていの紳士には気まずい状況を避けるために真実を曲げる癖があるわ」

彼女の意見は正しく、それだけに腹立たしかった。

「つまり君には癖を把握するくらい親しい関係の紳士が大勢いるわけだ」ドルフは彼女の平静を崩してやろうと言い放った。

「いいえ、どちらかといえば紳士階級よりも小作人たちと親しくしているし、彼らの率直な正直さのほうに好感を持っているわ。私の見るかぎり、ありあまる富を持つ地主階級よりも、貧しくつつましい農夫たちのほうが、みずからの義務に対して誠実なようね」

「なるほど」ドルフは自分がいつになく動揺しているのを意識した。「では、不誠実な上流階級生まれのぼくがいったいどんな詭弁《きべん》を弄するか、君は仮説を立てたのかい？」

驚いたことに、彼女はあっさりうなずいた。「あなたにはレディ・スタンホープというお姉さんがいるでしょう。ミセス・ハリントンが何度訪ねても彼女はお留守だったそうよ。ずいぶん都合のいい話よね。もちろんミセス・ハリントンにではなく、レディ・スタンホープにとって好都合という意味よ。おそらくあなたは、社交界デビューを控えた令嬢がいるレディ・スタンホープにミス・ハリントンの面倒もみてもらえないか訊いてみよう、とかなんとか言ってお茶を濁すつもりなんじゃないかしら」

ドルフはぎくっとした。まさにそうするつもりでいたからだ。母方の貧しい親戚の相手をするのに、姉のマデリーンを巻きこんでいけない理由はない。

「べつに悪い計画ではないと思うが」ドルフはきまり悪そうに言った。

「ええ、うまくいくはずがないことを除けばね。ミス・ハリントンはとても美人なのよ。はにかみ屋だけど、いったんうちとければ本来の魅力を発揮するわ。わが子の注目を奪いかねない娘の面倒をみたがる母親なんていないでしょう」

ドルフは思わず笑い声をあげていた。「君はほんとうに率直にものを言うんだな」

「そのほうが時間の節約になるもの」またもやほほ笑みがきまじめな表情を輝かせ、言葉の厳しさをやわらげた。

「君はもっと笑ったほうがいい。とてもきれいに見える」

彼女は唇を嚙《か》み、赤くなった。思いがけない動揺ぶりに、ドルフの心はなごんだ。「ランズドーン卿、そういう発言は不適切だと思うわ」

「ぼくは練習しているだけだ」

「なにを？」

「正直な話し方を」

彼女はますます赤くなった。「そういうのはお世辞と言うのよ、閣下」

「たいていの女性はお世辞が好きなものだ」

「だとしたらあなたはつきあう女性のタイプを変えたほうがいいわ」

「間違いないな」ドルフは言った。

彼の最後の言葉の強さと、苦笑の形にゆがんだ唇に、アビーはどぎまぎした。

またもや息苦しさに襲われたアビーは、手近なものに集中することで平静を取り戻そうと、冬の陽射《ひざ》しが浮かびあがらせる窓の染みに目をやった。

だが窓の染みには効果がなかったので、今度は色あせた壁紙に集中しようとしたが、気づけば視線はランズドーン卿の彫刻のような口元や、意志の強そうな顎の線や、ほほ笑んだときにだけあらわれる左頬のえくぼや、かすかに緑がかかった灰色の瞳に吸いよせられてしまう。

情熱と知性のうかがえる瞳だわ、と思ったそのとき、激しい吠《ほ》え声が静寂を破った。

アビーは珍しく安堵《あんど》のため息をついた。アビーは簡単には動揺しないだけの人生経験を積んできた。父と神学を、恩師であり友人でもあったミス・ブラウンリーとは政治学を議論したし、教区民からはありとあらゆる病気の話を――人前では話しにくい性質のものも含めて――聞いてきたのだ。だがミスター・エドマンズからしつこいおできの話を聞かされたときですら、こんなふうに胸騒ぎがしたり、気持ちがざわついたりはしなかった。

「ミセス・ハリントンだわ。博物館から帰ってきたのね」アビーが言ったとたん、ミセス・ハリントンとルーシーが扉を開け、弁解がましい挨拶を並べ立てながら入ってきた。

「まあまあ、ランズドーン卿！　お会いできてうれしいやら、直接お出迎えできなくて申し訳ないやらですわ」ミセス・ハリントンの顔は残念そうだったが、小娘のような興奮に染まってもいた。「今日いらっしゃると知っていたら、出かけたりしませんでしたのに。ミス・カーステンズが留守番でよかった。でもあなた、まだ飲み物をお出ししていないのね？　まあまあ、公爵さまの喉はからからですよ。いったいなんとお思いになるか――」

　その言葉をさえぎったのは、そろって部屋に飛びこんできたイギーとバジルだった。バジルは大はしゃぎでソファのまわりをぐるぐる駆けまわり、クッションをくわえると、ネズミのようにふりまわした。

「イグナシウス！」ミセス・ハリントンは吠え声に負けじと声を張りあげた。「お願いだから、そのおばかさんな犬を連れていってちょうだい。いったい公爵さまがどう思いになるでしょうね？」

「バジルはばかじゃない」イギーは退屈しきった九歳の子供らしいふくれっつらで言った。「すごく賢いんだよ。ネズミでもなんでも捕まえるんだから」

　ミセス・ハリントンは恐ろしい形相になった。

「そういうことを言うものじゃありません」

「どうしていけないのさ。だってこの家はネズミだらけじゃないか！　外もだよ、裏通りとか、ごみの中に――」

「イ・グ・ナ・シ・ウ・ス！」ミセス・ハリントンは一音節ずつ強調しながら叫んだ。

　アビーは立ちあがった。ミセス・ハリントンの声帯が張り裂ける前に介入したほうがいいだろう。

「私がバジルを台所へ連れていきましょう。そろそろミセス・フレッドも戻ってきているでしょうし、バジルにはクッションより食べごたえがあるものをあげられるわ」

「そうしてちょうだい、紅茶の用意もお願いね」ミセス・ハリントンは熱心に言った。「古代のがらくたを見物したらひどく喉がかわいてしまったわ。それにランズドーン卿もお茶を召しあがりたいでしょうから」

アビーは眉根を寄せ、問題の紳士をちらっと見た。

「どうかしら。きっとお忙しいと思うけど」

だが、腹立たしい紳士はアビーの言葉の真意を汲《く》むどころか、長い脚を暖炉のほうに伸ばし、挑発するように片眉を上げた。彫刻のような口元に皮肉な笑みが浮かび、片頬にえくぼがあらわれた。彼はミセス・ハリントンのほうをふり返った。「ぜひともいただきましょう。親戚どうしのお茶会はいつでも楽しいものだ」

アビーは台所に向かった。疲れているわけでもないのに息苦しい。うしろからイギーが足を引きずってついてくる音がするが、それをかき消すように客間から笑い声や陽気な声が聞こえてきた。

なんて腹立たしい。

ランズドーン卿は、アビーの嫌いな貴族の特徴を凝縮したような男性だ。澄ましきった冷ややかさ、うぬぼれ、自分はしもじもの者とは違い、生きているだけで価値があるという不遜な確信。

ミス・ブラウンリーはそういうものを憎んでいた。アビーの恩師だった彼女は流行とは無縁の思想の持ち主で、大胆にも、人の価値は富でも性別でも国籍でもなく、人が人であることから生まれると提唱していた。

もしミス・ブラウンリーがここにいたら、愛用の小さな嗅ぎ煙草入れからひとつまみ吸い、なぜエルムセンド公爵は私たちにちょっかいを出すのかと考えただろう。権力者が弱者に近づいてくるのはなにか魂胆があるときだけだ、と彼女は固く信じていた。

それにランズドーン卿はなんとなくアシュリー家の人々に似ている。軽薄な態度やしゃれた服装、そしてユーモア精神のあらわれというよりも、あらゆるものを軽視するために冗談を飛ばすところが。

「さっさといらっしゃい」アビーはイギーに向かっ

て腹立たしげに言った。

　イギーは足を引きずって歩くのをやめ、今度は片足跳びで廊下を進んできた。「ぼく、脚を一本なくしたふりをしてるんだ。海賊みたいにね。海賊って一本足の人が多いでしょ」

「台所の階段に着く前に、奇跡的な回復を遂げたことにしたらどう？」

「えー……」イギーは顔をしかめたあと、ぱっと笑顔になった。「いいこと考えた。ぼく、松葉づえより便利な道具を発明しようかな。元の脚と同じように動く義足なんてどうだろう。関節もつけてさ。それでお金をたくさん儲《もう》けるの。みんな新しい脚が気に入るよ、なんせ元の脚よりいい義足だからね。母さんが言ってたよ、ぼくらの親戚のお父さんだかおじいさんだかが、なにかを発明したって」

「おじいさんよ。そして脚とはなんの関係もない発明よ。たしか織物関係だったと思うわ。ランズドーン卿のおじいさんは織機を作ったの」アビーはうわの空で言いながら、イギーと一緒に緑色のベーズを張った扉を通り抜けた。ハロゲートではランズドーン卿の祖父の発明がいまだに語り草になっている。地元出身の発明家の成功が、彼らの未来も明るくしてくれるのではないかという期待をこめて。

「ランズドーン卿も発明に詳しいかな？　模型か設計図を相続したかもしれないな。発明家って模型を作るものだからね」

「さあ、どうかしら。とにかく公爵を質問攻めにしてはいけませんからね」アビーは台所に入ると少しほっとした。イギーとバジルはかわいいが、どちらもうんざりするほど手がかかる。

　半地下の台所は、アビーがこの家で一番好きな場所だった。ケーキとスパイスのにおいが漂い、暖炉では火がパチパチと音をたてて燃え、二枚の高窓から差しこむ午後の光が床に琥珀色《こはくいろ》のモザイク模様を描いている。

ミセス・フレッドがやさしい笑みを浮かべて顔を上げた。アビーはフレッド夫妻を生まれたときから知っている。母が体を悪くしたあとのアビーの慰めといえば、ルーシーと一緒に温かな安らぎに満ちたハリントン家のこぢんまりした台所へ遊びに行くことだった。

「紅茶が必要そうですね」ミセス・フレッドはそう言うと、食器用ふきんを置いてティートレイに手を伸ばした。ミセス・フレッドは紅茶があらゆる非常事態を解決すると信じていた。「ちょうどスポンジケーキが焼けたところですよ。不思議と今日は焼かなきゃいけない気がしたんです。マチルダ大おばにそうしなさいと耳打ちされたような気がして。そうしたらほら、すてきな紳士が訪ねてきたでしょう」

「ふん！」アビーは疑わしそうに言い、銅のやかんを手に取って食器室に入った。「マチルダ大おばさんもせっかく幽霊になって出てくるなら、その紳士を脅かして追い払ってくれればいいのに」

「まあ、どうしたんです、そんなにカリカリして。その紳士が好きになれないんですか？」

「知るもんですか」アビーは言った。「これ以上親しくなりたいとも思わないわ。ただ、ミセス・ハリントンが舞いあがってしまうような適当な話を吹きこんでもらいたくないだけ。そうなったらミセス・ハリントンはドレスだのなんだのになけなしのお金をはたいてしまうだろうし、かわいそうなルーシーはどこにも招待されず、この貸家にぽつんと座っているはめになるわ。いっそハロゲートに帰るほうがいいのよ。帰ればミセス・ハリントンを歓迎してくれる友達が大勢いるし、この家のお金もしばらくはもつだろうし、ルーシーも緊張せずにすむんだから。ロンドンに来るという考えは、先代公爵夫人が健在だった当時でさえばかげていたわ。その娘がハリントン家との交際を望んでいるならまだ意味があったかもしれないけど。でも先代公爵夫人は亡くなってしまったし、レディ・スタンホープは無視を決めこんでいるありさまだわ」

「でも現公爵のランズドーン卿はお返しの訪問に来てくれたじゃありませんか」

アビーはあきれたように天井を見た。「お姉さんの反応のほうがまだ正直だわ」

ミセス・フレッドは笑った。「それは単に失礼なだけですよ。イギリス貴族全員がアシュリー家のようだと思っちゃいけません。たしかにあの一族は地主として悲しいくらい無責任ですけど、アシュリー家を基準に世の中を判断してはいけませんよ」

「世の中を判断してはいないわ。貴族階級の人たちだけよ」アビーは反論しながら、カップとソーサーを取り出した。アビーの父はつねに楽天家だった。次男として生まれた父が軍人ではなく聖職者の道に進んだのは、殺すことが嫌いで演説が好きだったからだ。だが父は週に一度の熱烈な説教以外には職業的な喜びを見出《みいだ》せなかった。そして退屈のあまり牧師にふさわしくない趣味に熱中したので、母は短かった人生の貴重な時間を夫の飲酒やギャンブル、馬の早駆けをやめさせるために無駄遣いすることになった。

「私はミセス・ハリントンとルーシーに無駄な希望を抱いてほしくないだけよ」

ミセス・フレッドがアビーの肩をぽんと叩《たた》いた。

「人生には希望が必要なんですよ」

「父さんがアシュリー卿につきあって希望にしがみつく時間を減らしていたら、それだけみんなのためになったと思うわ」

父はいつも次に配られるカードで、次のさいころの目で、次のレースで、今までの負けが取り返せると信じていた。

そんなことは一度もなかったのに。

「お父さまの事故の全責任がアシュリー卿にあるわけじゃないでしょう」ミセス・フレッドの穏やかな言葉が、アビーを過去から台所に引き戻した。

アビーは胸を貫いたいつもの痛みを、肩をすくめてごまかした。「アシュリー卿が撃ったライフルの銃声に馬が驚いたのよ。アシュリー卿が自分の領地に興味を示すのは、狩猟の会を主催するときだけだったわ」

ぼんやりとカップのふちをこすると、泣き声のような甲高い音がした。胸に迫るのは父との思い出ばかりではなかった。故郷の村や、小作人たちや、自分が教壇に立って初級の子供たちを教えた小さな学校。形あるものだけではない。ミス・ブラウンリーがしてくれた、目標や帰属意識、独立や自立についての話もなつかしかった……。

「とにかく」アビーは未練を断ち切るように言った。「ランズドーン卿に対する私の印象は、アシュリー卿とも、父とも、父の事故とも関係ないわ。私は単にああいう人が嫌いなだけ。また仮に彼が道徳の鑑《かがみ》のような人だったとしても、うしろだてになってくれる女性がいないのなら、ミセス・ハリントンとルーシーはハロゲートに戻ったほうがいいのよ。そのほうが分別のある選択だわ」

ミセス・フレッドはやれやれと首を横にふった。「ときどき、あなたは年の割にしっかりしすぎだと思いますよ」

それはしかたのないことだ、とアビーは思った。思春期に入る前に母親を失ったのだから。

「お金のことなら心配いらないよ」イギーが弾丸を撃ち出すような早口で宣言した。「ぼくが脚を作るから」

「今度はなにをやらかす気ですか?」ミセス・フレッドはぎょっとしたようだった。「台所を実験室にするのはよしてくださいね。それにほら、バジルに気をつけて。ラムチョップのにおいを嗅ぎつけたみたいですから」

アビーはバジルを引きよせた。

「それにね、ミス・アビゲイル」ミセス・フレッドは紅茶の葉に熱い湯を注ぎながら言った。「ミセス・ハリントンはルーシーお嬢さんに幸せになるチャンスをあげたいだけなんですよ」

「そうでしょうね、幸せになるチャンスが債務者監獄で見つかるかどうかは疑問だけど」アビーはこっそりつぶやいた。

ミス・カーステンズがティートレイを持ってふたたび登場した。うしろから男の子もついてきた。ありがたいことに、犬のほうはついてこなかった。ドルフは犬が好きだが、バジルは客間に入れるにはあまりに元気がよすぎる。

ミス・カーステンズが腰を下ろす前にイグナシウスは長椅子にどすんと座り、自分の脚を抱えこむと、ひざやくるぶしを熱心に調べはじめた。

「イギー、ミセス・フレッドとお茶を飲んできたらどう？」母親が期待をこめて訊いた。

「台所にはケーキがひと切れしかないんだ」イグナシウスは反論を封じるように答えた。

ドルフはあらためてイグナシウスに目を向けた。十歳にもならない男の子だ。金髪で色白なところは姉のルーシーと似ているが、姉が退屈なほどおとなしいのに比べて、弟にはふつうの子供とは違う存在感があった。

ドルフの視線に気づいたのか、イグナシウスが顔を上げ、じっと客人を観察した。「ロンドンは愉快なところだって聞いてたけど、そうでもないね」非難めいた言葉が、弾丸のような速さで口から飛び出した。

「そうかな」ドルフは言った。「君がまだ見るべきものを見ていないだけじゃないか？　ここは多くの人間を魅了する街らしいぞ」

イグナシウスは顔をしかめた。「博物館には行ったよ。古いものしかなかった」

「そうだろう、博物館だからね」ドルフは愛想よく答えた。

「古いうえにおもしろくないものばっかりだった。大理石の頭とかさ」

「どういう古いものなら、君はおもしろいと思うんだ？」

「ぼく、古いものはあんまり好きじゃない。新しいもののほうがいいや」

「ほう、どういう新しいものが好きなんだ？」

イグナシウスは首をかしげ、目を細めて、真剣に答える価値がある相手かどうか値踏みするようにドルフを見た。「トレビシックの蒸気車って知ってる？」

「もちろん」ドルフは言った。「でもあれは〝新しいもの〟に入るのかな。現存しないはずだが」

イギーは足から手を離し、ドシンと音をたてて床に下ろした。「知ってるんだ？」表情に敬意が浮かんだ。

「最後には悲劇的結末を迎えた機械式の車だろう」

「そうだよ。でも最後にはヒゲキテキなんとかじゃなくて、爆発したんだよ」

「それは失礼。先を続けて。その驚異の機械のすべてを教えてくれないか」

「それだよ！」イグナシウスが満面の笑みになった。「カーステンズ先生がまさにそう言ってた。驚異って！　特大のやかんみたいにもうもうと蒸気を吐いて、その力で動くんだよ」

「ずいぶん詳しいな」

「カーステンズ先生が教えてくれたんだ」イグナシ

ウスは寛大にも手柄を譲ろうと、硬い表情をしているミス・カーステンズを目で示した。

「ミス・カーステンズには驚かされるな」

「うん、先生は女の子にしては話せるね。前の男の先生よりいいくらいだ。ぼく、前の先生は好きじゃなかった。向こうもぼくが好きじゃなくて、やめちゃったんだ。カーステンズ先生は水力式のバター製造機を作らせてくれたんだよ。失敗して酪農室が水浸しになったけど。ドーラがびっくりして、怒ってた。ドーラっていうのはメイドのことだよ」

「イグナシウス」ミス・カーステンズは、さっきのミセス・ハリントンに似た口調で言った。

「だって、ほんとじゃないか！　ドーラは先生がぼくを図に乗らせてるって言ったんだ。ルーシー姉さんは、先生はレディなんだからフランス語を教えたほうがいいって言ったけど、ぼくはフランス語なんか好きじゃない。圧力をかけた蒸気のほうがずっとおもしろいよ」

「爆発する性質があるからでしょ」ミス・カーステンズがそっけなく言った。

「キャッチ・ミー・フー・キャン号は知ってる？」イグナシウスは彼女の言葉を無視してドルフに訊いた。

「人を乗せる機関車だろう。ブルームスベリーのトリントン広場の円形線路を走っている」答えたドルフは、またもや驚きと尊敬のまなざしを浴びた。

「先生が言ってたよ、乗車券を買うお金がなくても見物だけならできるって」イグナシウスが言った。

「乗車券は一シリングもするからね」

「イグナシウス！」ミセス・ハリントンが悲鳴に近い声で叫んだ。

「うちにそんなお金はないんだ。父さんがたくさん借金を残して死んだから。でも先生は、せっかくロンドンに来たんだから見物くらいはしましょうねって言ったんだ」

「ミス・カーステンズ、君もトレビシックに興味があるのかい?」ドルフはイグナシウスがさらに母親に恥をかかせる前に割って入った。

ミス・カーステンズが視線を合わせてきた。驚くほどふっくらした唇が、かすかに弧を描いた。ドルフは彼女の美しい目に、ユーモアと無縁ではないことを示す表情が浮かんだのに気づいた。「どちらかといえば、ジェームズ・ワットの蒸気機関のほうがすぐれていると思うわ。爆発する可能性が低いもの」

ドルフは思わず口をあんぐりと開けた。からかうつもりが、逆にからかわれるとは。「だったら行こうじゃないか」ドルフは衝動的に口走っていた。「トリントン広場に。全員で」

イグナシウスが歓声をあげた。ミス・カーステンズも興奮の表情で身を乗り出したが、明らかに努力をして自制した。

「イグナシウス、ランズドーン卿にご迷惑をかけてはいけません」彼女が言った。

「ぼくは誰にも迷惑をかけられたりしない」ドルフは長い脚をものうげに伸ばした。「それがぼくの人生における最重要事項だと言ってもいい」

ミス・カーステンズが眉間に皺を寄せた。実に興味深いお嬢さんだ。才女気どり《ブルーストッキング》だが、興味深いことに変わりはない。

「刺激が強すぎるかもしれないわ」彼女は大はしゃぎのイグナシウスを横目で見ながら、形のいいふっくらした唇をすぼめて小さく舌打ちした。

「強い刺激で君を興奮させてはいけないからな、ミス・カーステンズ」

「私のことじゃないわ」ドルフは彼女の頬がわずかに紅潮したのを見逃さず、きわどい冗談が通じたことをひそかにおもしろがった。

「先生はルーシー姉さんを心配してるんだよ」イグナシウスが軽蔑をこめて言った。「姉さんはすぐに気絶するから。ぼくが鶏小屋《とりごや》を爆発させたときも気絶したんだよ」

「おやおや、田舎は物騒だな。ロンドンの鶏小屋は爆発なんてしないぞ」ドルフは言った。「幸いトリントン広場には鶏小屋がないから安全だ。それに流行の最先端でもある。つい先週、摂政皇太子《プリンス・リージェント》も足を運ばれたとか」

最後の言葉はミセス・ハリントンに絶大な効果があった。それまで紅茶とスポンジケーキに集中していた彼女は、サテンの衣ずれの音をさせて背筋を伸ばし、食いつくようにドルフを見た。

「まあ、プリンス・リージェントがご覧になったのなら、私たちもおじけづいてはいられませんわ」ミセス・ハリントンはいつもの大声で言った。「それにミス・カーステンズ、あなたも言っていたじゃない。イグナシウスは頭の働きが活発だから、なにかに熱中させて退屈させないほうがいいって」

「ああ、イグナシウス坊やの活発な頭にはうってつけの催しだ」ドルフは言った。

「ありがとう！」イグナシウスは英雄をあがめるように叫んだ。「トレビシックの機械がすごい可能性を持っていることを、誰もわかってくれなかったんだ。ぼくもトレビシックみたいなものを発明したい。義足を作らない場合はね。義足もおもしろそうなんだ」

「それに爆発の可能性も低いわ」ミス・カーステンズが言い添えた。

2

二日後、ドルフは衝動的な申し出を実行に移し、いつになく陽気な気分でウィンポール通りに向かっていた。頭もいつもほど痛まないようだと思っていたそのとき、彼の乗った馬車が急停車した。

ドルフは外に目をやった。馬車の前方で騒ぎが起きているようだ。人の叫び声、犬の吠《ほ》え声、そしてがやがやした話し声。人数は多くないが、興奮したやじ馬たちが通りをふさいでいる。騒ぎの中心にいるのは大柄な中年女性で、取り乱した様子でパラソルをふりまわしていた。

ドルフがもっとよく見ようと思ったところで窓の前に天使《ケルビム》めいた丸顔の馬丁があらわれ、視界をさえぎった。「すみません、旦那さま。おれが蹴散らしてきましょうか？」

「ぼくらが出くわしたのは、おまえの制御能力さえ超える存在かもしれないぞ、マーティン」ドルフは言った。「ぼくが調べてこよう。おまえは馬を見ていろ」

ドルフは馬車から降りると、ヘシアンブーツの脅威になる汚い水たまりを注意深く回りこんだ。ここまで来ると、屈強そうな二人の男の頭越しに、騒ぎの様子がよく見えた。

憤慨した様子でパラソルをふりまわす中年女性の横に、いかにも卑屈な威張り屋といった印象の、小役人風の紳士が立っている。もみあげから顎の下までつながった濃いひげ以外の特徴といえば、几帳《きちょう》面《めん》な服装の中でそこだけが目立つチョッキの裂け目くらいだった。

この二人と向き合い、ドルフに背を向けている女性は、泥だらけの大きな動物と格闘していた。ドルフはその背中にどことなく見覚えがあるような気がした。女性が話しはじめると、それは確信に変わった。格闘のせいで少々息がはずんではいるが、その声はよく通った。

「ミセス・ポロック、パラソルをふるのをやめていただければ、この子も落ち着きますから！　たぶんパラソルを破城槌《づち》かなにかと勘違いしてるんです」

「これはパリから運ばせたパラソルよ」中年女性が叫んだ。

「ええ、でもこの子は犬だからフランスの流行には疎いんです！」

ドルフの口元に笑いがこみあげた。やはりそうだ、このはきはきした声は……家庭教師のミス・カーステンズだ。

中年女性はパラソルをふりあげた。「こっちはね、この二週間というもの、その獣《けだもの》がうちの薔薇《ばら》を掘り返すわ、遠吠えするわ、ありとあらゆる騒動を起こすのに耐えてきたのよ！　いい加減に我慢の限界を超えたから、判事さんに来ていただいたわけですよ。そうしたらどうです、見てごらんなさい、その獰猛《どうもう》な野獣が哀れな紳士を襲った証拠を」

彼女は芝居がかった身ぶりでチョッキの裂け目を指さした。

「その〝哀れな紳士〟が先にこの子にまたがろうとしたんじゃありませんか。この子は慣れないロンドン暮らしでホームシックになってるんです」

「ホームシック？　なにがホームシックよ」中年女性の声は一オクターブも高くなった。「今すぐ処分してやれば、そんなものすぐに治るわよ！」

「なんてことを言うんです！　あり得ません！　処分なんて許さないわ！」ミス・カーステンズが背筋を伸ばすと、犬は動ける範囲が広がったのをいいことに、パラソルめがけて突進しようとした。

「おあいにくさま、それを決めるのはあなたじゃなくて、こちらの判事さんよ」中年女性は勝ち誇ったように言った。

判事はチョッキを撫《な》でながら進み出て、非難のまなざしを犬に向けた。「ミセス・ポロックのご意見に賛成せざるを得ませんな。その犬は危険生物であり、街中での飼育を許すわけにはいかん。即刻処分の手続きに移るとしましょう」

判事の言葉に応えて、ドルフの目の前にいた屈強な二人組が、明確な意図を持ってミス・カーステンズと犬に近づいた。

この見せ物を愉快に見物していたドルフは、気づけば介入のために進み出ていた。動物愛護の精神がいつもの倦怠感《けんたいかん》を追い払ったのかもしれない。それにあの変わり者の少年イグナシウスは、人間よりも動物に友情を感じるタイプだ。

彼が声をかけようとした矢先に、ミス・カーステンズのよく通る声が響いた。「この犬を傷つける前に、ランズドーン卿《きょう》に話を通したほうがいいわよ！」

「ランズドーン卿？　公爵閣下になんの関係があるのかね？」判事が訊《き》いた。

ドルフは興味深く返事を待った。

「この子は公爵閣下の愛犬なの」ミス・カーステンズが言い放った。

ぼくが犬を飼っているとは知らなかったぞ、とドルフは思った。どうせ飼うなら、もっと行儀がよくて泥だらけでない犬を選びたいものだが。

「嘘《うそ》おっしゃい！　公爵さまともあろう方がこんな雑種の駄犬を飼うわけがないでしょう」ミセス・ポロックが言った。そのとおりだ。

だがミス・カーステンズは優雅に肩をすくめた。正確に言うなら、パラソルに明らかな敵意を抱いている犬を引っぱりながらにしては、かなり優雅な仕草だった。

「ランズドーン卿は、バジルは純血種だと言っていたわ。とても貴重なベルギー産の猟犬で、大変な価値があるって。ミセス・ハリントンはランズドーン卿の親戚だから、頼まれて面倒をみているのよ」

「ばかばかしい。あんなおかしな一家が公爵さまのご親戚なわけがないし、公爵さまはその駄犬を見たこともないはずよ」

ドルフは前に進み出た。

全員の視線がいっせいにドルフに向けられた。判事は口をあんぐり開け、また閉じた。ミセス・ポロックは絶句し、ミス・カーステンズは目をみはった。

アビーはランズドーン卿が大げさな、芝居がかった仕草で一礼するのを呆然《ぼうぜん》と見守った。

「お目にかかるのは初めてですね」ランズドーン卿はパラソルをふりまわすのをやめたミセス・ポロックに声をかけた。

「こちらはミセス・ポロック」アビーはとっさに動揺を抑えて紹介した。「ご近所の方です。そして、こちらは判事さんです」

「お会いできて光栄です、ミセス・ポロック。ぼくがランズドーンです。ところで、なにかお困りのようですが？」彼は如才なくほほ笑んだ。黒い髪がひと筋、目の上に垂れた。

「あ……あの……」ミセス・ポロックは緊張のあまり舌をもつれさせた。「この犬が公爵さまのもので、しかもベルギー産だなんて存じませんでしたの」

「失礼だが、なにか誤解されているようだ――」

アビーはリードを握った手に思わず力をこめた。胸の奥がぎゅっと締めつけられる。どういうわけかアビーは、ランズドーン卿が自分の作り話を支持してくれると思いこんでいたのだ。たとえ退屈しのぎの気まぐれからだとしても。

「ランズドーン卿――」アビーは言いかけた。

「この犬はバルカン半島産ですよ」ランズドーン卿は続けた。「ベルギー産ではない。それが正真正銘の真実だ。ぼくは最近このお嬢さんに、正直を心がけるように注意したばかりなんですがね」

アビーはランズドーン卿と視線を合わせた。彼の唇が皮肉っぽくゆがみ、にやにや笑いと微笑の中間の形になった。ユーモアのセンスを持つ貴族に初めて出会ったアビーは、怒るべきか、安堵《あんど》するべきか、笑うべきか、それともパラソルを奪って彼にふりあげるべきか、決めかねた。

一方、ミセス・ポロックはすっかりランズドーン卿の魅力に参ってしまったようだった。「まあ、公爵さま、なんておやさしいんでしょう。あの、今回のことは、たいした問題じゃないんです。私が大騒ぎしすぎただけですわ。大山鳴動して鼠《ねずみ》一匹というところですわね」

「ぼくの愛犬のいたずらを大目に見てくださるとは、なんと寛大な方だろう。ブルーノのしつけがなっていないのは、ひとえにぼくの不徳の致すところです。どうかぼくに免じて、ブルーノの処罰はご容赦いただきたい」

ちょっとやりすぎよ、とアビーは思った。それに〝ブルーノ〟ですって？

幸いミセス・ポロックは名前の食い違いに気づかなかったらしく、ランズドーン卿が彼女の手を取って一礼する間、たいした問題ではないとくり返していた。

「私のチョッキの件をお忘れですかな」公爵に懐柔されなかった判事が不機嫌そうに言った。

「まさか」ランズドーン卿が背を伸ばした。「物的損害には弁償をさせていただこう。名刺をいただければ、最優先事項として対処します。ぼくの秘書が、という意味ですが」

機嫌を直した判事は、破けたチョッキから名刺を取り出してランズドーン卿に渡した。そして二人の屈強な野犬捕獲人を連れて立ち去った。

ミセス・ポロックも、公爵から別れの挨拶を受け、自分の家へと引きあげていった。やじ馬たちもこれ以上見るものはないと判断したのか、散り散りになった。気づけばアビーはランズドーン卿と、あやうく処刑を回避して今はおとなしく石畳に座っているバジルと並んで、通りに立っていた。

「助かったわ」ミセス・ポロックが玄関の扉を閉めると、アビーは小声で言った。「それから、この子の名前はバジルよ」

ランズドーン卿が肩をすくめた。「誰が犬にハーブの名前なんかつけたんだ？　犬はハーブなんか好きじゃないだろう。そしてぼくが名前を間違えたのは、ぺてんに巻きこまれて良心が痛んだせいだ」

「断言してもいいけど、あなたの良心はちくりとも痛まなかったはずよ」アビーはやり返した。「いいえ、今のは恩知らずだったわ。あなたには感謝するべきなのに」

「〝べき〟という言葉は、消化を助けるという意味ではひまし油に近いな」ランズドーン卿はにやりとした。あいかわらず眉の上に髪が垂れている。そのひと筋の髪の乱れが、洗練と倦怠の印象をやわらげ、彼を意外なほど若く見せていた。

「たしかに、したくないことをするときに使われがちな言葉だけど、私はそういう意味で言ったわけじゃないわ。心から感謝しています」

「ぼくも楽しめたよ。横柄な小役人をからかうのはいい暇つぶしになる。その小役人がもみあげを顎の下まで伸ばしている場合は特にね」

アビーは声をあげて笑った。「あなたにはユーモアのセンスがあるのね」

「必需品だと思っている。ぼくも今の一件で気づいたんだが、君はぼくが思っていたような堅物じゃなさそうだ」

〝堅物〟ですって？

堅物——アビーは自分をそんなふうに思ったことはなかった。しっかりしているとか、さばさばしていると言われるのはわかるけれど、でも堅物は違うでしょう？　それは〝退屈〟とほぼ同義の言葉だ。そしてどういうわけか、アビーはランズドーン卿に退屈だと思われたくなかった。

お茶会や、噂話《うわさばなし》や、非実用的なボンネットが嫌いな人間は退屈だと思われるのかしら？　アビーはミス・ブラウンリーと一緒に、ウィルバーフォースをはじめとする奴隷貿易廃止や女性の政治参加を訴える政治家たちに手紙を書いたことがあるし、そういう問題の討論会に参加したことさえあった。

そういう主張は〝堅物〟っぽくはないはずだが、ランズドーン卿やその同類に好まれるものでもない。

自分の意見を持った知的な女性が、権力を持つ男性に称賛されることはめったにない。気のきいた礼状や招待状を書ける程度の利口さなら褒めてやるが、教育改革や格差縮小を訴えるのは違うというわけだ。

「バジル！」静かになった通りに叫び声が響き、アビーははっとわれに返った。イギーが玄関前の階段を駆けおりてきて、バジルに飛びついた。

続いてミセス・ハリントンとルーシーが、もう少し落ち着いた足取りでやってきた。

「ランズドーン卿」ミセス・ハリントンは眉間に心配そうな皺《しわ》を寄せていた。「わが家はいつでも大騒ぎだとお思いになったでしょうね。ミス・カーステンズ、バジルを解放するように説得してくれてほっとしたわ。ミセス・ポロックはあんなにカンカンだったのに、あなたがどうやって切り抜けたのか不思議なくらいよ。イグナシウスが台所にいて外の様子に気づかなかったのが不幸中の幸いだわ。でなければば、どんなことになっていたか」

「ぼくならあいつらを殺してたさ。吊《つる》して、溺れさせて、八つ裂きだ」血に飢えたイギーが宣言した。

「おやおや、ずいぶん暴力的な解決策だ」ランズドーン卿が言った。

イギーはバジルを抱きしめたままうなずいた。バジルのほうは束縛されるのが気に入らないらしく、不機嫌そうにうなっている。「あいつらは運がよかったよ、ぼくじゃなくてカーステンズ先生が相手だったからね」

「まったくだ」ランズドーン卿が賛成した。

「平和に解決できたのはランズドーン卿のおかげよ」アビーが言った。

「バジルは外国産の貴重な犬種だから、ぼくとしても放っておけなくてね」ランズドーン卿がぬけぬけと言った。

「そうなの？　でもぼく、バジルを池から助けたんだけどな。ミスター・マザムが溺れさせようとしてたから」イギーが言った。

「ミスター・マザムはバジルが貴重な血統だと知らなかったんだろう。まさか……ベルギー産だとはね」ランズドーン卿の声には笑いがにじんでいた。

「バルカン半島でしょ」アビーは卿と目を合わせ、知らず知らずのうちに頬をゆるめて二人だけに通じるユーモアを分かち合った。

「やっぱり君はもっと笑ったほうがいい」ランズドーン卿はそう言ったあと、自分の発言に驚いたように口をつぐんだ。

赤くなったアビーは、自分が小娘のように頬を染めた事実にいらだち、顔をしかめてイギーをにらんだ。「ほら、立って。水たまりに座らないで。人が見てるわ。バジルを台所に連れていきなさい」

「でも――」

「口答えはなしよ。それから、発明の才能を生かしてバジルを脱走させない方法を考えてごらんなさい。よそのお宅の薔薇を食べると大変なことになるのは身に染みてわかったでしょう」

「そのとおりだ。次にバジルがミセス・ポロックの花を攻撃したら、ぼくの魅力をもってしても救出できるかどうかわからないぞ」ランズドーン卿はまた皮肉な笑みを浮かべた。

その言葉を聞いたアビーはますます頬を紅潮させ、もっといらいらした。

愚かしく紅潮した頬と、たとえバジルがロンドン中の薔薇を食べつくしてもランズドーン卿の魅力をもってすれば救出できないはずがないという明らかな事実、そのどちらが余計に自分をいらだたせるのか、アビーにはわからなかった。

全員の出発の準備ができるまで、さらに三十分かかった。アビーはイギーを着替えに行かせ、自分はほてりが治まらない頬を冷やすため、ルーシーと一緒に冷湿布を探した。

ようやく準備ができると、彼らはふたたび三十一番地の家を出て、紋章つきの馬車に向かった。アビーの胸の奥にはおかしな感覚が居座っていた。夏の暑い日にたちのぼるかげろうのような、ゆらゆらした感覚だ。きっとミセス・ポロックと口論したせいだろう。でなければ朝食に食べた卵のせいか。

従僕が開けた扉から、全員が馬車に乗りこんだ。イギーは窓際に座り、なに一つ見逃すまいとガラスに顔をくっつけた。ミセス・ハリントンとルーシーがその向かいに座り、アビーはイギーとランズドーン卿の間に腰を下ろした。

詰めて座るのは居心地が悪かった——馬車は広かったし、座席のスプリングも効いていて、体が窮屈なわけではないのだが、気持ちのほうがまるで落ち着かなかった。どういうわけかアビーは自分の脚のすぐ横にあるランズドーン卿の長い脚や、彼がズボンの上に置いた長くしなやかな指を意識せずにはいられなかったし、彼が体を動かしたときには大腿部《だいたいぶ》の筋肉の動きを感じとった。

　大腿部や筋肉を意識するのはたぶん不適切だし、なによりいつもの自分らしくないことだ。

　しかもイギーがひっきりなしに跳ねるのでクッションがずれてくる。そこへ馬車のゆれも加わって、アビーは自分がランズドーン卿にもたれかかってしまわないか気が気でなかった。

「イグナシウス、ぴょんぴょんするのをやめられない？　ランズドーン卿の馬車のスプリングがだめになってしまうじゃないの」アビーはいつになくとがった声で言った。

「この子ったら興奮しているのね」ミセス・ハリントンが甘やかすような声で言わずもがなのことを言った。「私もですよ。流行の最先端の、わくわくするような催しですもの。でも自分が機関車に乗りたいかというと微妙だわ。気絶しそうな気がして怖いんです」

「私もよ」ルーシーがはにかみ屋らしい小さな声で言った。

「乗るかどうかはご自由に」ランズドーン卿がものうげに言った。

「乗らないなんて大ばかだよ」イグナシウスは一瞬だけ景色から注意をそらし、軽蔑のまなざしで姉を見た。

　父さんなら乗ったはずだわ、とアビーは思った。アビーの父は発明や新しいもの、冒険的なものに目がなかった。牧師という仕事に感じている倦怠をまぎらわすものをいつも求めていたのかもしれない。

　母さんならたとえ元気だったときでも、乗らなかっただろう。型破りなことをすれば世間さまになにを言われるかわからないと心配したはずだ。母さんは世間体に縛られる一生を送った。もしかしたら、自分が良識をかたく守ることが、カード賭博を愛する夫の埋め合わせになると信じていたのかもしれない。

そしてミス・ブラウンリーなら……アビーはなつかしさのあまりほほ笑んだ。ミス・ブラウンリーなら乗ったはずだ。スリルを味わうためというよりも、新しい経験をするために。人間の英知に魅了されていたミス・ブラウンリーは、かつてこんなことを言っていた。人は大海を渡れるなら大空だって飛べるはず、月にだってしょっちゅう行けるようになるわ、と。

「私は」アビーは誰にともなく言った。「乗らなかったら後悔すると思うわ」

ドルフは横目でミス・カーステンズを見て、なにかをなつかしむような、そして夢見るような表情に気づいた。彼女に夢想癖があるとは意外だ。徹底した現実主義者に見えるのに。

「君はなぜ乗ろうと思ったんだ、ミス・カーステンズ？」ドルフは純粋な好奇心から尋ねた。

「新たな時代の黎明《れいめい》のような体験だもの。変化の前触れね」

「ほとんどの人間は変化を好まないものだ。君は違うのかい？」

「改善につながる変化なら好きよ」彼女は答えた。「でも私の好き嫌いはあまり関係ないわ。変化は必ず起きるものだから」

「万物は流転する、か」

「ヘラクレイトスね」打てば響くような返事だった。

「博識だな。父上が学問好きだったのかい？」

「ええ、立派な蔵書を持っていたわ。でも父だけじゃなくて、私のお友達であり先生でもある人が、読書家だったの」

「ミス・ブラウンリーのことだよ。ぼくにリンゴを投げつけてきたんだ」イグナシウスが教えた。

「あなたが彼女のお宅のリンゴの木に登ったからよ」ミセス・ハリントンが言い、さらに補足した。「ミス・ブラウンリーは自分名義の財産を持っている女性で、とても頭のいい方でしたけれど、少し変わり者でしたの。常勤の先生として教えるには年を取りすぎていましたが、女の子たちにラテン語やギリシア語、そのほかにもいろんな科目を教えてくださったんです」

「ぼくには教えてくれなかったよ。ぼくに教えるほど辛抱強くないって言ってた。だからぼくにリンゴを投げたのかもね。それにミス・ブラウンリーはふつうの女の人みたいに横乗りをしないで、馬にまたがって乗ってたよ」イグナシウスがつけ加えた。

「そのほうが合理的だし、快適で安全だからよ」ミス・カーステンズが言った。「私はミス・ブラウンリーのそういうところが好きだったわ。他人にどう思われるかを気にしないところが」

「では彼女は人間ではなかったのかもしれないな」ドルフは半分独り言のようにつぶやいた。他人にどう思われるかを気にしない人間などいないはずだ。

ミス・カーステンズが彼を見た。「人間は他人の意見を気にせずにはいられないとお思いなの？」

「人は承認と帰属意識を求めるものだ」

二人の視線が合った。ドルフはまたも青い瞳に輝く知性にはっとし、洗練された紳士という仮面の下を見透かされそうな気がした。そこに隠れた弱さまで見抜かれてしまうかもしれない。

ドルフは目をそらし、イグナシウスに話しかけた。「ミス・ブラウンリーでないとしたら、君は誰に勉強を教わったんだい？」

「今はカーステンズ先生だよ。前は男の家庭教師と、牧師さんに教わってた。家庭教師は好きじゃなかったけど、牧師さんはよかったな。いろんな趣味を持ってて、全然退屈じゃなかったからね。牧師さんは馬の早駆けも好きだったんだよ。猛スピードで飛ばすのがね」

「イグナシウス！　その話はいけません」ミセス・ハリントンがたしなめた。

「早駆けが好きだったけど上手ではなかったわね。だから落馬したのよ」ミス・カーステンズのぶっきらぼうな言葉には、悲しみがにじんでいた。

「お気の毒に」ドルフは言った。

「昔の話よ」

「五カ月前だ」イグナシウスが言い添えた。

　ミス・カーステンズが体をこわばらせ、姉に蹴りを入れられたイグナシウスが抗議の叫び声をあげた。

「ぼくは昔、いろんな装置を作ることを趣味にしていた」ドルフは隣にいる女性の気をまぎらそうとして言った。いや、もしかすると彼女の悲しみに共鳴して自分の傷が痛み出すのを恐れたからかもしれない。

　イグナシウスが窓からふり向いた。「トレビシックみたいに？」

「そんなに複雑なものじゃないさ。荷馬車の車輪を板きれに取りつけた乗り物を作ろうとしたんだ」

「それでどうなったの？」イグナシウスが続きを催促した。

「牛小屋に激突した。一週間の間、雌牛の乳が出なくなったよ」

　兄のバーナビーも乗って、腕を折った。人生には脳裏に焼きついて離れない瞬間があるものだ。いくら憂さ晴らしを重ねようと忘れられない瞬間が。

　兄の苦痛の叫び、母の恐怖の悲鳴、そして父の怒声は今でも耳に残っている。

「乳しぼりのメイドに怒られなかった？　お父さんには？」イグナシウスが訊いた。

「両方に怒られたな」

〝兄の命を危険にさらすような真似《まね》は二度とするな。バーナビーは後継ぎだぞ〟

記憶の中の父の声は、彼の体の大きさとあいまって、とどろくように響いた。ドルフを見おろして立ちはだかる父の体は、背後からの陽射《ひざ》しを受けて、真っ黒な影のように見えた。

「ぼくも鶏を吹き飛ばしかけてカーステンズ先生に怒られたよ」イグナシウスの声がドルフを現在に引き戻した。「先生はぼくにラテン語の語形変化を暗記させたんだ。あなたのお父さんもそうだった？」

「ぼくの父は貴族名鑑を暗記させた」

そして家庭教師を監督不行き届きだと言って解雇した。ジェニングス先生は別れの言葉を言う暇も与えられずに屋敷を去った。ドルフは鞭打《むち》たれ、寄宿学校に送られた。紳士になるため、礼儀作法を学ぶため、スポーツをたしなむため、そして貴族らしくあるために。

ドルフは窓の外の移り変わる景色に目をやった。馬車はちょうどブルームスベリーに入ったところだ。兄とあんなふうに遊んだのはあれが最後だった。同じ寄宿学校に入学したが、学内で見かける兄はずっと大人びて見えた。バーナビーは文武両道の完璧な優等生だった。その後も長期休暇は一緒に家で過ごしたが、以前とはなにかが違っていた。二人とも子供時代の衝動的な激しい喜びや、乱暴な遊びからは卒業してしまっていたのだ。

「貴族名鑑なんか覚えて役に立つとは思えないけど」イグナシウスが言った。

「ぼくの父は実用性に重きを置いてはいなかったんだ」ドルフは自分のきれいに手入れされた、やわらかな白い手に視線を落とした。

汚れを知らないその手は、いかにも貴族らしかった。

3

トリントン広場の周囲には高い囲いが張りめぐらされ、その外側に黒山の人だかりができていた。馬車が止まるやいなや、イギーは馬丁が扉を開けるのも待たずに飛び出した。イギーの姿が人混みの中へ消える前に、アビーも慌てて馬車を降りた。

　ありがたいことに、イギーは消えてはいなかった。喧騒《けんそう》と人混みに圧倒されたのか、それとも魅了されたのか、イギーは静かに立ちつくしていた。囲いの外にはほかにも数台の馬車が止まっていた。入場口の前に行列ができ、囲いの中の様子は見えないが、金属音や興奮した叫び声、そして汽笛がはっきりと聞こえてきた。

「全員分の乗車券を買っていいのかな？」ランズドーン卿《きょう》が訊《き》いた。

「いいよ！」イギーは勢いよくうなずいた。

　ミセス・ハリントンとルーシーは首を横にふった。

「私は遠慮しておきますわ。見物するだけで十分。危険を冒すのは好きじゃありませんの。固い大地の上にいるほうがずっと安心できます」ミセス・ハリントンが言った。

「線路の上を走るだけじゃないか。空を飛ぶわけでもないのにさ」イギーはアビーに厳しい目でにらまれても気にせず、うんざりしたように言った。

「私も結構です。見ているだけで十分に刺激的だもの」ルーシーは早くも嗅ぎ塩を握りしめていた。

「私は乗ります。イグナシウスの監督役としてね」アビーはさらにつけ加えた。「それに正直に言うと、わくわくしているんです。私は発明家ではないけれど、人の英知が生み出すものには強く引きつけられるわ」

　時代は変わりつつあり、自分もその流れの中にいると感じさせてくれるもの、それを画期的というのだ。

　ランズドーン卿がチケット売り場へ向かい、全員で入場口から中に入った。

　アビーは小さく息をのんだ。ミセス・ハリントンの不安も理解できる。中は大混雑で、はじめのうちは帽子やボンネット、パラソルしか見えなかった。囲いの中が狭いため、見物人の数が実際よりも多く感じられるのだ。

　じりじりと前に進んでいくと、人混みの隙間から機関車がちらっと見えた。小さな円状の線路の上を、驚くほどのスピードで走っている。一両の客車を牽《けん》引《いん》する機関車はボイラーと煙突を備えており、煙の柱を吐き出していた。甲高い蒸気の音や群衆の声、そして金属と金属がぶつかる音が、興奮をさらに煽《あお》った。

　機関車が走るのに合わせて線路がガタガタ鳴り、その音がどよめきと混ざり合う。見物人はもっと近くで見ようと前に進みつつ、一抹のためらいを捨てきれず、いつでも飛びのける体勢を取っていた。

　父さんがここにいたらどんなに喜んだかしら。なにもためらったりしなかったはずだ。父は発明を愛していた。画期的なものを、進歩を愛していた。それに、この場に渦巻く熱狂と興奮には伝染性がある。

「最高時速は二十四キロなんだ。機械の仕組みを調べてみたいな」停止した機関車が縦型の円筒から白い蒸気を吐き出すと、イギーが言った。

「乗るだけで我慢しなさい」アビーはきっぱりと言った。「それだけで十分刺激的だわ」

「そのとおりですよ」ミセス・ハリントンが同意した。「私なんて近くに立っているだけで気が遠くなりそうよ。こんなこともあろうかと、嗅ぎ塩の瓶をありったけ持ってきておいてよかったわ」

「それは手回しのいいことですね」ランズドーン卿が言った。「ミス・カーステンズ、君はこの刺激に耐えられるかな」

「耐えてみせるわ」

ランズドーン卿の含みのある言い方といたずらっぽい目の光に、アビーは好感と反感を同時に抱いた。それは二人だけに通じる冗談だったし、どういうわけか彼は、子供の頃から一緒に育ってきたルーシーよりも正確に、アビーの心に押しよせる感情の機微を読みとれるようだった。

もっとも、アビーとルーシーは性格が反対だからこそうまが合う友達だった。母親どうしも幼なじみで、アビーの母が病の床につくとミセス・ハリントンは親身になってアビーの世話を焼き、アビーの父が亡くなると温かく家に迎えてくれた。

「気をつけてね」ルーシーがアビーの手を握った。

アビーは昔から火の力が好きだった。子供の頃はよくふいごで風を送りこんで台所の火を大きくしたものだ。炎のうなり声が、熱が、力強さが、高揚感が好きだった。酸素を増やしてやれば火が大きくなるという因果関係も好きだった。高揚感と、法則どおりのことが起きる安心感との組み合わせが魅力的だったのかもしれない。

アビーは昔と同じ高揚感を味わいながら、機関車が線路を一周し、止まるのを見守った。蒸気がシューッと甲高い音をたて、車輪の金属音が響き、やがて静かになった。

でも、ここにあるのは高揚感だけではない。自分一人の興奮や、恐れや、驚嘆より偉大なものがここにはある。個人としての人間を超越したもの。それは人間の英知の――。

「ミス・カーステンズ？」ランズドーン卿が手を差し出していた。

ランズドーン卿と目を合わせたアビーは、またもあの不思議で奇妙な、通じ合う感覚を覚えた。まるで彼がアビーの考えを理解し、共感しているとでもいうような。

いつになく緊張しながら、アビーは彼の手の上に自分の手を置いた。そのとたん、手袋をはめた手が目覚めたような感覚があった。肌の感度が異様に鋭くなり、布越しに彼の手の力強さと体温まで感じとれそうだ。

今すぐこの手をふり払いたい、でもいつまでも触れていたい。

アビーと違ってイギーのほうは、そんな迷いとは無縁だった。彼は手伝いなど無用とばかりに客車へよじのぼると、機械部の構造を観察しようとあぶなっかしく窓から身を乗り出した。

「お願いだから落ちないで」アビーは座席に深く腰かけると、イギーの上着のすそをつかんで引き戻した。

ランズドーン卿が二人の向かいに座った。

イギーが座席に落ち着くと、アビーは突然自分の手に興味が湧いたかのように、視線を下げてじっと組んだ手を見つめた。だが頭の中を占めているのはランズドーン卿の近さと、大きさと、肉体的な存在感だった。

客車の扉が閉まった。

蒸気が笛のような甲高い音をたて、機械がガシャンと鳴った。申し合わせたかのように見物人のおしゃべりがやみ、期待をはらんだ静寂が広がった。アビーは自分の心臓が激しく打つのを感じ、息苦しさに襲われた。口がからからに渇き、肌を興奮のさざ波が走り抜ける。アビーは見物人の中にいるルーシーとミセス・ハリントンに目をやった。ミセス・ハリントンの顔は、ぶどうの房が垂れるお気に入りのボンネットに隠れてほとんど見えなかった。

車両が動いた。金属がこすれ合う音に、ゴトンという音と前方につんのめるような動きが続いた。いつもは肋骨《ろっこつ》の間に収まっている心臓が喉までせりあがってきた。恐怖を感じるなんて思っていなかった。でも、これは恐怖ではないのかもしれない。興奮と恐怖はよく似ている。

呼吸が浅くなった。機関車は前進し、徐々にスピードを上げていく。ルーシーとミセス・ハリントンは、自力では立っていられないとばかりにお互いにしがみついていた。二人の青ざめた顔がぶれ、ボンネットも小さくなり、そしてついに、機関車がカーブを曲がると同時に見えなくなった。

アビーの心臓はどきどきと脈打っていた。雷鳴のような鼓動と車輪のたてる騒音が混じり合う。アビーの父は発明とは未来に触れることだと言っていたが、アビーは今、それを体感していた。まるで崖っぷちに立って、時間の流れが止まった一瞬の間に、既知から未知へと踏み出そうとしているようだ。

ランズドーン卿がアビーのほうを見た。彼の顔には興奮と歓喜があふれており、アビーは自分も同じ表情をしているはずだと思った。アビーの手は窓枠をつかんでいた。彼の手もそのすぐ隣にあり——指が触れ合った。

興奮の渦中にありながら、アビーは窓枠の上で指と指が触れた瞬間を奇妙なほどはっきりと意識した。

機関車がガタンとゆれた。興奮が恐怖に変わった。アビーは本能的に彼の手を握った。

二人の目が合った。

一秒一秒が粒だち、それぞれに独立した存在となって、アビーの人生から切り離されたようにも、複雑にして不可分な形で織りこまれたようにも思えた。そして、短いようで長い一周が終わった。

機関車は止まり、神話の中の怪物のように最後の蒸気を噴き出した。誰も口をきかず、身じろぎもしなかった。イギーでさえじっと座っていた。アビーの肌は粟立《あわだ》ち、鼓動はまだ耳の中で反響していた。

「ありがとう」アビーは言った。

「すばらしい体験だった」言葉を失うような体験の直後だからか、ランズドーン卿の声はかすれていた。

「ほんとうにそうね」

二人はまだ手を握り合っていた。手袋越しに彼の指先の熱が伝わってくる。アビーは自分たちが見つめ合ったままでいるのを意識した。彼の瞳は緑がかった灰色だった。鼻は鷲《わし》のくちばしに似て高く細く、口元は力強い。

時の流れが止まり、二人を一瞬の中に閉じこめたようだった。

きっちりとひっつめてあったミス・カーステンズの髪が乱れ、ボンネットの下から後れ毛がのぞいている。大きな青い目に、開いた唇。彼女が落ち着かない様子で唇を噛《か》んだ。距離が近いので、ドルフには彼女の唇の潤いや、鼻の上の茶色い砂糖粒のような三つのそばかすや、上気した頬に触れそうな長く濃いまつげが見えた。

驚異の機械も含めて、彼女以外のすべてが意味を失ってしまったようだ。ドルフは自分の手に触れた彼女の手を、空中に漂う煙のにおいを、群衆の興奮のささやきを意識した。

「もっと速いかと思ったよ」イグナシウスの横柄な声が静寂を破った。

ミス・カーステンズがびくっとした。そして背筋を伸ばし、手を引っこめた。ドルフは安堵《あんど》と未練を同時に感じた。

「もう一回乗ってもいい？」イグナシウスが訊いた。

「いいえ、だめよ」ミス・カーステンズの呼吸はかすかに乱れていた。

「どれくらい速く感じた？　ぼくはミスター・マザムの馬より速かったと思うな」

「さあ、どうかしら。ミスター・マザムの馬は競走馬じゃなくて荷馬だもの。それよりランズドーン卿にお礼を言って、次のお客さんに席を譲らなければいけないわ」ミス・カーステンズは早口で言いながら、焦って扉を開けようとした。

「ありがとう」イグナシウスが神妙に言うと同時に、外にいた紳士が扉を開けた。

「それからイグナシウス、降りたあと、エンジンを調べに行っちゃいけませんからね」ミス・カーステンズはすみやかに家庭教師らしさを取り戻し、きびきびと言った。

「どうしてぼくが調べに行きたがってるってわかったの？」イグナシウスが訊いた。

「直感よ」ミス・カーステンズは客車から降りながら言った。「ランズドーン卿、私からもお礼を言います。教育的に有意義な、興味深い体験でした」

　ドルフはうなずいた。「どういたしまして」

　二人の間に漂っていた奇妙な空気はボイラーが吐き出す蒸気と一緒に薄れていった。ミス・カーステンズは現実主義者の家庭教師に、ドルフは退屈した社交界の一員に戻り、驚異の機械と思えた機関車も、サーカスの出し物にしか見えなくなった。

　ドルフはまたもや、安堵と未練が混じった感情に襲われた。

4

予想どおり、ミセス・ハリントンとミス・ハリントンは蒸気機関車に乗ってきたドルフたちを、荒れ狂う川を渡り、ライオンの群れと戦い、燃えさかる建物から脱出してきた英雄のように出迎えた。

「はらはらしましたわ」ミス・ハリントンが言った。「見ているだけで気が遠くなりそうでした」

「気絶しなくてよかったよ」イグナシウスが安心したように言った。「してたら姉さんはぼくが思ってた以上のばかだってことになるもの」

ミス・ハリントンは弟をにらんだが、のんきな弟は姉を怒らせたことに気づいていないようだった。

ぼくとマデリーンの関係もこんなふうだったろうか？ イグナシウスと姉はしょっちゅう小競り合いをしているが、お互いを大事に思っているのは明らかだ。あのマデリーンが喧嘩《けんか》をするほどぼくに気を許すとは思えない。たぶん年齢差がありすぎるせいか、もしくは性格が違いすぎるせいだろう。

バーナビーとはどうだったか？ 少年時代には喧嘩をし、言い争い、一緒に遊び、笑い合ったものだが。そのあと歯車が隣の歯車を回すようにさまざまな出来事が積み重なった。バーナビーの腕が折れた。ドルフが寄宿学校に入った。そしてすべてが変わった。バーナビーは完璧という壁の向こう側に行ってしまった。

ドルフはため息をついた。人は死を前にすると正直になるものだが、生きている間もそうであればよかったのに。

かすかないらだちとともに、ドルフは記憶をふり払った。背後では機関車が金属音と蒸気の音をたてて次の一周の準備をしている。行列ができている。イグナシウスは片足でぴょんぴょん跳びながら、これは歴史に残る実験だから一シリング払う価値はあるよ、と誰にともなく触れまわっていた。イグナシウスの喜びぶりは素直で、自然で、わざとらしいところが少しもない。

だがドルフもトレビシックの機関車に乗ったことで、いつ以来かわからないほど久々に、喜びに似た感情を味わっていた。暗闇にともされたろうそくのような経験だった。いつもの倦怠感《けんたいかん》としらけた気分がつかのま燃えあがったのは、ただ機関車に乗ったからではなく、その経験をミス・カーステンズと共有したからだろう。

だが今、ハリントン一家と一緒に人だかりの中を歩いているドルフは、いつもの無感動な心境に戻っていた。歓喜に酔った代償は、歓喜の不在なのだろう。だが、ぼくはおなじみの倦怠感を歓迎しよう。未知よりは既知のほうがましだ。

ドルフはミス・カーステンズに目をやった。彼女はイグナシウスと並んでドルフの左を歩き、ミセス・ハリントンと娘はその少し先を歩いている。ミス・カーステンズの口元には幸せそうな、自然な笑みが浮かんでいた。

「鼻にすすでもついている？」彼女が訊《き》いた。

「なんだって？」

「あなたが私の顔をじっと見ているから、すすでもついているのかと思ったのよ」

「いや、君はなにを考えているのかなと思ってね」

「私が考えていたのは、この驚異の機械が馬や馬車に取って代わる可能性よ。一見ありえないように思えるわよね、機関車は線路の上を走るものだし、国中に線路を敷くのは大事業だもの。でも道路だって、車輪だって、馬車だって、最初に発明されたときは普及するわけがないと思われていたはずよ」

「君もなにか発明してみる気になったかい？」

ミス・カーステンズは笑いながら首を横にふった。

「イギーはますますその気になったでしょうから、鶏小屋《とりごや》を見張ったほうがよさそうね。私自身は偉大な発明をするかもしれない子供たちを教育するほうがいいわ」

「君は家庭教師として働き続けるつもりなのかい？　ミス・ハリントンと一緒に社交界デビューすることはできないのか？」

「ルーシーにはそうしてほしいと言われているけど、私は教えるほうが好きなのよ。あなたは？　今も車輪つきの乗り物を走らせようとしているの？」

「いや」ドルフは礼儀を忘れたそっけない声で言った。「残念ながら事故が起きて、それ以上の挑戦は思いとどまった」

「じゃあ、あなたの今の夢は？」ミス・カーステンズは澄んだまなざしを彼に向け、彼女らしい率直さで訊いた。

「それは――」ドルフは当たりさわりのないことを言おうとした。陳腐なせりふなら腐るほど知っている。だがそれはひどく間違った、この瞬間を汚す行為のような気がした。まるで教会で罵詈雑言《ばりぞうごん》を吐くような。

社会のしがらみに縛られず、退屈もむなしさも知らず、形骸化した慣習や無気力さとは無縁な生き方ができたなら……。

「さあ、ぼくに夢なんてあったかな」

ミス・カーステンズは眉根を寄せた。「あったほうがいいわ。ぜひ持つべきよ」

「どうしてだい？」

「誰でも希望と目標を持つべきだからよ」二人の目が合った。

「おやおや、ミス・カーステンズ、それはまたひどく流行遅れな考え方だな」ドルフはからかった。

一行は狭い入場口を通って囲いの外に出た。馬丁のマーティンが馬車を寄せてから扉を開けた。全員が乗りこんだ。イグナシウスは隅の席を確保し、窓に顔を押しつけて、最後の名残を惜しむように高い囲いをじっと見つめた。

馬車が動き出した。ミセス・ハリントンとミス・ハリントンは楽しい遠足だったと口々に言ったが、二人ともどこか落ち着かない様子だった。

ミセス・ハリントンはそわそわと体を動かし、身を乗り出したかと思えば引き、手袋をはめた手を握ったり離したりした。表情は真剣そのものだった。

「ランズドーン卿《きょう》……」ようやく切り出した。「厚かましいと思われたくはないのですけれど、ご親切に甘えてもう一つお願いがありまして……」

「明日もう一回来ようってこと？」イグナシウスが窓からふり返った。

「なんですって？　そんなわけないでしょう」ミセス・ハリントンは息子にぴしゃりと言ってから、続けた。「できたら親戚のよしみで、ルーシーのデビューにお力添えをいただきたいんですの」

「ああ、その件ですか」ドルフは言った。そしてそっぽを向いたミス・カーステンズの横顔をちらっと見た。「そういえばミス・カーステンズとその件について話したとき、彼女はぼくの言葉に露骨さが足りないことを不満がっていましたね」

ミス・カーステンズは体をこわばらせ、さっと彼のほうをふり向いた。眉間に皺《しわ》が寄っている。「そんなことは言わなかったわ――」

「だから彼女にも納得してもらえるように話しましょう。ミス・ハリントン、君のとりえは外見だけかい、それとも知性も備えているのかな？」

「あの」ルーシーは愛らしく顔を紅潮させた。「私、絵が描けます、ちょっとなら。ピアノも弾けます」

ドルフは大げさにため息をついた。「思ったとおりだが、心配はいらないよ。社交界は女性の知性に無関心だし、君はかなりの美人だからね。さあ、これで露骨さは足りたかな、ミス・カーステンズ？」

「露骨だし失礼だわ」ミス・カーステンズは厳しい口調で言った。「上流階級の方々は礼儀作法を尊ぶものだと思っていたけれど」

「ああ、そうだとも。ぼくはただ、階級というハンデを乗り越えられることを証明したかっただけさ」

「では、お力添えをいただけますの？」ミセス・ハリントンが蒸し返した。イグナシウスのこだわりの強さはどうやら母親譲りらしい。

「ぼく自身はそれほど役に立てないと思いますが、姉を言いくるめて協力させましょう」

「まあ、ほんとうに？　なんてありがたいお話でしょう。それにお姉さまとお近づきになれるなんて楽しみだこと」ミセス・ハリントンは大げさに身を乗り出し、ドルフは馬車が大きくゆれたら彼女が床に転がり落ちるのではないかとひやひやした。

「姉は近づきになって楽しい人間ではないですが。ただし、ぼくから一つ条件があります」

「なんでもおっしゃってくださいな」

ドルフはクッションに背を預け、手を組み合わせると深く息を吸い、あえて間を置いた。

「ぼくにとって社交界は退屈きわまりないところですが、どういうわけか、ミス・カーステンズがいるとその退屈が少しまぎれるんです。また彼女は現在、家庭教師という立場にありますが、父親の職業や本人の教養を考慮すると、もっと高望みをしてもいいように思えます。そういうわけで、ぼくから提案を。ミス・カーステンズにも社交界デビューをしてもらいたい」

5

アビーには一瞬すべてが、そして誰もが、停止したように見えた。馬のひづめの音までやけに間延びして聞こえた。

アビーはあんぐり口を開けた。顎ががくんと落ちたのがわかった。ルーシーの愛読する小説によく出てくる表現だが、解剖学的にありえないと思っていたのに。だが、アビーは今それを体験している。目が丸くなり、呼吸が止まり、表情が弛緩《しかん》した状態を。

「ちょっと待って……私は社交が苦手なのよ」自分の声がいつもよりうわずって聞こえた。

「ばかなことを言わないの」ミセス・ハリントンが手袋をはめた手を打ち合わせ、持ち前の甲高い声で言った。「なんとすばらしくておやさしいご提案でしょう！　ご推察のとおり、ミス・カーステンズはとても立派な家の出なんです。父親はスコットランド出身の聖職者で、母親は私と同郷で、私の大親友でしたの。その母親が言っておりましたが、フランスにも親戚がいたそうですわ。残念ながらその人たちは、革命のせいで首からなにから全部なくしてしまったんですって。もちろん首をなくすのが一番嫌ですわね。ともかく、かわいいアビゲイルはフランス語がとても上手なんですの。ミス・ブラウンリーからも立派な教育を受けていますわ」

「私は社交の場になんて出たくありません」アビーは言葉をしぼり出すようにくり返した。「きっと陸に上がった魚みたいになってしまうわ。それにドレスを買うようなお金だってないし、ルーシーのお古を仕立て直すにしても時間がないわ」

ランズドーン卿《きょう》はどうでもよさそうに手をふっ

た。「ぼくが言い出したのだから、費用は当然ぼくが持つ」

「ねえ、アビー、一緒にデビューできるなんてすてきだと思わない？　私たちの子供のときからの夢がかなうのよ」ルーシーが向かいの席から手を伸ばし、アビーの手をぎゅっと握りしめた。

アビーはその手を力なく握り返したが、それはルーシーの夢であって、二人の夢ではないと思った。アビーが覚えているかぎり、社交とは長たらしい無駄話に耐えるだけの時間だったし、母が亡くなって社交から解放されたときには、この自由を手放したくないと思ったものだ。

だが、アビー以外の全員がランズドーン卿の提案に賛成しているようだった。ルーシーはうっとりと夢想にふけっているし、ランズドーン卿とミセス・ハリントンは早くも仕立て屋の選定に入っていた。

「マダム・エメなら間違いのない仕事をしてくれるでしょう。ぼくから話を通しておきますよ。皆さん全員のドレスを作ってもらうといい」

ミセス・ハリントンがまた手を打ち合わせた。

「聞いたことがありますわ、流行の最先端《モディスト・ド・ジュール》のドレスがほしいならマダム・エメに頼むべきだって。公爵さまはほんとうにご親切でいらっしゃること。お母さまの手紙にあったとおりですわ！」

ランズドーン卿が肩をすくめ、アビーは彼の口元にあの皮肉な、放蕩《ほうとう》者らしい笑みが浮かぶのを見た。魅惑的でもあり、いらだたしくもある笑みだ。「おやおや、そんな噂《うわさ》を広められては困るな。ぼくの動機は完全に利己主義的です。ぼくが楽しむついでに、姉をいらいらさせてやりたいだけですよ」

アビーは背筋を伸ばし、事態を収拾しようとした。

「ランズドーン卿、はっきり言わせていただきますけど、私は家庭教師か学校教師としての働き口さえあれば、それ以上に望むことはないんです。それにあなたのお姉さんはミス・ハリントンのうしろだてを頼まれるだけで十分いらいらするはずです。私のことまで頼んだら余計な怒りを買うことになるし、無駄な費用だってかかるでしょう。私はあなたの親戚ですらないんですよ。私は家で留守番をします。イグナシウスの世話もあるし」

「世話なんかしてくれなくていいよ」イギーは窓に張りついたまま、ふり向きもせずに言った。

「イグナシウスなら大丈夫よ。ミセス・フレッドがみてくれるわ」ミセス・ハリントンが言い添えた。

「だから、みてくれなくていいってば」イギーはぶつぶつ言いながら、息を吐きかけて曇らせた窓に図形を描きはじめた。

「お願いだから一緒に来てよ、アビー。あなたが一緒にいてくれたら楽しいもの。それにとっても心強いわ。私、人見知りがひどいんです」ルーシーは最後の言葉をランズドーン卿に向けて言った。

「私が一緒にいてもなんの助けにもならないわよ。お茶会のおしゃべりでさえ苦手だったから」

「いい加減になさい」ミセス・ハリントンが声をさらに張りあげた。「ランズドーン卿はあなたにチャンスをくださっているのよ。ミス・ブラウンリーがいつも言っていたじゃない、チャンスをつかみなさいって。その日を摘め《カルペ・ディエム》とかなんとか」

「ミス・ブラウンリーは選択の自由の支持者でもあったわ」アビーはきっぱり言った。

「ほら、あなたの大好きなウィルバーフォースとかいう人にも会えるかもしれないわよ」

「奴隷解放運動家がデビュタントの舞踏会に来るとは思えないわ」

「ねえ、お願い」ルーシーがすがるように言った。

「私は——」アビーは長い脚を悠然と伸ばし、にやにやしているランズドーン卿をにらんだ。

「ミス・ハリントンをがっかりさせたくないだろ

う」彼は言った。

姉はご機嫌なめどころではなかった。

マデリーンが上機嫌な顔を見せることはめったにないが、眉間に寄った皺《しわ》の深さと一直線に引き結ばれた唇は、不機嫌よりもさらに強烈な感情を示していた。

「なぜあなたがハロゲートくんだりから来た貧乏人の世話を焼きたがるのか、さっぱりわからないわ！」

「別の町から来た貧乏人のほうがよかったかな？」

ドルフは姉の贅沢《ぜいたく》なサロンのサテンの長椅子に腰を下ろした。椅子が低すぎて、ひざがぶかっこうな角度に曲がった。「探せば何人か見つかると思うが」

「あなたって人は、なんでも茶化さないと気がすまないの？　お母さまが亡くなってからのあなたの態度にはほんとうに我慢ならないわ。お母さまのばかげた慈善家ぶりには相当うんざりさせられたのに、今度はあなたがそれを受け継ぐなんて。どうしてなの？　私の気持ちを逆撫《さかな》でしたいだけ？」

ドルフは考えるふりをした。「もちろん、それも楽しみの一つだ。だがぼくの主な動機は、われらが親愛なる父上に似たくないという点にある。でなければ、家長としての責任感が芽生えたのかもしれないな。姪《めい》や極道者の甥《おい》にもっと関心を持つように姉さんが忠告してくれたのは、たしか昨日の話じゃなかったかな？」

「ジェイソンは極道者なんかじゃありません。若いだけよ。それに、あなたは私に言われなくても関心を持つべきなのよ。ジェイソンはあなたの後継ぎだし、あなたの暮らしぶりからすると長生きは望めないでしょうからね」

「いやいや、まだ棺桶《かんおけ》の寸法を測らせる気はないよ。教えてくれ、姉さんはぼくのどういう生活習慣が、憂き世からの退場を早めると思うんだ？」

「爵位を継いでから二度も騎手として競馬に出場したじゃない。そのうえ、毎晩クジラみたいにお酒を飲んでいるわ」

「小魚くらいしか飲まない夜もあるけどね」

マデリーンは腹立たしげに舌打ちし、あきれ顔で天井を見た。

「まああなたは〈ホワイツ〉で飲むだけまだましね、名門クラブだもの。ジェイソンにはそういう分別がないの。ぞっとするほど汚い店でギャンブルをしているのよ」マデリーンは口元を引き結んだ。

「おやおや、財産を使い果たす場所にまで格式が関係するのかい？」

「ジェイソンは財産を使い果たしたりしません」マデリーンは聞き手ではなく自分を安心させるように言った。「でもあの子は若いの、まだ二十歳にもなっていないわ。同性の指導者が必要だし、父親のスタンホープ卿が亡くなっている以上、その役目はあなたが担うべきだわ」

「光栄だな。身に余る大役だ。まずはぼくが改心して、退屈な結婚でもするべきだろうか？」ドルフは姉をからかった。

マデリーンは怒ったように目を細め、指をいらいらと肘掛けに打ちつけた。

「したほうがいいに決まっているわ。でもあなたは、結婚するくらいなら火炙《ひあぶ》りになるほうがましだと言っていたじゃない。お母さまがずっとあなたにふさわしい令嬢を紹介しようとしていたのに」

「中身のない話しかできないデビュタントたちをね」

「当たり前でしょう、あなたがつきあっている娼《しょう》婦《ふ》まがいの女優たちと結婚させるわけにはいかないもの」マデリーンが一矢報いた。

ドルフはため息をついた。「良家のお嬢さんたちはひどく退屈なんだ」

「良家のお嬢さんでなければあなたの立場には釣り合わないのよ。いいこと、もし結婚という一歩を踏み出す決心がついたのなら、放蕩者の仮面は捨てて気高い紳士として行動なさい。あなたの公爵夫人になる人は家柄、美貌、品格のすべてがそろった完璧なレディでなくてはいけないの」

「やれやれ、やっぱり結婚はひどく退屈そうだし、模範的な花嫁を探すのも面倒くさいな」ドルフはあくびをするふりをした。「ぼくは若きジェイソンを後継ぎにすることで満足するさ。そして姉さんの大事な坊やに叔父らしい関心を示してみせよう」

「それはありがたいこと。私たちは年が十も離れたきょうだいだからすごく親しいわけじゃないけれど、実家の家族はお互いしか残っていないものね」

「ぼくは理想の叔父らしくスーザンのデビューにつきそい、人徳でジェイソンを感化するとしよう」

「助かるわ。私はスーザンがミスター・トロロープと結ばれるように願っているの。あの子たちは幼なじみだから」

「結婚の理由としては冴《さ》えないな」

「それからあなた、そのヘリンボーンとかいう一家のことはもう忘れるのよね？」

「いいや、忘れない。理想の叔父役を引き受けるんだから、少しくらい楽しんでもいいだろう」

それに、もし今ハリントン家から手を引いたら、ミス・カーステンズはきっとこう言う。〝だから言ったでしょう〟と。ドルフは他人の意見など気にしたことはないが、どういうわけか、彼女だけは失望させたくなかった。

いや、それともぼくは母の善行を引き継ぐことに意味を見出《みいだ》しているのだろうか。そうすれば母に近づき、父からは遠ざかった気がするから。

「そんなにおもしろい人たちなの？　ハリントン一

家は？」マデリーンが疑わしそうに訊《き》いた。

「そういうわけじゃない」

「はっきり訊くけど、二人のお嬢さんのうち、どちらかが絶世の美人だったりするの？」

「まさか。ミス・ハリントンは外見はまあまあだが、中身は平凡だ。ミス・カーステンズのほうはまったく美人じゃない」ドルフはそう言ってから、思わず口元をゆるめた。それは事実だ。だが彼女にはなんとも言えない魅力がある。知性と覇気と歯に衣《きぬ》着せぬ率直さが。

「じゃあ、なぜあなたは笑っているのよ」

「生まれつきの愛嬌《あいきよう》かな？」

マデリーンは両手をももの上に叩《たた》きつけるようにして置き、さらに疑《うたぐ》り深い顔になった。「あなた、その人に気があるんでしょう」

「なんだって？　ミス・ハリントンに？　いやいや、彼女と話していたらぼくは五分と起きていられない」

「違うわよ、家庭教師のほう。ミス・カートンだったかしら。その女《ひと》をベッドに連れこむ気なら、社交界に出すのはおやめなさい。醜聞はご法度よ。スーザンにどんな影響があるか――」

「ミス・カーステンズを？　まさか。彼女はそんな女じゃない。絶対に違う。姉さんの大事なスーザンだって、彼女から学べることがあるはずだ」

マデリーンはしばらく無言になったが、それは姉の場合、冗舌よりも悪い兆候だった。「あなたが語気を荒らげるなんて珍しいこと。そんなにむきになって女性をかばうのも初めて見た気がするわ」

「それはぼくらが心を許し合った仲じゃないからさ。姉の前で名前を出せるようなレディは決まって退屈だし、退屈でない女性のことは姉には話せない」

「カーステアズとかいう人はどうなの？　その家庭教師は退屈ではないの？」

ドルフはミス・カーステンズが犬と格闘する姿を思い出した。新しい技術に興味津々の表情や、辛辣な口のきき方も思い出した。

「彼女がいれば退屈はしないが、女優とはまったく違うタイプだ。だからスーザンが堕落の道に引きずりこまれる心配はしなくていい」

6

「ロンドンの夜会！　私たちにとっては初めての社交の場ね！」ルーシーは喜びのあまりうわずった声で叫んだ。マダム・エメが彼女の足元にしゃがんでドレスのすそにピンを刺しているのだが、ルーシーはじっと立っていられる気分ではないようだ。「アビー、あなたが一緒に来てくれることになってほんとうにうれしいわ。地元のお茶会を思い出すわね」

「誰かのティーカップに蜘蛛《くも》を入れて、ほんとうに地元のお茶会らしくしてあげましょうか」

　ルーシーはくすくす笑った。「あのときのアナベルの悲鳴ときたら！　でも私、知っているのよ、あなたがあんなことをしたのは家に帰らされたかったからでしょう」

「ええ、そうよ。母の病気が重くなるにつれて、お行儀よくするようになったけどね。母をがっかりさせたくなかったから」

「あなたがミス・ブラウンリーと一緒にしていた奉仕活動を、お母さまは誇りに思っていたわ」

「そうね」アビーはうなずいたが、自分たちがテールスープを配るだけでなく、分娩《ぶんべん》の世話までしていたことを母に知られずにすんだのは幸運だったと思う。十二歳の娘が産婆役を務めることを、母が誇りに思ったかどうかは疑わしい。

　アビーはミセス・ハリントンとルーシーに目をやった。ミセス・ハリントンは母の親友で、母が病に倒れたあと、そして亡くなったあとも、なにくれとなく力になってくれた。

　夫のミスター・ハリントンとの暮らしは安楽なものではなかったはずなのに。彼は耳が遠いうえに痛風をわずらっており、二重の苦しみのせいでいつも不機嫌だった。アビーは子供の頃、彼の眠りを妨げないように、つま先立ちで静かに歩いたことを覚えていた。

　それでもハリントン一家は、母に続いて父を亡くしたアビーを家に迎えてくれたのだ。その頃はまだイギーの前の家庭教師がいたが、彼が辞めてしまうと、アビーはハリントン家の親切に少しでも報いるために、イギーを教えることにしたのだった。そう、ハリントン家の人たちには幸せになる資格がある。

　アビーの不安は杞憂《きゆう》に終わり、ランズドーン卿《きょう》は約束を守った。この数日の間にボンネットや扇、ショール、靴など、ありとあらゆる装飾品が届けられ、ドレスの仕立ても始まった。レディ・スタンホープとの顔合わせはいよいよ今夜だ。

「少し横を向いて、マドモワゼル」マダム・エメがルーシーの足元から言った。ピンを何本も口にくわえているので、こもった声だ。「それからふらふらしないで！　私のドレスを着るレディはふらふらしたりしません」

「すみません、マダム」ルーシーが恐縮して言った。

マダム・エメは体つきこそ小柄だが、恐ろしいほど威厳がある。

「これでいいでしょう」マダム・エメはピンを針山に戻し、ひざをポキッと鳴らして立ちあがった。

「きれいだわ」ルーシーは真剣な口調で言い、くるりと体を回した。「それに白じゃないのがうれしいわ。デビュタントはふつう白を着るんでしょうけど、私は緊張すると顔色が悪くなるから、白だと幽霊みたいに見えてしまうのよ」

マダム・エメが小さく舌打ちした。「ノン、私のドレスを着るレディが幽霊に見えるわけありません！」

「今はわくわくしているから幽霊には見えないと思うけど。アビー、あなたもランズドーン卿の厚意に甘えて新しいドレスを作ってもらえばよかったのに」

「ランズドーン卿にドレス代を払ってもらう理由がないわ」アビーはそっけなく言った。「このドレスに新しいレースをつければそれで十分よ」

「幸運は素直に受けとればいいのよ。シンデレラみたいにね」

アビーは笑った。「ランズドーン卿が妖精のおばあさん役なの？　彼、きっと嫌がるわよ」

それともおもしろがるかしら？　アビーには彼の目にユーモアがきらりと輝くところや、彫刻のような唇に浮かぶ皮肉な笑みをありありと思い描くことができた。それから知的な強さを示す顎の線や高い頬骨、引きしまった口元も。

「せめて私のピンクのドレスにしたらどうかしら。

グレーは老けて見えるわ」ルーシーに声をかけられ、アビーはあやうく飛びあがりかけた。

「ピンクを着られる年じゃないわよ」

「私より一歳半年上なだけでしょう。いつも自分を年寄りみたいに言うんだから」ルーシーが不満げに言った。

「ピンクはこの方には似合いません」マダム・エメが反論を許さない口調で言った。「今着ているグレーのほうがいいんです。あなたの目の色に合っていますよ、ミス・カーステンズ。紫がかったグレー《プテートル》がね。髪はもう少しなんとかしましょう。そうですね、少し巻いてみるとか？　あなたは顎も、鼻も、頬骨も、ありすぎるんです」

「どれもあって困るものじゃないでしょう」アビーは反論した。

「そうだけど、髪型は変えてみたほうがいいわ」ミセス・ハリントンが言った。

「私はずっとこの髪型で通してきたのよ。手がかからないし、合理的だもの」

「そんなこと舞踏会ではなんの意味もないわ」ルーシーが言った。

「舞踏会じゃないでしょ。ただの小さな夜会だから、あなたたち親子がレディ・スタンホープとその令嬢に会えることになったのよ」

「〝私たち〟よ」ルーシーが強調した。「私たち三人で会うんだから、三人とも一番いい格好をしていかないといけないの。お願いだから合理的な格好なんてやめてちょうだい」

アビーは肩をすくめた。「わかったわよ、でも前髪を少し巻くだけね。うしろは全部ネットにしまうわ。髪が首にまとわりついたり、邪魔になったりするのは嫌いなの」

「髪が邪魔になる？　ケーキを焼くわけでもないのに」ルーシーがぶつぶつ言った。

マダム・エメが化粧台からブラシを取り、アビーのふさふさした髪をとかしはじめ、ルーシーはとてつもない大変身を期待するように見守った。

「とても豊かな髪、そうでしょう《ウィ》？　それに見事な栗色《くりいろ》。この自然なウェーブをみっともないネットにしまいこむなんてもったいない」

「ネットに入れないとぼさぼさのモップみたいになるの」

「マドモワゼル、あなたは自分の美しさを隠そうとしていますね」

「世間は美人に知性を見出《みいだ》せないというのがミス・カーステンズの意見なのよ」ミセス・ハリントンが言った。

「そうですとも」アビーは言った。「両立は不可能よ。前者は称賛され、後者は軽蔑される」

ミセス・ハリントンはなんの模様とも判別しがたい刺繍《ししゅう》を取り出し、答えを求めるようにじっと見つめてから、脇に投げ出した。

「私はミス・ブラウンリーが大好きでしたけどね」ミセス・ハリントンは言った。「でもその意見については、彼女が正しいとは言い切れないわ」

マダム・エメはアビーの髪を両手で撫《な》でつけ、目を細め、批判するように首を傾けた。「もしかしたら、マドモワゼル、美しくて賢い女性がいることをあなたが世間に教えられるかもしれませんよ、そうでしょう《ウィ》？」

そしてハサミを取りあげ、ふってみせた。

「そうですとも」ミセス・ハリントンが賛成した。「髪は絶対に巻いたほうがいいわ。あなたは今夜、白馬の王子《プリンス・チャーミング》さまと出会えるかもしれないんだから」

「あいにく私は王子さまなんか探していないの」アビーは言った。「それがおとぎ話のよくないところよ――女性をありえないほど高い塔に閉じこめて、助けを待たせるでしょう。私なら自分ではしごを取りに行くわ」

その夜の出だしは好調だった。ランズドーン卿が貸してくれた馬車は、脚を高々と上げて前進する二頭の灰色馬が引き、公爵家の紋章が入った、贅沢《ぜいたく》きわまりない乗り物だった。座席はふかふかのベルベット張りで、ハリントン家の年代物の馬車とは違い、かび臭さとは無縁だった。ルーシーとミセス・ハリントンはじっと息を詰め、うっかり息を吐いてしまえば魔法が解けてしまうのではないかと心配しているように見えた。

「この馬車、この前トリントン広場に連れていってもらったときに乗ったのとは違う馬車よね」ルーシーがあたりをはばかるようにひそひそ声で言った。

「クッションの色が違うから、当然そうでしょうね」アビーはそっけなく同意した。

「お金持ちって馬車を二台も持たなくちゃいけないのね！」

馬車はハリントン一家が住んでいる界隈《かいわい》の細い路地を抜け、やがてもっと広い、緑豊かな通りが続く一帯に入った。このあたりには大きな屋敷が立ち並び、その表構えがガス燈《とう》の明かりに照らされてぼんやりと浮かびあがっていた。

目的地へ近づくにつれて、通りは混雑してきた。三人は興味津々で窓の外をのぞき、他家の馬車やお仕着せを着た従僕や、つやつやした馬を眺めた。

馬車が止まった。ひづめと車輪の音がやむと、馬車の中には期待に満ちた静けさが広がった。馬丁が扉を開け、冷たい風が吹きこんできた。アビーの目に飛びこんできたのは、驚くほど大きな屋敷、広々とした正面階段、そして制服姿の使用人たちだった。

胸の奥が、ミセス・フレッドが作るブラマンジェのようにかすかに震えた。獅子《しし》の形をした真鍮《しんちゅう》製のノッカーがついた黒漆塗りの扉は、アシュリーホールを思い出させた。

「どうしてそんなに不安そうな顔をしているの？」広い階段をのぼりながら、ミセス・ハリントンが当人としては小声のつもりの大声で訊《き》いた。「ため息なんかついていないで、自分から楽しもうと思ってごらんなさいな」

「やってみるわ」アビーは約束した。

扉が開いた。お仕着せを着た従僕に羽織り物を預けてから、三人は玄関ホールに足を踏み入れた。なにもかもが一般的な水準よりも大きかった。玄関ホールだけでも途方もない広さで、ハリントン家が借りているウィンポール通りの家がまるまる二つ収まりそうだ。頭上には巨大なシャンデリアが吊《つる》され、二階へと続く階段の壁には気難しそうな先祖たちの巨大な肖像画が並んでいる。

階段をのぼると、執事が別の扉を開けた。

「ミセス・ハリントン、ミス・ハリントン、ミス・カーステンズのご到着です」執事が言った。

三人は玄関ホールよりは狭いが、豪華さでは劣らない部屋に入った。高い天井には三叉《さんさ》の槍《やり》を手にして波間から躍りあがるネプチューンが描かれていた。

空気はひやりとして、暖炉でゆらめく炎の効果はあまり感じられなかった。暖炉の左右に女性が一人ずつ座っている。年上の女性は痩《や》せ型の長身で、白髪交じりの黒髪をしていた。

若いほうは年上の女性に似ていたが、レディ・スタンホープの長身と鷲鼻《わしばな》が威厳を感じさせるのに対して、娘のほうは育ちすぎた鼻に顔のほかの部分が追いついていないような、ちぐはぐな印象を与える。

レディ・スタンホープがかすかに首を動かして来客に気づいたことを伝え、批判的な目を三人の顔に走らせた。「ようこそ、ミセス・ハリントン、ミス・ハリントン。弟によると、私たちの母の親戚でいらっしゃるそうね」

「はい、私の母方がそうですの」ミセス・ハリントンが答えた。その隣の小さな長椅子に座ったルーシーは、母親とあまり離れたくないらしく、できるだけ母のほうに身を寄せていた。

「奥さまのご親切には心から感謝しております。お目にかかれてうれしゅうございます」ルーシーはレディ・スタンホープとその娘に向かって言った。

レディ・スタンホープが軽く肩をすくめた。「お作法のほうはまあまあかしら。でも、あなたの外見は弟に聞いていたよりずっと見栄えがするわ」

その視線がアビーに向いた。アビーは二組の母娘から少し離れた、長椅子のうしろに席を見つけていた。

「あなたが家庭教師ね」

「ミス・カーステンズは、家庭教師というより私たち家族の友人なんですの」ミセス・ハリントンが口添えした。「彼女のお母さまは私の幼なじみで、お父さまは教区牧師でした。その両親が相次いで亡くなったので、私どもと一緒にロンドンへ来たんです。彼女はわが家にとって大きな慰めであり、助けでもありますわ」

レディ・スタンホープはうなずくと、冷たい目で検分を続けた。「その髪は改善の余地がありそうね。前髪はそれでいいけれど、うしろも巻いたほうがいいわ」

「巻くのは好きじゃないんです。首がくすぐったくなるので」

「あらあら、お嬢さん。あなたの好みなんて関係ないのよ」

「私の髪ですから、関係あると思いますが」

「生意気な人は好きになれないわ」

「いえ、あの」ミセス・ハリントンが慌てて口を挟んだ。「生意気だなんてことはないんですよ。彼女はたまに……なんというか……変わった冗談を言うんです。でも根は親切だし、とてもしっかり者なんですの。村の人はみんな褒めていました。救いの天使のようだって。天使がチキンスープを配るものだとしたらですけど」

「田舎でなんて褒められていたか知らないけれど、自分の幸運に感謝が足りていないようね。それに軽率な発言はせっかくのチャンスを台なしにしかねないわ。若い人は冗談なんて言わないほうがいいのよ」

「まじめな態度を取るように努力します」アビーは言った。

「でも笑顔は忘れずにね。憂鬱そうに見えてもだめ。有利な結婚をしたいなら、あなたには学ぶことがたくさんありそうよ」

「いいえ、私はいいんです」

「なんですって?」

「有利だろうと不利だろうと、私は結婚したいと思っていないので」

レディ・スタンホープはショックを受けたどころではなかった。口が開き、また閉じた——釣りあげられたマスみたいだわ、とアビーは思わずにはいられなかった。

沈黙に耐えられなくなったミセス・ハリントンが早口でまくしたてた。「どうかお気になさらないで。この子は変わっているんです。知的なんです。私、いつも思うんですけれど、知的な人ってどこか変わっているものですわね。私どものよき友人だったミス・ブラウンリーもとても知的な人でしたけど、やっぱり変わっていましたもの。それに彼女はフランス貴族と親戚なんです。ミス・ブラウンリーではなくて、ミス・カーステンズのほうがですわ。残念ながら彼らは首をなくしてしまいましたけれど。貧乏で首が回らなくなったという意味じゃなくて、実際に首を斬られたんです。とにかく、私が言いたいのは、ミス・カーステンズはときどき妙なことを口走りますけれど、私たちが気にする必要はないということですわ」

　ここまでひと息にしゃべったミセス・ハリントンは息を切らし、不本意ながらいったん黙った。

「あなたのお母さまはいつもこんなにおしゃべりなの？」レディ・スタンホープの質問はルーシーに向けられた。

「いいえ、奥さま」

「では、声帯のためにも少しお黙りになることをお勧めするわ。ついていらっしゃい。舞踏室に行きましょう。ダンスフロアを用意して、楽団とお客さまを呼んであるのよ。大勢ではないけれど、選《よ》り抜きの方たちをね。殿方もいらっしゃるわ。あなたたちはもっと華やかな場に出る前に、この機会を利用してステップとお作法を練習しておきなさい」

　コニャックを飲み干し、書斎を出て舞踏室に向かいながら、ドルフはいつになく期待している自分に気づいた。われながら珍しいことだ。兄の死以来、ドルフは期待という感情を抱いた覚えがなかった。あらゆる行動につきまとうのは憂鬱な義務感か、自暴自棄な熱狂のどちらかだった。自分は酒か、馬のレースか、ギャンブルにしか、平穏という幻想を見いだせなくなったのかもしれない。

　さらに奇妙なことに、彼に期待を抱かせているのはデビュタントの夜会なのだった。令嬢たちとのダンスほどつまらないものもない。ドルフは姉のことが嫌いではなかったが、十歳も年上の姉と一緒に過ごしていると、楽しさよりもいらだちのほうが勝った。姪《めい》のスーザンは気立てのいい娘だとは思うが、若すぎて話し相手にならない。

　分別のある男なら馬車に飛び乗り、〈ホワイツ〉にでも逃げこむところだろう。それなのにドルフは鬱陶しさどころか、好奇心に近い感情を抱いて、花の香りが漂う姉の舞踏室に足を踏み入れようとしているのだった。

舞踏室は、この屋敷のほかの部分と同じように、歴史と伝統の重みを感じさせた。スタンホープ家の血統はウィリアム征服王の時代までさかのぼり、タペストリーや肖像画がその家柄の古さを裏づけている。

ドルフの父方の一族も家柄の古さではスタンホープ家にひけをとらないが、財産は比較にならないほど少なかったため、ドルフの両親が不幸な結婚をしてランズドーン家の財政的窮地を救うことになった。やがて父の意向を受けて、姉マデリーンは母方の卑しい平民の血を薄めるために、今は亡きスタンホープ卿に嫁いだのだ。

それはマデリーンにとっては幸運な縁組みだった。家柄も、財産も、洗練も、狡猾《こうかつ》な知性も備えた姉は、今ではロンドンの社交界に君臨し、人々の評判を上げたり落としたりしている。

舞踏室の内装は、マデリーンの趣味のよさを証明していた。華麗すぎず、控えめで、社交界に出たばかりの若いレディたちにふさわしい舞台だ。暖炉では盛大に火が焚《た》かれ、シャンデリアやランプがゆらめく金色の光を投げかけている。壁沿いに並べた椅子は、母親たちや哀れな壁の花が腰を下ろすためのものだ。

部屋の中央では、さまざまなパステルカラーに身を包んだデビュタントたちが踊っている。空気はこれから熱気を帯びるだろうが、今はまだ肌寒い。部屋が広いため、あちこちから隙間風が入るのに対して、熱源が大きな暖炉一つしかないせいだ。

中央のパステルカラーの渦のほかにも、部屋のあちこちでデビュタントが小さな群れを作り、紳士たちに渡されたレモネードを飲みながらおしゃべりしている。母親たちもレモネードを片手にゴシップを交換しつつ、自分の娘を油断なく見守っている。左手の巨大なヤシの木の下には小さな楽団がおり、部屋には音楽と、おしゃべりと、衣《きぬ》ずれの音と、ダンスのステップを踏む音が満ちていた。

「ランズドーン卿！　お会いできてうれしいですわ！」ミセス・ハリントンがばたばたと近づいてきた。人のいい丸顔が興奮で赤らんでいる。うしろにはミス・ハリントンとミス・カーステンズの姿も見えた。

ドルフは三人の女性に一礼した。ミス・ハリントンは今夜はいつもほど平凡に見えない。だが、彼の目を奪ったのはミス・カーステンズだった。

まるで別人じゃないか。青い瞳をきらきら輝かせ、頬を紅潮させ、深い襟ぐりから豊かなふくらみをのぞかせた女性が、あのミス・カーステンズだとは思えなかった。

ドルフは眉根を寄せた。

ドレスが体にぴったりしすぎだ。襟ぐりも深すぎる。

眉間の皺《しわ》が深くなった。

「公爵さま」ミセス・ハリントンは彼の不機嫌に気づいた様子もなく、持ち前の大声で続けた。「ほんとうにすばらしい夜会ですこと。あなたとお姉さまにはお礼の申しようもございません。ところで、少し座っても構いません？　マダム・エメが勧めてくれた靴はおしゃれなんですけど、私は外反母趾《がいはんぼし》なので歩くとちょっぴり痛むんですの」

「もちろん構いませんよ」ドルフは彼女たちを連れて部屋の隅の、背もたれのまっすぐな椅子がある一角に向かった。

「もしかしてあなたも外反母趾なの？」ミス・カーステンズがドルフの横でささやいた。唇にいたずらっぽい笑みが浮かぶと、まじめな表情の下からユーモアがのぞいた。

「なんだって？」

「さっきから怖い顔で私をにらんでいるじゃない。外反母趾が痛むと人は怒りっぽくなるのよ」

「ぼくは違うさ——マダム・エメはぼくの注文どおりに君のドレスを作ったのか？」ドルフはミセス・ハリントンの腕を取って椅子に座らせながら訊いた。

「いいえ、これはルーシーのお古よ」ミス・カーステンズが座りながら答えた。

「マダム・エメには君のドレスも作るように言ったはずだが」

「時間がなかったし、私にはこれで十分だから」

どういうわけか、ミス・カーステンズのこの無頓着さがドルフにはもどかしかった。彼女は自分が無一文の独身女性で、貧乏人の子だくさんを地でいく男やもめしか捕まえられないような、不安定な弱い立場にいることをわかっていないのか？

彼女の溌剌《はつらつ》とした魂にそんな運命が待ち受けていると思うと、ドルフはいらいらした。

自分がそのことにいらいらしているという事実が、さらにいらだちを煽《あお》った。

「そのドレスは流行遅れだ。それに襟ぐりが深すぎる」ドルフはつっけんどんに言った。

「私は社交の催しには最低限しか出ないつもりだから、流行のドレスなんて無駄なのよ。襟ぐりだってあの若いレディの半分も深くないわ、あのピンクのドレスの」ミス・カーステンズは問題の令嬢を目で示した。

目線の先にいたのはミス・プリマスだった。彼女の胸はまったいらだ。ミス・カーステンズの胸はたいらではないし、ドレスでさらに強調されている。その証拠にドルフの視線は気づけばやわらかそうな白い肌や、レースに包まれた誘うような谷間や、胸の下に落ちる影に吸いよせられていた。

「論点がずれているぞ」ドルフはすげなく言った。

「ミス・プリマスは男に求婚を急がせるだけの持参金を持っている。君はそこまで幸運じゃない」

「あいにく私には結婚願望がないのよ」

「君はいつもそう言うが、ずっと家庭教師でいたいと本気で思っているわけじゃないだろう。自分の家庭を持ちたくないのか？」

　ミス・カーステンズはどうでもよさそうに肩をすくめた。「女一人で暮らしていけるだけの財産があればそれに越したことはないけれど、それが無理なら家庭教師として働いて生きていくつもりよ」

「ほんとうに？」ドルフは姉の家にいる灰色の退屈な女性を思い浮かべた。「君のような人間をばか正直と言うのかもしれないな」

　ミス・カーステンズは声をあげて笑い、ドルフはまたもや彼女の天真爛漫《てんしんらんまん》なユーモアにはっとした。型どおりの言葉しか話さず、型どおりの仕草しかしない、芝居がかった女性たちとはまったく違う。

「どうやらあなたはお世辞を言う癖を克服したようね」

「一本取られたな」

　アビーはランズドーン卿の顔によぎる表情を見つめていた。彼の前ではいつもの自分でいられない。アビーが知るかぎり、ほとんどの人は重々しい口調で浅いことを言うものだ。だがランズドーン卿が軽薄に口にする言葉には、深い意味がありそうな気がするのだ。

　いいえ、それは錯覚かもしれない。深い意味なんて、私の想像が作り出した幻にすぎないのだろう。たぶん私もルーシーと同じなんだわ。彼のはらりと垂れた黒髪や彫刻のような口元に、深い苦悩を抱えた陰のあるヒーローのイメージを重ねているだけ。

　アシュリー卿の息子が頭を使うことといえば、襟の立て方ぐらいだったけれど、ランズドーン卿も同類に決まっている。

彼に深みを与えたのは私の想像力であって、彼の思考ではない。

だけど、それが問題なのだ。彼は私を混乱させる。頭にもやがかかって、思考が堂々めぐりしてしまう。

「ミス・カーステンズ」ランズドーン卿がほほ笑んだ。このがらりと変わる表情もまた、アビーを困惑させるのだった。「君をただ座らせておくわけにはいかないな。その深刻な顔もよろしくない。ぼくに喜びを味わわせてくれないか？」

彼は立ちあがり、手を差し出した。

「ダンスを申し込んでいるの？」アビーはぎょっとした。

「舞踏室でダンスを申し込むのがそんなに珍しいことかい？」からかうような言い方だった。

「私、ダンスはしないのよ。練習すらしたことがないの。生産的だとは思えなかったから」

「君が取り組む活動は、すべからく生産的でなくてはいけないのかい？」

「そうよ」アビーはむっとして言った。「みんながみんな、怠惰に遊んで暮らせるわけじゃないのよ」

「おやおや、厳しいお言葉だ。まじめを通り越して堅物に近い」

アビーはつられて笑い返しそうになったが、不安と居心地の悪さが消えたわけではなかった。

「〝堅物〟は当てはまらないと思うわ。それに、怠惰に遊ばなくても喜びは見つかるものよ」

ランズドーン卿の口元にかすかな笑いが浮かんだ。

「では君を〝喜ばせる〟にはどうしたらいい？」彼はその言葉をゆっくりと、意味ありげに発音した。

アビーは頬が熱くなるのを感じた。自分が自分でないようだ。社交の場でうまくやれないのには慣れている。でもこんなふうに胸騒ぎがして、顔が熱くなって、息が苦しいのは初めてだ。

「私は……いろいろなことで喜ぶけど……あなたにからかわれても喜ばないわ」

「ほんとうかい？　だったら決まりだ。会話で君を楽しませられないなら、ダンスでもするしかない」

「そんな――」

「ぼくの喜びを奪わないでくれ。誰かの楽しい初体験の手ほどきをするのは幸せなことだと思わないか？」

「それはそうね。イギーは天体観測を心から楽しんでくれたわ」アビーが答えると、どういうわけかランズドーン卿は人がふり向くほど大きな声で笑った。

「ほら、君には天性のダンスの才能がある。一つめのルールは、つねにパートナーを楽しませることだ」

「二つめは？」

「深刻な顔をしないこと。ぼくがおもしろいことを言ったような顔をしているんだ」ダンスフロアへと進み出ながら、彼は言った。

「あなたの話がおもしろくなかったら？」

「そういうときこそだよ」

「それじゃあなたは退屈でしょうね」

「なぜ？」

「だって、生きている手応えがないじゃない。目の前にいる人があなたを一人の人間として見ているのか、それとも公爵という爵位にへつらっているだけなのか、区別がつかないなんて」

　またもやミス・カーステンズに急所を突かれたわけだが、後味は清々《すがすが》しく、ドルフはなぜか侮辱された気がしなかった。

「君は上手だな」

「なにが？」

「ぼくが知らないぼく自身を言い当てることがだよ」ドルフを一人の人間として見る者は少ない。父にとっての彼は一家の問題児だった。母にとっては心の埋め草、兄の頼りない身代わりだった。

　そして兄は……兄はぼくをどう見ていたのだろう？　バーナビーは無数の仮面の下に隠れていたから、素顔の自分自身を見ることもできなかったのだ。

「あなた、深刻な顔をしてるわよ」ミス・カーステンズはそう言いながら、最初のステップを踏んだ。

「私がおもしろいことを言ったような顔をしていなきゃいけないんでしょう？　それともさっきのルールは男性には適用されないの？」

「されるとも。死ぬほど退屈していても楽しそうなふりをするのは、紳士の基本の心得だ。ぼくは耳垢《みみあか》の話を夢中で聞くふりをしたことさえある」

「自分の耳垢の話をしたレディがいたの？」

「いや、彼女が飼っているスパニエル犬の耳垢だ」

ドルフが片手を上げると、ミス・カーステンズはその下をくぐった。

「バジルは耳垢が出ないけど、おできの話なら私もできるわよ」

「おでき？　バジルにおできがあるのか？」ドルフは驚きのあまりステップを踏み間違えそうになった。

「いいえ、父の教区民の一人よ。私の母は病人の世話をしていたんだけど、母が病気になったのでミス・ブラウンリーと私がその役目を受け継いだの。おできや吹き出物《カーバンクル》にも詳しくなったわ」

「カーバンクル？　フジツボ《バーナクル》のおぞましい親戚みたいな響きだな。同情するよ」

「べつに嫌じゃなかったわ。正直に言うと、私にとってはボンネットよりおできのほうが興味深いのよ、前者のほうが社交の場での話題としてはふさわしいんでしょうけど。ミセス・ハリントンには天気かファッションの話をしなさいと勧められたわ」

　ドルフはミセス・ハリントンのボンネットを思い出した。「ミセス・ハリントンにファッションを語る資格があるとは思えないが」

ミス・カーステンズは笑った。思わずこぼれたような、自然な笑い声だった。二人は近づき、離れた。ドルフの鼻先をレモンの香りがかすめた。彼女は夏の太陽のような香りがする。ほかの女性たちの香水とは違う。いや、彼女自身が人と違っているのだ。

人と違うことを恐れながら生きてきたぼくが、彼女の風変わりなところに魅力を感じ、惹《ひ》かれ……興味をそそられている……。

「悪いけど、ステップに集中したいから黙るわね。でも笑顔は崩さないようにするわ、あなたがおもしろい話をしたとみんなが思うように」

「それはありがたい。それに耳垢よりは沈黙のほうがずっとましだ」

実際、ミス・カーステンズはへたな踊り手ではなかった。天性のリズム感を持っているようだし、ステップを数えているのか、かすかに動く唇が魅力的だった。無言でいて平気なのも彼女の風変わりな個性の一つだろう。ふつうの人間は沈黙をやたらに言葉で埋めようとするものだが。

曲が終わり、ドルフはダンスフロアを去らねばならないのを残念に思った。もちろんぐずぐずしていれば噂《うわさ》の種になってしまうのだが。一方、ミス・カーステンズのほうは未練など見せず、いつものきびきびした足取りで歩き出した。

ドルフは彼女の正直さと打算のなさに思わずほほ笑んだ。パステルカラーの渦のようなデビュタントたちとは大違いだ。ダンスフロアからさっさと立ち去るなんて社交界では顰蹙《ひんしゅく》を買う行為だと注意してやるべきなのだろう。だがドルフ自身は、ミス・カーステンズがほかのデビュタントたちとは違っているからこそ、彼女を気に入っているのだった。

「みんな似たり寄ったりだ」ドルフはそう言ってから、内心の声を口に出した自分に驚いた。

ミス・カーステンズもデビュタントたちのほうに目をやった。「社会がそうさせるのよ。私たちは箱の中で生きているの。妻とか、婚期を逃した女とか、母親とか、家庭教師とかいう箱の中でね」

ドルフは兄を思い浮かべた。さらに寄宿学校にいた頃の自分を思い出した。小柄すぎ、賢すぎ、周囲から浮いていた子供時代を。「どうしてぼくたちはふつうであることを高く評価するんだろうな」

「社会を支配しているのは裕福な紳士階級だから。変化はあなたの権力を脅かすからよ」

ぼくの？　この〝ぼく〟の？　ドルフは自分の腕の中で息絶えた兄を、そのときの無力感を思い出した。社会の道徳規範からはずれた真実の自分を隠していた兄のことを。

「おやおや、君はぼくを王か首相と間違えているのかな」ドルフはからかった。「ぼくの権力なんて吹けば飛ぶ程度のものだよ」

「あなたは選挙権を持っているでしょう？　貴族院に議席があるでしょう？」ミス・カーステンズがふり向き、鋭いまなざしをドルフに向けた。

「めったに使わないけどね」

「そういうところよ」ミス・カーステンズはまっすぐな濃い眉をきつくひそめた。「あなたやアシュリー卿のそういうところに腹が立つの。力を持っていながら使おうとせず、クラバットの結び方ばかり気にしてるんだから」

「ぼくらは知り合ってまもないのだから、ぼくの人格や行動に対する君の意見は先入観にまみれていると思うが」ドルフは言った。「それに、ぼくの同類だと貶《おとし》められているアシュリー卿というのは誰なんだ？」

「父の教区の領主よ。小作人の面倒をみないで狩りばかりしているの」

「その点はぼくに当てはまらないな。ぼくは狩りなんかしない。早起きなんてごめんだ」

「貴族院で演説はしないの？」

「するわけがない。演説しないことが自分の責務だとさえ思っている。ただでさえ演説したい人間だらけなんだから」

「それは議論するべき問題だらけだからでしょう。あなたはウィルバーフォースとは知り合い？　奴隷制には反対してる？」

「奴隷貿易廃止法案が去年、議会を通過したことは知っている」

ミス・カーステンズの眉が驚いたように少し上がると、ドルフは満足に似た感情を覚えた。

「だけど」彼女は続けた。「あの法案は不十分ね。違法としたのは貿易だけで、奴隷制自体じゃないから。私の見るところ、イギリス議会は経済的な既得権益を失うことを恐れて奴隷制の廃止に踏み出せずにいるんだわ」

ミス・カーステンズは返答か、さらなる議論を期待するように間を置いた。

「告白すると、ぼくがその法案について知っているのは名前だけだ」ドルフは言った。

「でも、その気になれば調べられるはずよ。声をあげることだってできる。あなたは弱者の権利を擁護して代弁することもできるのよ、たとえば――貧民教育の問題を」

ミス・カーステンズの声に力がこもり、情熱の域に踏みこんだ。彼女の頬が紅潮し、ドルフは自分を引き寄せる彼女の引力を感じた。まるでミス・カーステンズのまわりにあるものすべてが輝きを増し、深い意味を持ったようだ。

同時に、ドルフは自分の足場がぐらついたような不安を感じた。「おやおや、教育まで受けさせられるとは気の毒に。それでなくても貧民には苦労が多いんじゃないのか？」

ミス・カーステンズは見透かすようなまなざしを彼に向けた。「またそれね。あなたは自分の知性を、議論を避けるために使っている」

「社交界は真剣な議論にはいい顔をしないものだ」

そういえば父も議論を持ちかけられるのが嫌いだったな、とドルフは思った。手のひらに食いこんだ鞭《むち》の感触は今もよく覚えている。

「だとしても、あなたが社交界の顔色をうかがう必要はないでしょう。私たちは対話と議論を通じて学ぶものよ。でも、あなたは対話をしようとしない。相手の話を聞くより、気のきいた冗談を考えるほうに時間を使っているのよ」

「君はいろいろな問題に関心を持っている」ドルフは、またも自分の動揺を意識しながら言った。「そして他人にも持たせようとする」

「それは悪いことなの？」

「悪いとは言わないが、常識はずれだ。それに」ドルフはようやく固い地面にたどり着いたような気持ちでつけ加えた。「野暮だな」

ミス・カーステンズは苦笑した。「野暮で結構よ。流行に合わせるなんて愚かだもの」

「愚かではないな、穏便な生き方だ」

「世の中がこんなに無関心でなかったら、穏便に生きるほうが楽でしょうね。この社会では誰もがほんとうの自分を、笑顔や、冗談や、ヘシアンブーツや、高い襟や、おしゃれなクラバットの下に隠しているのよ」

ミス・カーステンズは強調した言い方も、声量を上げることもしなかったが、それでもドルフの耳には彼女の言葉が大きく響いた。

それはもはやただの会話ではなかった。その言葉は彼を殴りつけ、彼の中で反響し、楽団の演奏も、笑い声も、おしゃべりも、すべてかき消した。

ドルフは息苦しさに襲われた。胸が締めつけられる。ひゅうっと肺の中の空気が出ていく音が聞こえたが、吸うことはできなかった。体内の活力も、酸素も、枯渇してしまったようだ。

彼女の言葉は不気味なほど似ていた。今もまだ聞こえるあの言葉に。ドルフの耳の中で鳴りひびく言葉は、物質的な存在感さえ持ちはじめていた。二つの世界が衝突した。戦場の風景と舞踏室の風景が、混ざり合って一つになる。優雅なタペストリーとシャンデリアが消え、泥と血と汗と腐敗物に変わった。兄の頭の重みがドルフの胸にのしかかり、死に際の苦しい息遣いが聞こえてきた。

〝少なくとも、ぼくはもうふりをしなくていいんだ。隠さなくていい。笑顔や冗談でごまかさなくていい。平気じゃないのに平気な顔をしなくてもいいんだ〟

「大丈夫？　顔色が真っ青よ」

ミス・カーステンズの声は、どこか遠く、舞踏室からはるかに離れた場所で発されたように聞こえた。そして意味を持たないぼやけた音になって、ドルフの頭の中で反響した。いつもならこんな記憶はふり払ってしまうのに。抑えつけ、酒に溺れさせてしまうのに。疑問が頭の中を駆けめぐり、跳ねまわるのは、一人ベッドに横たわり、眠れずに夜明けを迎えたときだけなのに。

〝どうして言ってくれなかった？　どうしてぼくに打ち明けてくれなかったんだ？〟

その疑問を追いかけるように、またも答えの出ない疑問が湧きあがる。打ち明けられていたら、ぼくはどんな行動を取り、どんな言葉をかけただろう？あるがままの兄を愛し、受け入れただろうか？

それとも？

踊り手たちの姿が、回転する色とりどりのひずみに溶けていく。楽団の演奏が、まるで楽器が布に包まれたように鈍い音に変わっていく。

「君の言葉で大事な人のことを思い出した。彼は自分のある一面を隠していたが、ぼくは彼にそうしてほしくなかった」

「ごめんなさい」ミス・カーステンズが言った。

「謝らなくていい。すまないが、ちょっと頭を冷やしてくる」ドルフはこわばった唇の間から言葉を押し出した。

「気分が悪そうよ。私もついていくわ」

「それには及ばない」

彼は最低限の礼儀として短く一礼すると、寒々しい廊下へと出ていった。

7

アビーも急いで舞踏室を出たが、廊下にいるのは階段脇に控えた二人の従僕だけだった。閉じた扉がいくつか見えるが、ランズドーン卿《きょう》がどの扉に入ったのかは知りようがない。

見知らぬ屋敷で途方に暮れたアビーは、その場に立ちつくし、廊下と閉じた扉を交互に見た。

「あら、ミス・カーステンズ」

冷たい声がした。アビーは飛びあがりそうになった。レディ・スタンホープがすべるような足取りで近づいてくる。この人には足がないのだろうか？

「なにかお困りかしら？」

「ええ、ランズドーン卿を探しているんです」アビーは言った。「私の言葉で動揺させてしまったみたいで、急に顔が青ざめたかと思うと早足で出ていってしまいました。体調を崩していないか確かめたいのですが」

「きっと大丈夫よ、ミス・カーステンズ」

「大丈夫そうには見えませんでした」アビーは彼女の冷淡さにいらだった。

「殿方はよくそういうふうになるものよ」レディ・スタンホープは訳知り顔の笑みを浮かべた。

アビーは首を左右にふった。「ランズドーン卿が泥酔していたとおっしゃりたいのなら、それは違います。私たちはその直前まで奴隷貿易の廃止について筋道の通った会話をしていたんですから。彼はろれつが回っていましたし、息もアルコールくさくありませんでした」

レディ・スタンホープの尊大な、厳しい表情がいっそう険しくなった。眉根がきつく寄せられ、鼻孔がぴくりと震えた。「ミス・カーステンズ、若いお嬢さんがそういう話題を口に出すのはまったくもって許容しがたいことだわ」

「そういう話題とはアルコールのことですか、奴隷制のことでしょうか?」

「両方ですよ。あなたの礼儀作法はいったいどうなっているの?」

「私の礼儀作法なんて今はどうでもいいんです。ランズドーン卿が急病なら放っておけません」

「具合が悪ければ勝手に家へ帰るでしょう。あとの面倒はベントンがみるはずよ。それより、あなたは気が立っているようだし、社交にも不慣れなようね。馬車を回させるわ。お連れの方たちも呼びましょう」

レディ・スタンホープがうなずくと、従僕たちはきびすを返して屋敷内の奥深くへと姿を消した。

「こちらよ、ミス・カーステンズ」レディ・スタンホープは階段を下りていった。

アビーもあとに続いた。もうどうしようもない。癇癪《かんしやく》持ちの子供のように階段の上に居座るわけにはいかないのだ。

アビーは階段を下りはじめた。壁には不機嫌そうなスタンホープ家の先祖たちの肖像画が並んでおり、黒と白のタイルを敷きつめた玄関ホールにたどり着くまで、彼らのいかめしい視線に追いかけられているような気がした。

「もっと謙虚になることね、ミス・カーステンズ。あなたはこの世界を生き抜く知恵を身につけたつもりでいるんでしょうけれど、それは心得違いというものよ。数学やギリシア語の知識なんて、社交界ではなんの役にも立たないの。ここで待っていなさい。お連れの方もすぐにいらっしゃるわ」

そう言うと、レディ・スタンホープは立ち去った。背の高い姿がすべるように遠ざかっていく。アビーは亡くなった先祖たちと従僕の油断のない監視の目のもとに、一人その場に取り残された。

アビーはレディ・スタンホープのうしろ姿をじっとにらんだ。夜が更けた頃には絶妙な返し文句を思いつけるかもしれない。

でも今のところ、頭は真っ白だった。

レディ・スタンホープの言ったことはまるで見当違いだ。私はロンドンの社交界を生き抜けるなんて思っていない。小さな女の子たちのお茶会でさえ浮いていた私に、社交界を泳ぎ渡る能力なんてあるはずがないのだから。

けれど、今回ばかりは失敗したくなかった——ハリントン家のために。

そしてランズドーン卿との会話を楽しんでいた、私の中の知らない私のために。

でも、うまくいかなかった。髪を巻こうが、お古のドレスにレースを足そうが、なにも変わらなかった。やっぱり私ははみ出し者で、人と違っていて、周囲から浮いてしまうのだ。この苦しさには覚えがある。

母が生きている頃も同じことで悩んでいた。うまくやれなくて苦しいのは、大事な人をがっかりさせたくないと思うからだ。だから母が亡くなって、自分に向いていない努力をする必要がなくなると、アビーは解放されて自由になったような気がしたのだった。

だが今、アビーはその頃と同じ苦しさを感じていた。自分ははみ出し者だという感覚が、体に合わない湿ったコートのように冷たくアビーを包みこんでいた。

「気分はよくなった、アビー？」馬車の中で、向かいに座ったミセス・ハリントンが気遣うように尋ねた。

「ええ」アビーはうしろめたさを感じながら答えた。

「具合が悪かったの？　大丈夫？」ルーシーも尋ねてくる。

アビーはうめいた。「そうじゃないけど――やっぱり私、行かなければよかった」

「ばかおっしゃい」ミセス・ハリントンがきっぱり言った。「ランズドーン卿と踊っているときのあなたは、とてもかわいらしかったわよ」

「レディ・スタンホープは私の口のきき方をかわいらしいとは思わなかったみたいよ」

「あなた、なにかまずいことを言ったの？　レディ・スタンホープに？」ルーシーが怯《おび》えた声を出した。まるで私が殺人を告白したような驚き方ね、とアビーは思った。

でもルーシーは幼い頃からずっと結婚と、ドレスと、豪華な馬車を夢見ていたのだ。

「そのつもりはなかったけど……」アビーは口を閉

じ、レディ・スタンホープとのとげとげしいやりとりを思い出した。自分の言葉がルーシーの幸せを壊すかもしれないと思うと、胃がきりきりと痛んだ。

「口答えしたんじゃないでしょうね？　それともうっかり口を滑らせた？　彼女が私たちを好きになってくれなかったらどうするの？」

「あなたのことは好きになるわよ」アビーは答えた。「好きにならずにいられないもの」

「そうだといいけど。知ってるでしょう、レディ・スタンホープは社交界の有力者なのよ。デビューが成功するも失敗するも、あの方しだいなの。私たちはいい印象を持ってもらわないといけないのよ、でないとうしろだてになってもらえないわ」

　その言葉はランプに照らされた馬車の室内に、尾を引くように残った。

「ごめんなさい」アビーは自分の無愛想な口のきき方をあらためて思い出した。「でもきっとレディ・スタンホープは私の口が悪いからといってあなたを嫌ったりしないわ」

「あなたのことは実の娘のように思っているから言わせてもらいますけどね、きつい言葉がトラブルを招くこともあるのよ」やさしいミセス・ハリントンが叱責に近い言葉を口にするのは、アビーの記憶にあるかぎり初めてのことだった。

「ほんとうにごめんなさい」アビーはくり返した。

　気詰まりな沈黙の中、馬車は進んだ。アビーはルーシーを見た。ランプの光に照らされた顔は青ざめ、目の下に黒いくまができている。それでも彼女は美しい。ルーシーはこの馬車にふさわしい人間だ。流行のドレスを着て、ベルベットのクッションにもたれる世界の住人なのだ。

　馬車は裏通りからもっと細い道に入り、ハリントン家が借りている小さな家に近づいていった。街灯がまばらになり、すれ違う馬車の数も減った。

やがて馬車が止まった。馬丁が扉を開けると、冷たい湿った風が吹きこんできた。アビーは身震いし、コートの前をかき合わせた。

「今夜はもう寝ましょう」ミセス・ハリントンが声をやわらげて言った。「朝になれば気持ちが上向くわ」

アビーは疑わしげにうなずいた。これまでの人生で、冷たい日の光が慰めになったことはなかった。

ドルフは書斎にこもっていた。コニャックを注《つ》ぐ手が震え、琥珀色《こはくいろ》のしずくが磨き抜かれた机にこぼれた。それを乱暴に拭くと、コニャックをひと息に飲み干した。

兄のバーナビーが軍に入隊したとき、ドルフには彼の気持ちが理解できなかった。愚かな、そして過剰な愛国心のなせる業だろうと分類した。不合理で、軽率だとさえ思った。いまだに心のどこかでそう思っている。

禁じられた愛を追って戦場に向かう行為は勇敢なのか、愚かなのか、悲劇的なのか。それとも三つが混ざり合ったものなのか？

バーナビーもミス・カーステンズも、どうしてこのぼくが、どんな形であれ、社会という巨大な一枚岩に影響を与えられると思ったのだろう？　ドルフは二杯めのコニャックを注いだ。

記憶が目の前に迫ってきた。泥沼と、糞尿《ふんにょう》と腐敗と死の悪臭。絶望が蔓延《まんえん》していた。死にゆく大勢の兵の中に傷を負ったバーナビーの姿を見つけた瞬間、ドルフは最後の希望が消えうせ、もう二度と帰ってこないのだと感じた。

威圧的なノックの音に続いて、ドルフの返事を待たずに扉が開いた。姉が立っていた。背後の廊下の明かりに照らされて、暗い輪郭が浮かびあがっている。

「あなた、正気なの？」甲高い声が脳裏に突きささるようだった。

「おそらくはね」ドルフは小さな暖炉のほうに脚を伸ばしながら、口元をゆがめて答えた。「口から泡を吹いていないし、そのほかの狂気の兆候も示していないからな」

「暗がりの中に座って、ばかな飲み方をしているくせによく言うわ。ここは私の亡き夫の書斎よ。自分の家に帰ってベントンに世話をさせなさい」

「ベントンの失望の舌打ちが聞こえてきそうだ。それより、お客をもてなさなくていいのかい？」

「皆さん、お帰りになったわ。今夜は早めにお開きにしたのよ、社交界に出たばかりのお嬢さんたちの会ですからね。それでこうしてあなたと話をしに来たわけよ」マデリーンはそう言いながらランプに火をともし、ドルフの向かいに腰を下ろした。「ハリントン家は思っていたよりひどいわ。社交の技術がまるで身についていない。このまま社交界に出たら顰蹙《ひんしゅく》を買うわよ」

「ほんとうかい？」ドルフはあくびをした。「顰蹙を買うほど目立つ人たちだとは思わなかったが」

「娘は無口すぎるし、母親はしゃべりすぎ。家庭教師は礼儀を知らない変人だわ」

「変人が一番罪深いな」ドルフは酒瓶に目をやり、立ちあがってグラスを満たすだけの気力が残っているだろうかと自問した。迅速な忘却という報酬に、その労苦に見合う価値があるだろうか？

「牧師の娘だというから最低限の作法は身につけているものと思っていたのに、あの人の口から出るのは品の悪い話題ばかり」

「本人としては進歩的なつもりなんだと思うが」

「進歩的？ 遠慮なしにずけずけものを言うだけでしょう。信じられないことに、あの人――」マデリーンは恐ろしい秘密を打ち明けるように声を落とした。「アルコールの話までしたのよ」

「嘘《うそ》だろう！」ドルフは驚愕《きょうがく》したふりをした。

忘却にはやはり価値がある。ドルフは杯を満たすために立ちあがった。

「茶化すのはやめなさい」マデリーンが言った。「あのカーステンズとかいう女《ひと》にのぼせているなら愛人にでもなんでもすればいいわ。でも私は、あんな厚かましい人たちのうしろだてになるのはお断りですからね」

「まさか。ぼくはどれだけ堕落しようと、無垢《むく》な女性の評判を汚すような真似《まね》はしない。だいいち、ぼくはミス・カーステンズにのぼせたりしていない。もちろん彼女はしっかり者で、知的で、ユーモアのセンスがあって、博識で勇気もあり、あのドレスを着ていると大変に色っぽいが、ぼくがのぼせあがるようなタイプじゃない」

マデリーンは言いかけた言葉をのみこむように、唇を引き結んだ。「ミス・カーステンズだけの問題じゃないわ。あの一家は三人とも社交シーズンに臨む準備ができていない。少なくとも今シーズンは、私はミス・ハリントンのうしろだてにはなれないわよ」

「気持ちは固いようだね。もちろん姉さんの判断は、ミスター・トロロープがミス・ハリントンに心を奪われていた事実とは無関係なんだろうが――」

「スーザンにふさわしい紳士はミスター・トロロープだけじゃありません。あてならいくらでもあるんですからね。とにかく、爵位や財産がないどころか、まともな社交技術すら身についていない人たちとつきあうのはスーザンのためにならないわ。私も、田舎から出てきたつまらない人たちのせいでわが子のチャンスを台無しにするのは嫌ですからね。この話はなかったことにするのが一番だと思うわ」

「まったく癪《しゃく》にさわる」

マデリーンは身を乗り出した。純粋な好奇心がその顔をよぎった。「なにが？」

「ミス・カーステンズは姉さんがそう言い出すだろうと予想していたんだ。彼女の思いどおりにはさせたくない」

マデリーンはいつになく長い間沈黙し、目を細めてドルフの表情を観察していた。「ミス・カーステンズのことだけど。私、だんだん心配になってきたわ」

「どうして？」

「あなたが女性の意見を気にするなんて初めてだからよ」

「気にしてはいないさ。ただ、彼女が正しかったことを証明したくないだけだ。勝ち誇った顔をするだろうからな」

「ともかく、あの人たちは準備ができていないの。ミス・ハリントンは人好きのするお嬢さんだから、誰かが仕込んであげれば来年のシーズンにはデビューできるでしょう。私もデビューする前にはイーディス大おばさまのお世話になったものよ」

「イーディス大おばさまの名前は久しぶりに聞いたな。まだ生きているのかい？」

「たぶんね」マデリーンは長く優雅な手でスカートの皺《しわ》を伸ばした。「ところで、ジェイソンとは話してくれた？」

「ああ、腹を割ってね。ジェイソンはギャンブルを控えて不健全な場所には出入りしないと約束した。今後も気をつけておくよ」

マデリーンが立ちあがった。「馬車を回させるから、自分の家でお飲みなさい」彼女は呼び鈴を引いてから、ドルフのほうをふり返った。「ジェイソンと話してくれたこと、感謝するわ」

ドルフは自宅の書斎で、暖炉の小さな炎を見つめていた。姉の家よりも落ち着けるかといえば、そうでもなかった。

それどころか……姉の言葉が頭の中を駆けめぐり、そのほかの考え事や心配事と衝突するため、夜更けだというのに目が冴《さ》えている。

マデリーンが正しいのだろう。ルシンダ・ハリントンは外見こそ愛らしいが、今夜のふるまいは怯えたウサギのようだった。ダンスはへただし、会話もぎこちない。お辞儀は優雅さに欠け、礼儀作法も本質を理解していないただの真似事にすぎなかった。

明日、彼女たちに話さなければならないだろう。そしてぼくは悪い意味でミス・カーステンズの期待に応えることになるわけだ。ドルフはひどく嫌な気持ちになった。理性では説明がつかないくらい嫌な気持ちに。

ハリントン一家は荷物をまとめてハロゲートへ帰ることになるだろう。それもまた嫌だった。ミス・カーステンズとの会話は心から楽しいと思えた。彼女がいなくなれば物足りなさを感じるだろう。ミス・カーステンズは理由もなくほほ笑んだりしない。だがほほ笑んだときには、思わず息をのむような表情を見せる。口元は一直線に引き結ばれているが、口角がわずかに上がっている。まるで人知れず夢想しているように。とても形のいい唇だ。

やれやれ。ドルフは勢いよく立ちあがり、コニャックの杯を満たすために手を伸ばした。そこで手を止めた。ミス・カーステンズの唇に詩心をそそられるとは、今夜は飲みすぎかもしれない。

扉が開き、ベントンが自分の存在を知らせるために咳払《せきばら》いした。

「おまえはなぜまだうろついているんだ？　先に寝ろと言っただろう」

「はい、たしかにそうおっしゃいましたが、手伝いが必要な事態もあろうかと存じまして」

「服なら自分で脱げるぞ。どうせぼくがクラバットを皺くちゃにしないように監視に来たんだろう?」

「それもいささか心配ではございます」

「いつまでうろうろしているつもりだ」

「実は、ミスター・スマイスと名乗る方が訪ねておいでです」

「客が? こんな時間に? スマイス?」名前には聞き覚えがあったが、コニャック漬けになった頭の働きは鈍かった。

「お目にかかるまで帰らないと言い張っておられます」ベントンは伝えるだけでも不愉快だと言いたげに唇を曲げた。「与太者《インサルブリアス》じみた紳士で――」

「塩気がきいてない《アンサルティ》とはなんだ!」タイミングを計ったように、乱暴そうな男が書斎の入り口にあらわれた。

「待つように言ったはずですが」ベントンが怒りをこめた声で言った。

「おれも言ったはずだぜ、こちらの旦那に頼まれたから来てやったんだってな」男は喧嘩《けんか》を買う気満々で応じた。

「わかった」ドルフは急いで口を挟んだ。「思い出したぞ。仕事を頼んだミスター・スマイスだ」

ベントンは眉根を寄せたが、なにも言わなかった。

「たぶん馬車が必要になる」ドルフはつけ加えた。

「今晩はお休みになったほうがお体のためかと存じますが」ベントンが言った。

「そのとおりだ。だが睡眠を後回しにするべき事態が起きたらしい」

ベントンは舌打ちの音を残して退出した。

扉が閉じた。スマイスは流行遅れの服に身を包み、くたびれたブリーチズをはいていた。

ドルフは机の前の椅子に座り、手ぶりで向かいの椅子を勧めたが、スマイスは座る気になれないらしく、立ったままそわそわと体重をのせる脚を変えた。

「情報を持ってきたんだな？」ドルフは訊《き》いた。

「ああ、そうさ。ジェイソンが負けて、酔って、カモられはじめたら知らせろって旦那が言うから、こうして伝えに来たんだよ」

「君の記憶力はすばらしい、一言一句まで正確だ」ドルフは机の引出しに手を入れ、硬貨を数枚取り出した。

　スマイスは硬貨をじっとにらんだ。短躯《たんく》で、髪の薄さを埋め合わせるように眉毛は濃い。顔をしかめると、眉毛が一本につながった。あまりの疑《うたぐ》り深さに、ドルフは彼が海賊のように硬貨を噛《か》むのではないかと期待した。だが硬貨はすぐにポケットにしまわれ、じゃらじゃらと楽しげな音をたてた。

「どうも。それじゃ、おれは帰るよ」

「馬車で送っていこうか？　どうせ目的地は同じだと思うが」

「勘弁してくれ。旦那みたいな人と一緒にいるところを見られたら、なにを勘繰られるかわからねえ。とにかく、頼まれた仕事はしたからな」そう言うとスマイスはきびすを返し、馬車に押しこまれるのを恐れるかのように、早足で書斎から出ていった。

　すぐにドルフも廊下へ出た。ベントンがオーバーコートを持って待っていた。「馬車はすぐに参ります」凶報を告げるような、陰鬱な声だった。

「ありがとう」ドルフはベントンに手伝わせてコートをはおり、車輪の音が聞こえると玄関に向かった。

「どちらにお出かけになるのか、お尋ねしてもよろしいでしょうか？」ベントンが訊いた。

「ぼくの行き先は〈コーヒーの大釜〉という興味深い名前がついた賭博場らしい」ドルフは答えた。

8

〈コーヒーの大釜〉は感じのいい店ではなかった。柱からぶら下がった看板は風にゆれており、文字が読めない。ドルフは入り口から中に入った。

　店内の様子は前に来たときとだいぶ違う。前回は静かで、数人の老人がコーヒーを飲んでいるだけだった。今はどのテーブルも満席だ。煙草《たばこ》の煙が渦を巻いてたちのぼり、低い天井の黒ずんだ梁《はり》にからみついている。暖炉の火は勢いよく音をたてて燃えているが、排気不良なのか空気がこもり、そこに料理やビール、汗のにおいが混じっていた。

　客たちは無表情だが、ドルフは自分が観察されているのをひしひしと感じた。話し声がやみ、ジョッキを持ちあげる手が宙に浮いている。

　ドルフはうなずき、愛想よくほほ笑みながらカウンターの向こうの男にギニー銀貨を一枚渡した。

「地下のゲームに参加したい」場末の賭博場通いが日課だとでもいうように、ドルフは静かな、だが自信に満ちた声で言った。

　男がじっと見すえてきた。けがのせいか病気のせいか、片目には薄い膜が張っている。男は首をふった。ドルフは二枚めのギニーを取り出した。男は少したためらってから手を伸ばし、銀貨を握りしめた。

「こっちだ」

　らせん階段は狭く、薄暗かった。階段上に吊《つる》されたランタンが不気味な長い影を投げかけている。上階は話し声でやかましいくらいだったが、地下は静まり返っていた。よどんだ冷たい空気を暖めるのは、部屋の隅でちょろちょろと燃えている弱々しい火だけだ。円卓を囲んで肩を寄せ合うように座った客たちは、神経を尖《とが》らせた様子で背を丸め、ひたすら賭けに集中しているようだ。

　ドルフはふらりと室内へ入り、円卓の一つ一つに視線を走らせた。

「やあ、諸君」機嫌よく言った。「邪魔してすまない。甥《おい》を探しに来ただけだ。彼の母親がひどく心配していてね。想像はつくだろうが」

　ジェイソンはすぐに見つかった。彼はびくりと体をこわばらせ、不安そうにドルフを見た。ほかの客たちよりも若く、身動きの邪魔になりそうなほど襟を高く立てている。髪は流行を押さえた短髪だが、長く伸ばしたもみあげはまだ薄く、まばらだった。

「ドルフ叔父さん」不明瞭な、哀れっぽい声だ。

「そうとも、みずからお出ましだ」

「まだ勝負の途中だぜ。次の回なら入ってもいいけどな」向かいの男が言った。赤いシルクのけばけばしいチョッキに肉汁らしき染みが飛んでいる。威勢のいいところを見せたがっているような男だった。

「残念だが、次の回はなさそうだ」ドルフはにこやかに言った。

「まだ帰れないよ。ツキさえ戻ってくれば――」ジェイソンの舌はもつれていた。

「この店では無理だろうな」

「明日、家に行くからさ」ジェイソンは払いのけるように手をふった。

「今すぐ来てもらおう」

「恥をかかせないでくれ」ジェイソンが聞きとれないほどの小声でつぶやいた。頬がワインと怒りで紅潮している。

「おまえは〈コーヒーの大釜〉という三流の賭博場で、二流のいかさま師にカモられている。これ以上の恥がどこにあるんだ」

　赤いチョッキの、大昔には白かったらしいかつらをかぶった男はドルフの言葉にカチンと来たらしく、勢いよく席を蹴った。「なんだと？　おれをいかさま師呼ばわりしやがったようだが、てめえはいったいなにさまなんだよ？」

「ランズドーン卿《きょう》ことエルムセンド公爵だ」

男は両方のこぶしを握りしめた。「ぶん殴りがいがあるぜ！」

「決闘は名誉を重んじる愚か者のためにあるが、おまえはそのどちらでもない」ドルフはそっけなく言った。「出ていけ」

「ああん？　出ていかなかったらどうする？」男は前に出た。

「左袖をまくって、袖口に隠したエースを見せてみろと言うまでだ」

　これを聞いてほかの賭博狂たちがいっせいに殺気立った。一人が立ちあがった。痩せぎすののっぽで、低い梁に頭をぶつけないように身をかがめている。もう一人が悪態をつき、三人めはいきなり突進してきたので、赤チョッキの男は壁際まで後退した。

「さあ、われわれはお暇《いとま》しよう」ドルフはジェイソンに言った。

　ジェイソンは赤くなって立ちあがり、酔った足でふらふらと部屋を横切り、狭い階段をのぼった。背後から怒鳴り声と、テーブルや食器がぶつかり合う音が聞こえてくる。鼻にこぶしを叩《たた》きこむような鈍い音もした。

「下で小競り合いが起きたようだ」ドルフは銀貨をもう一枚、カウンターの男に投げてから、テムズ河畔の冷たく潮くさい、瘴気のような外気の中に出ていった。

　マーティンが馬車の扉を開けた。

　ジェイソンが乗りこんだ。明かりの下で見ると、その顔は真っ青だった。

　ドルフは向かいに腰を下ろし、くつろいだ姿勢になると、若い甥を見た。「吐かないように努力しろ。

この馬車は新しいんだ」

「どうしてあそこにいるってわかった？」

「おまえが約束を破った場合は知らせが来るようにしておいた」

「ぼくを信用してなかったんだね？」

「信ずるに足る人間ではなさそうだからな」

「来ないでほしかったよ」ジェイソンは不機嫌な顔になり、ドルフはふてくされた駄々《だだ》っ子《こ》を連想した。

「べつに行きたくて行ったわけじゃない。安らかに眠る支度をしていたところだったからな」ドルフはコニャックをなつかしく思い出した。「家族の義務というやつだよ。ところで、今までにいくら負けたんだ？」

ジェイソンは答えず、前かがみになったので、顔のほとんどがばかげた襟に隠れた。

ドルフは黙ったまま、鋭いまなざしを甥に向け続けた。

「千ポンド」ジェイソンが言った。

「いかさまを見抜けないうちは背伸びせず、トチの実遊びでもしているんだな」

「人のことは言えないだろ」ジェイソンがつぶやいた。「いつも飲んだくれてるくせに」

「だが、ぼくはいかさまを見抜ける」馬車はでこぼこした道路に差しかかり、ドルフは背もたれにもたれた。カーテンを開けたままの窓から外に目をやると、まばらな街灯が投げかける弱々しい光にぼんやりと照らされた、今にも壊れそうな家並みが見えた。ぼろを着た子供たちが小さな焚《た》き火《び》のまわりで肩を寄せ合い、乞食《こじき》が鉢を差し出し、襟ぐりの深いくたびれたドレスを着た女たちが街角に立っている。

ドルフは目をそらした。

「母さんに言うつもり？」ジェイソンが訊《き》いた。

「いずれは。言ったところで、マデリーンの説教でおまえが変わるとは思えないが」

「反省してるよ」

「ふん……それは前にも聞いた」

二人はしばらく黙った。気詰まりな沈黙ではなかったらしく、ジェイソンはとろとろと眠りこんだ。寝顔はあどけない子供のようだった。

　馬車がスタンホープ家の前で止まった。ジェイソンははっと目を開け、充血した目であたりを見回した。「寄っていく?」

「いや、いい」マデリーンはもう十分だ。ジェイソンも吐き気に襲われて話どころではないだろう。

マーティンの手を借りてジェイソンが馬車から降り、よろめきながら屋敷へと歩いていった。甘やかされた子供だ。父親が早くに亡くなり、母親のマデリーンは息子をただちやほやするだけの使用人や家庭教師に任せきりにしておいた。

　ドルフはもう一度背もたれにもたれた。馬車が動き出した。ベントンが起きて待っていないといいのだが。

　外では東の空が薄紅色に明るみ、地平線から光の筋が差していた。夜明けとともに、街が目を覚まそうとしている。まもなく果物売りの少年たちが荷車を押し、荷馬が重たい荷を引き、牛乳配達が玄関前に牛乳を置き、新聞売りが売店の準備にとりかかるだろう。

　夜明けはいつでも希望に満ちているように見える。昔はよくバーナビーと一緒に早起きし、ずんぐりしたポニーに乗って出かけたものだ。退屈で眠れず、おしゃべりと遊びで時間をつぶしながら、世の中が起きてくるのを待ったこともあった。

　夜明けは新しい一日を約束するものだ。人生から希望は消えたと思っていたが、ドルフはここ数日でそれが芽生え、育ちかけているのを感じていた。光差す夜明けの空を眺めていると、ある考えがひらめいた。

馬車が止まり、ドルフは降りた。

「マーティン、馬を替えて、一時間後に戻ってきてくれ」

「お出かけされるんですかい？」マーティンが困惑するのは当然だった。ドルフが日中に出かけることはめったにないし、午前中となればなおさらだ。

「ぼくはウィンポール通り三十一番地を訪ねなければいけないようだ」ドルフは言った。

アビーはほとんど眠れなかった。考えが堂々めぐりしていた。どうして？　どうしてランズドーン卿はあんなに青ざめたのだろう？　彼は誰のことを考えていたのだろう？　どうして私は大人の男性のことをあんなに心配したのだろう？　どうして衝動的に、考えなしにしゃべってしまったのだろう？

よりによって、レディ・スタンホープに。

どうして？

イギーには衝動的に動くのをやめなさい、自分の言動がどういう結果を招くか考えなさいと口を酸っぱくして言っているくせに、親友の未来を左右できる女性の前で黙っておくこともできなかったなんて。

だいたい、ランズドーン卿はどうして私まで行かせたがったのだろう？　ルーシーの夢は、私の社交能力の欠如のせいで、そして私がどじを踏み、デビュタントにあるまじき発言をするのを見物したがる退屈した男性の気まぐれのせいで、犠牲になる運命だったのかしら？

それとも最初からこういう計画だった？　私の社交能力のなさが露呈すれば、この話をなかったことにできるから？

そこで思考の堂々めぐりに歯止めがかかった――ランズドーン卿はそんなに意地悪かしら。そんなに不親切かしら？

思考はダンスフロアで過ごした時間へと向かった。

あのときは不思議なくらい気楽にステップが踏めた。二人で一緒に体を動かすのがあまりにも自然すぎて、いつものぎこちなさが自分の中からすべり落ちていくようだった。

続いて子供時代のお茶会が思い出された。自分以外の全員が同じ台本を持っているように思え、自分が自分でいることに居心地の悪さを感じていた時間を。

そして当然のように、昔なじみの、小さな罪悪感がよみがえった。母のことは愛していたし、亡くなったときは悲しかった。それでもアビーが母の死に一抹の安堵《あんど》を感じたことは否定できない。

それこそ母の悲劇だったのだろう。母は安定を求めて堅実な職業に就いた男性と結婚した。だが父はそんな職業に就いておきながら、あるいはそんな職業に就いたせいなのか、安定志向ではなかった。母は父を教区民にふさわしい牧師に変えようと努力したし、アビー自身も一時期は同じ努力をした。

だが効果がなかったので、アビーはあきらめ、父を父らしくさせておいた。学者肌の、演説好きな、ギャンブル狂の勝負師に。

〝己に忠実であれ〟

ミス・ブラウンリーはシェイクスピアを初めとする、あらゆる文学を愛好していた。彼女とアビーは母の病中から、そして死後も、教会の地下室で村の子供たちに初歩的な勉強を教えた。村人にスープを届け、傷には包帯を巻いてやった。そしてミス・ブラウンリーの死後は、アビーが一人で続けた。

アビーはそんな暮らしが好きだったし、恋しかった。看護には単純明快さがある。血を流している人がいれば、傷口に包帯を巻いてやればいい。飢えている人がいれば、スープとパンを食べさせてやればいい。

アビーは堂々めぐりする思考に耐えられなくなり、

起きあがった。暗闇を見すえた。鳥たちが夜明けの合唱を始めている。あの歌は、希望そのものなのかしら？　希望とは、夜明けと新たな一日を信じて、夜の闇の中で歌う力なのだろうか。

ドレスを着て顔を洗い終わる頃には、夜明けの灰色の光に照らされて、生け垣の影のような輪郭や湿った舗道のきらめきが見えるようになっていた。

アビーは朝の静けさの中に軽い足音を響かせ、廊下を歩いていった。ミセス・フレッドを探そう。彼女なら力になってくれる。ふさわしい言葉をくれるはずだ。ベーコンの香ばしいにおいを嗅ぎながら台所に入ると、ジュウジュウという音や火が燃える音、やかんの湯が沸く音が聞こえてきた。

「早起きですね」ミセス・フレッドがフォークを刺すと、薄切りベーコンがジューッと高い音をたてた。

「私、夜会になんか行かなければよかった。ばかな真似《まね》をしてしまって、早く帰らされたのよ」アビーは子供の頃と同じように、近くの椅子にどすんと座った。

「ローマは一日にしてならず、ですよ」ミセス・フレッドの声には慰めの気持ちがこもっていたが、そのことわざはまるで的はずれだった。

「レディ・スタンホープがルーシーのうしろだてをやめないでくれるといいんだけど。私の行儀が悪いせいでルーシーにまで罰を与えるのはおかしいわ」

「すきっ腹に悩み事は禁物です。それに、他人がどういうつもりでいるかなんて、いくら考えたところでわかりゃしませんよ。今までのあなたはそんな無駄なことに頭を使ったりしなかったでしょう。今さら始めるのはおよしなさい」

「ルーシーが心配なんだもの」

「レディ・スタンホープが分別のある人なら、あなたにもルーシーお嬢さんにも長所を見つけるはずです。さあ、上へ行って。朝食室に料理を運びますから、火をおこしておいてくださいな。あなたに凍え死んでほしくありませんからね。それから、お茶も持っていらっしゃい。一杯のお茶は幸せをいっぱいにしてくれるものですよ」

アビーは紅茶の盆を持って上階へ行き、まだ誰もいない朝食室に座った。カップを両手で挟むように持ち、そのぬくもりを味わう。この狭苦しい貸家に気分を明るくしてくれるような部屋は一つもないが、この部屋は特に気が滅《め》入《い》った。家の裏側に面しているため、通りを見ることもできない。窓ガラスから差しこむ鈍い灰色の光が、湿気の染みだらけの薄茶色の壁紙に当たっている。

ミセス・ハリントンはなけなしの金をはたいて、ロンドンにこの借家を借りたのだ。そしてルーシーには昔からの夢がある。彼女は私と違って、女性の自立や選択権といった、大それた夢を見ているわけではない。ルーシーはただ、夫と家庭がほしいだけなのだ。その夢が私のせいで破れかけているのかもしれない。

アビーは疲労と焦慮にさいなまれながら紅茶を飲んだ。時が過ぎるのも忘れるほどもの思いに沈んでいたので、玄関扉を叩く鋭いノックの音に跳びあがった。紅茶がこぼれた。小声で悪態をつくとカップを置いて服を拭き、壁に答えを求めるようにそわそわとあたりを見回した。

薔薇《ばら》のことで苦情を言いに来たミセス・ポロックでないといいんだけど。それともお説教の続きをしに来たレディ・スタンホープかしら。でも彼女だったらこんなに早く起きるはずがないし、ロンドンのこの界隈《かいわい》を訪ねようとは思わないだろう。

アビーは自分を叱咤《しった》した。悪い想像をめぐらせてお客から隠れるなんて私らしくないわ。深呼吸すると、背筋を伸ばして、きびきびした足取りで玄関に向かった。

「おはよう、ミス・カーステンズ」ランズドーン卿が言った。

「あ……あの……」息が詰まり、声が出ない。

アビーはあらためて彼の長身に、肩幅の広さにどきっとした。胸の奥が軽く震え、きゅっと締めつけられた。

「どうぞお入りになって」アビーはドアノブを握りしめたまま、かろうじて言った。自分が釣りあげられたカレイのようなぽかんとした顔をしている気がする。「ミセス・ハリントンもすぐに下りてきますから」

アビーはきびすを返して客間に向かったが、ほんとうは、それが子供っぽい、自制心に欠ける行為でさえなかったら、玄関の扉をバタンと閉めて薄暗い朝食室へ逃げこみたいところだった。

「例の猟犬は二階に閉じこめてあるのかい？」ランズドーン卿は大きな吠《ほ》え声が聞こえてくる天井のほうを目で示した。

「ミセス・フレッドが閉じこめたんだと思うわ。そういえばベーコンが焼けたところなの。よかったら召しあがる？」アビーは手をぎゅっと握り合わせた。ばかなことを口走るのはやめないと。

「いや、結構。朝食はすませてきた」

「そうよね」当然じゃないの、ランズドーン卿がよその家のベーコン炒《いた》めにかぶりつくわけがない。

「ミセス・ハリントンはすぐに来ると思うわ。あの、気分はよくなったのかしら」

「ああ。早朝から訪ねてきたのは、君に話があるからだ」

アビーはぎこちなく腰を下ろした。「私に？」

「昨夜、急に出ていったことを謝りたかった。心配させて申し訳ない」

「体調が悪くなったのかと思ったの。今は元気そうで安心したわ」

「ああ」彼はそこで間を置いた。「それから昨夜、姉から話があった」

ああ、やっぱり。アビーは落ち着きなく身じろぎした。「私が思ったことをそのまま言ってしまったの。今度おわびにうかがうわ」

「姉は少しばかり面食らったようだ」ランズドーン卿の唇が、アビーの心を引きつける皮肉っぽい形にゆがんだ。

「そして私を社交の催しに出席させたくないとお思いなのね、それも当然だわ。私は気にしません」

「もう一つ問題がある。姉はミス・ハリントンのうしろだても引き受けないと言っている」

「そんな……」アビーは気持ちが沈んでいくのを感じた。誰もがっかりさせないように、できない約束はしないように、努力してきたのに。「やっぱり私は行かなければよかった。でもルーシーまで巻き込むのはおかしいわ。そんなの公平じゃない。ルーシーと私は違うのに」

ランズドーン卿は首を横にふった。「君が思ったことをそのまま言ったせいでミス・ハリントンが巻き添えを食ったわけじゃない。だからぼくはこんな早朝から訪ねてきたんだ。君と話すためにね。君に自分を責めてほしくなかったから」

「まあ」アビーは唾をのみこんだ。頭の中が混乱しているが、彼の気遣いに胸を打たれてもいた。「では、どういうことなの？」

「姉は、君たち全員の準備ができていないと言っていた。ミス・ハリントンのデビューは時期尚早だと。ダンスもぎこちないし、礼儀作法も中途半端だ」

アビーは目をみはった。まっさきに感じたのは驚きだったが、どこかでやっぱりという気もした。

「でもルーシーはこのデビューに賭けていたのよ。ミセス・ハリントンだって……。どうにかしてレデイ・スタンホープに考え直してもらえないかしら」

「説得したところで無駄だろうな。実のところ――ぼくも姉の意見は正しいと思っている」

　アビーは両手を握り合わせた。「だったら、ほかの方法を考えないと」

「ぼくに一つ案がある」

「どんな？」アビーは訊いた。

「君たちがランズドーン・ハウスに来ればいい」

「あなたの領地に？」

「そうだ。ロンドンからも近いし、ミセス・ハリントンも一緒に来れば醜聞の種にはならないだろう。二人はぼくの親戚なんだから、そうおかしなことでもない」

「でも、どうして？」

「ミス・ハリントンに時間を与えるためだ。若い令嬢をデビューに向けて仕込むのが得意なレディたちがいるんだよ。うちのイーディス大おばもその一人だ。今では相当な年になっているけどね」

「その大おばさまがルーシーに社交界でのふるまい方を教えてくれるの？」

「ああ」

「わからないわ。あなたはどうしてそこまでしてくれるの？　どうして他人のために、面倒を引き受けようとするの？」

　ミス・カーステンズの鋭い、真剣なまなざしで見つめられると、ドルフはなぜか言葉に詰まり、いつものような軽薄な答えを返せなくなった。

「ぼくが他人のために尽くしているなんて、よそで言わないでくれ」ドルフはなんとか冗談めかそうとした。

「荒唐無稽な説だから？」

「そういうわけじゃない。君に笑いの種にされるのは癪《しゃく》にさわるからさ」

ドルフは澄んだ視線が突きささるのを意識しながら、間を置いた。

「もともと甥のジェイソンをロンドンから遠ざけたいと思っていたんだ」

「レディ・スタンホープの息子さんね」

「そしてぼくの後継ぎでもある」

「どうして彼をロンドンから遠ざけたいの？」

「酒と賭博に溺れているからだ。田舎に行けば立ち直るきっかけになるかもしれない」

ミス・カーステンズはうなずいた。「それか、ひどく退屈するかね。でも、それは私たちまで連れて行く理由にはならないわ」

ドルフは火の気のない暖炉のそばに立ち、炉棚を指先で叩いた。「君の存在もジェイソンにいい影響を与えるかもしれない」

「私が？」

「そうだ」

「イグナシウスに教えているから？　あなたの甥は家庭教師なんか必要としていないでしょう。さっさと逃げ出してしまうわよ」ミス・カーステンズの意見は的確そのものだった。「それに私は、父が馬や競馬に熱中するのをやめさせようとしたことがあるけど、効果はなかったわ」

「君の父上は牧師じゃなかったのか？」ドルフは驚いた。

「ええ、でも好きで選んだ職業ではなかったわ。父は俳優になったほうが幸せだったと思うけど、祖父は次男を劇場に立たせたくなかったの。だから父は週に一度の演説で満足するしかなかった。父はすばらしい説教をして、退屈をギャンブルと馬の早駆けでまぎらわしていたわ」

ミス・カーステンズは、〝早駆け〟という言葉でなにかを思い出したように視線を落とし、手をしきりに握り合わせた。痛みに顔をゆがめながらも、癒えない傷口に触れるのがやめられないというように。ドルフは彼女の手を取り、自分の両手で包みこんで、その動きを止めてやりたいと思った。

「君は辛い思いをしたんだな」

ミス・カーステンズは肩をすくめた。「人は自分の人生を自分で選び、律することができなくなったら、自滅してしまうんじゃないかしら」

そのとおりだ、とドルフは思った。

「ぼくにはバーナビーという兄がいた」

「昨夜はお兄さんのことを考えていたの？」

「ああ。兄はこの社会は多くの点で間違っていると、そして自分がしきたりや世間の目に縛られていると思っていた。社会を良くしたいと願っていた」

彼女がちらっとこちらを見た。ドルフは自分の生の感情を、傷つきやすさを見抜かれた気がした。

「あなたはお兄さんを心から愛していたのね」

「ああ」ドルフは言った。

それはドルフにとってはごく当然の事実であり真実だったが、こうして声に出して言い、素直に認めると、不思議と気持ちが晴れた。認めたことで誤解や悲しみの重さが軽くなり、取るに足らない雑音に変わったかのようだった。

胸にわだかまる痛みがわずかに癒えた。ドルフは彼女を見つめた。栗色《くりいろ》のたっぷりした髪と、はっきりした顔立ちと、矢車草のような青い瞳を持った、冷静で、まっすぐな女性を。いや、矢車草の青ではない。もっと深い、青灰色だ。そして触れたいと願わずにはいられない、透きとおるような白い肌。引きしまった顔立ちとは対照的な、やわらかそうなふっくらとした唇。

出会ったばかりの女性から、どうしてこんなに通じ合うものを、響き合うものを感じるのだろう。

北の田舎町から来た牧師の娘に、兄を苦しめていた事情が理解できるはずがない。男が男を愛するという概念は、彼女を驚かせ、当惑させるだろう。だがひょっとすると、彼女になら……この社会という箱の向こうにあるものが、彼女になら見えるかもしれない。

「君にもランズドーンへ来てほしい。ジェイソンのためだけじゃない」ドルフは言った。「この数週間、ぼくは未来に思いをはせ、心に描くことができた。機関車に乗るという経験のおかげかもしれないし、ミス・ハリントンをデビューさせる計画を練ることでそうなったのかもしれない。とにかく、暗い穴のように見えていた未来は耐えやすいものになった。多少なりともまともな叔父になり、領主になるために、ぼくは前を向かなければいけないらしい」

ミス・カーステンズは黙ったまま、ドルフの言葉を咀嚼《そしゃく》し、その奥にある意味を読み解こうとしているようだった。一秒一秒を埋めようと焦らず、時計の針がチクタクと時を刻む間、ただ座っていることができる彼女を、ドルフは好ましいと思った。社交界は沈黙を恐れ、ダムの穴をふさぐようにあらゆる沈黙を埋めようとする。

「ぼくは戻らなければならない」ドルフは続けた。「ランズドーンに。母の葬儀以来、一度も戻っていない場所に。数年前にバーナビーが亡くなり、続いて父が死んだ。ぼくが受け継いだ領地と自分の義務について考えはじめた頃、母が死んだ。それ以来、戻っていない」

「そうだったのね」ミス・カーステンズが立ちあがり、近づいてきた。

「ぼくは身内への情愛が薄いんだろうな」

「いいの」彼女が言った。「気持ちを隠さないでいいのよ」二人は暖炉の前に立っていた。ミス・カーステンズはドルフよりだいぶ背が低かった。彼女の目にはやさしさと、知性と共感があった。

ドルフはほほ笑んだ。「長年の習慣を捨てろと言うのかい？　それがぼくらの生き方なんだよ」

「上流階級は感情の便秘症なのよ。一種の病気だわ」はきはきとした、率直な口調は張りつめた空気を壊したが、ドルフの心に慰めをもたらした。

　ドルフは笑った。「君は昔からそうやって思うままを口に出してきたのかい？」

「そうよ、少なくとも母が亡くなってからはね。それで、あなたはどうして気が変わったの？　なぜ今さらランズドーンに戻りたくなったの？」彼女はいつもの粘り強さを発揮して言った。

「戻らなくてはいけないんだ。兄のために」その言葉は喉につかえてひっかかり、なめらかには出てこなかった。

　骨格の美しさが際立つ顔に、激しい苦悩が浮かんでいる。アビーは思わず手を伸ばし、彼の頬に触れた。肌に触れた指先に、体温と無精ひげのかすかなざらつきが伝わってくる。

「ごめんなさい」アビーは手を下ろした。

「いいんだ」あまりに静かな声だったので、アビーは自分が夢でも見ていたのだろうかと疑った。

　ランズドーン卿がアビーの手を取った。アビーは卿の手の力強さとぬくもりと、指先のわずかな荒れを意識した。

　彼はすぐ近くに立っていた。息遣いが聞こえ、煙草の香りが嗅ぎとれる。片えくぼが見える。顎と口元の引きしまった線も。断固とした線だが、かすかに自嘲的なゆがみがある。

　早朝の静けさが繭のように二人を包んでいた。

「ミス・カーステンズ、君と一緒にいると……」彼はそこで間を置き、言葉を探した。「ぼくはもう一度希望を持ちたくなる」

　魔法について説明するような、不思議そうな口調だった。

アビーは視線を上げ、彼と目を合わせた。かすかに緑がかった、冷たく暗い灰色の瞳。そこにいつもの皮肉な笑みの気配はない。代わりに情熱と、真摯さと傷つきやすさがあった。彼は心を奪われ、魅入られて、目をそらすことができないように見えた。アビーの体が傾き、さらに少し距離が近づいた。

ランズドーン卿が手を上げ、アビーの顎を親指でなぞった。アビーの心臓の動きが速くなった。早鐘のような鼓動が耳に響く。アビーは彼の指を意識した。肌が熱い。触れられた感覚がじわじわと体の隅々にまで広がっていく。

彼が一歩前に出ると、衣《きぬ》ずれの音がした。アビーは彼の顎の輪郭に触れ、もう一度指先に無精ひげのざらつきを感じた。アビーはごくりと唾をのんだ。自分の口からため息がもれる音がして、唇がひとりでに開いた。

そこで時計が鳴り、アビーは身を引いた。

ランズドーン卿が手を下ろし、その手のひらが脚に当たる音がした。アビーは一歩あとずさった。

「すまない、ミス・カーステンズ」

「ええ。いえ……その……大丈夫よ」その声はアビー自身の耳にさえかすれて聞こえた。

彼から離れたい。この不思議な、今まで知らなかった感覚から逃げ出したい。

手足も頭脳もいつものように自然に動いてくれず、アビーはぎくしゃくと体を動かして椅子へ戻り、腰かけると背筋をまっすぐに伸ばし、両手が勝手に彼のほうへ動き出さないように、きつく握り合わせた。

「ハリントン親子にはぼくから話そう。彼女たちがしぶるようなら、君からも説得してほしい。社交シーズンの一時期は逃すことになるが」

「私――」アビーはなにを言えばいいのかわからなかった。彼と一つ屋根の下で寝起きするのだと思うだけで……変な気持ちになる。もちろんそんなことは口が裂けても言えないけれど。

とはいえ、ランズドーン行きは名案だ。きっとルーシーのためになる。それに私とランズドーン卿が顔を合わせる必要があるとはかぎらない。屋敷はきっと果てしなく広いのだろうし、そもそも彼自身はロンドンに残るつもりかもしれない。私は今までどおりイギーを教えていればいいんだわ。残りの時間は、その大おばさまとルーシーとミセス・ハリントンと一緒に過ごせばいい。

「ええ」アビーは言った。「きっと二人とも喜んでうかがうと思うわ」

彼はうなずき、扉のほうに歩き出した。

「ドルフ――いえ、あの、ランズドーン卿。もし理由を訊かれたら、レディ・スタンホープが私の礼儀作法がなっていないと思っているからだと伝えて。ほんとうのことだし。ルーシーに自信を失ってほしくないのよ」

彼はうなずいて、一礼し、歩き去った。扉が閉まり、静かに掛け金がかかった。足音が廊下を遠ざかっていく。

バジルが吠えた。滑稽なほど平凡な音に思えた。玄関の扉が開き、閉まった。

アビーは息を吸った。呼吸を忘れていたようだ。吐き出した息は乱れていた。

意識しないと動かない手足をどうにか操り、アビーはのろのろと立ちあがった。暖炉の前へ行き、炉棚につかまった。木材は堅く、たしかな手応えがあった。その堅さをアビーは頼もしいと思った。この堅さが私を大地に、現実につなぎとめてくれる気がする。

経験が人を変える、とミス・ブラウンリーは言っていた。

アビーは自分の変化を感じていた。

べつに大したことは起きていないのに。経験と言えるほどのことはなかったのに。一人の紳士が私の顎に触れ……私の手を握っただけ。そして私が彼の顎に二回、触れただけ。

天地をゆるがすような出来事ではない。

村の子供たちに教えている間に、スープを配る間に、私は何人の手を握っただろう？　何人のくるぶしに包帯を巻いただろう？

でも今日は……今日のことはそれとは違うような気がする。いいえ、違っていた。なにか本質的な変化が起きたような。

乱暴と言ってもいい勢いで、アビーは炉棚に背を向けた。この部屋から出なければ。今日ここで起きたことは忘れなければ。べつに深い意味はなかった。なんでもないことだったのだ。

そう、忘れようと力むほどのことはなかった。

私はハンサムな男性にくらくらするようなタイプじゃない。おとぎ話も信じていないし、女はおとなしく座って助けを待てばいいなんて思っていない。私の夢に男性は必要ない。私の夢は愛や結婚ではなく、自立なのだから。

上階から聞き慣れた騒音がした。前肢で床をひっかく音、そしてなにかに思いきり衝突した音。

安堵の混じったうめき声をあげて、アビーは扉に向かった。この小さな貸家の崩壊を防ぐことこそ、私の目の前の仕事なのだ。

9

幸いロンドンからランズドーンまでの道のりは、ハロゲートからロンドンまでの道のりよりもずっと短かった。しかもランズドーン卿《きょう》が貸してくれた馬車は、ハリントン家のくたびれたおんぼろ馬車とは比べものにならないほど豪華だった。

　それでも、快適な旅とはいかなかった。息子を甘やかしたい気分だったミセス・ハリントンは、イギーにフレッド夫妻が乗る二番めの馬車ではなく、自分たちの馬車にバジルと一緒に乗っていいと約束してしまった。

　もちろんイギーは退屈し、質問と新発明のアイデアを矢継ぎ早に大人たちに浴びせ続けた。時間が過ぎてイギーの退屈が長引くにつれて、質問とアイデアはどんどん荒唐無稽さを増していった。

　一方のバジルは窓の外を見るために前肢を人間たちのひざにかけたがったので、鋭い爪が脚に食いこみ、抜けたしっぽの毛が鼻腔《びこう》をくすぐった。さらにバジルはしきりにえずき、馬車をしょっちゅう止めさせた。

　ランズドーン卿はハリントン家に同行しなかった。屋敷に客を迎える準備と、ジェイソンを賭博場から引き離すため、一足先に出発していたのだ。

　アビーは彼の不在になかば安堵《あんど》し、なかば落胆した。ランズドーン卿がアビーの思考を乗っ取り、ほかのことはなにも考えられなくしてしまったようだった。目を閉じれば彼の顔が見えるか、彼の言葉がよみがえる。アビーはその言葉にこじつけの解釈を加え、ほのめかされた裏の意味を読みとった。かと思えばその数秒後には、その解釈がばかばかしさの極みのように思えてたまらなくなるのだった。

気持ちがふわふわ舞いあがったかと思えば、胃が痛くなるような不安が襲ってくる。ランズドーン卿には早めにロンドンへ帰ってほしい気もしたし、なるべく長くランズドーン・ハウスにとどまってほしい気もした。

知り合ったばかりの男性を頭の中に居座らせている自分が情けない。自制心が弱まり、思考の制御がきかなくなったのが腹立たしい。冷静になろうとラテン語の語形変化を暗唱してみても、肌を撫《な》でる指の感触や、真剣なまなざしや、鋭角的な顎の線の記憶を追い払うことはできなかった。

午後も遅い時間になると夕陽《ゆうひ》が山の向こうに隠れ、田舎の風景はおぼろにかすみ、農地は家や納屋の明かりがまばらに散らばる広々とした闇に変わった。

やがてゆらめく明かりの数が急に増え、人口の多い地域に入ったのがわかった。おそらく村だろう。馬車の窓越しに、弱々しい光の輪に照らされた家々の輪郭が見えた。舗道の丸石の上を走っているのか、車輪はしばらくガタガタ鳴り、それから急に左へ曲がった。

この小道はわだちだらけで、馬車が激しくゆれ、ばねがきしむ。木の枝が馬車の表側にこすれ、ひっかく。あたりは闇に包まれ、光を放つものといえばアビーたちの乗った馬車だけだ。

「あらあら」眠りこんだイギーを起こさないように、ミセス・ハリントンは声を落として言った。「この道はあまり管理が行き届いていないようね。馬車が穴にはまったり、車輪がはずれたりしないといいのだけど」

のろのろと悪路を進んだあげく、馬車はついに、二本の大きな門柱の間を通って庭に入った。

アビーは冷たい窓ガラスにひたいを押しつけた。広大な庭を浮かびあがらせるのは、外周に沿ってともされた無数のたいまつの明かりだ。庭の奥に巨大な石造りの建物がうずくまり、その玄関を石像の獅《し》子《し》が守っていた。

「ああ、ありがたい」馬車が止まるとミセス・ハリントンが言った。「すっかり体がこわばってしまったわ。人間の体はじっとしているようには作られていないのね」

寝起きの悪いイギーと対照的に、バジルは有頂天になって跳びはね、吠《ほ》え立てた。アビーは慌ててリードをつかんだ。元気いっぱいの犬や、それを捕まえようとするイギーを追いかけさせられてはたまらない。

間近で見る屋敷は、醜くもなければ美しくもなかったが、押しも押されもせぬ風格があった。高くそびえる小塔にも、玄関の精巧な石細工にも、大きなアーチに覆われた馬車用の通用門にも、アビーは風格を感じた。

「お化けが出そうだね」イギーはあくびまじりに言い、アビーの手からバジルのリードを取って馬車を降りた。

たしかに、あたりには荒涼とした気配が漂っていた。敷石や階段は苔《こけ》むし、場所によってはひびが入り、傾いている。窓は一枚割れているし、壁の足元には雑草が茂り、小塔の一部はツタの葉で覆われている。

「ようこそ。旅は快適だったかな」

アビーはどきっとして、声にならない声が口からもれた。ランズドーン卿が階段の一番上に立っていた。場所の高さと、背後の屋内から差す明かりのせいで、彼はいっそう背が高く、そして凛々《りり》しく見えた。

アビーの口はからからに渇き、舌の動きが鈍くなり、挨拶をするどころではなかった。

ランズドーン卿が階段を下りてきた。前髪がはらりと垂れ、目の上にかかった。

「来てくれてうれしいよ」

「私も――」ようやく出た声はうわずっていた。

ミセス・ハリントンが急いで前に出た。「ランズドーン卿、お招きとお出迎えに感謝します。ほんとうに親切でいらっしゃること。旅は快適そのものでしたわ」

「それはよかった」ランズドーン卿が言った。「これはベントンです。今のところ使用人の数が不足していますが、ベントンが次々に雇い入れているので、ご不便をおかけすることはないでしょう」

背の高い、年配の男性が戸口にあらわれた。「お待ち申しあげておりました」ベントンは堅苦しい口調で言った。口元が少し腫れているようだわ、とアビーは思った。

一行は玄関ホールに入った。ここもまた中庭と同じように、美しさと荒廃が混在していた。鉄製のシャンデリアが半球型の天井から吊《つる》され、ろうそくの光が奇妙に動く影を投げかけるせいで、不気味な雰囲気が漂っている。人間よりも背が高い石造りの暖炉では、炎がごうごうと燃えているが、それでも空気は冷たかった。ナラの木の幹ほどもある分厚い円柱が屋根を支え、壁には重たげなタペストリーが飾られ、壁際には甲冑《かっちゅう》が立っていた。

「できたら、ぼく――」イギーが口を開いた。

「いけません」アビーが言った。

「まだ言い終わってないよ」

「あの甲冑を着てみていいか、訊《き》くつもりだったんでしょう」

「なんでわかったのさ」イギーはむっとして言った。

「お連れの犬と一緒に厨房《ちゅうぼう》へいらしてはいかがですか、イグナシウス坊ちゃま?」ベントンが硬い表情をやわらげて言った。「料理人がお二人の食欲をそそるものを出してくれるでしょう」

「バジルは食欲をそそられなくても、なんでも食べるから大丈夫だよ」イギーが答えた。

「そうだったな」ランズドーン卿が言った。「たしか、薔薇《ばら》が一番の好物じゃなかったかい？」

「薔薇は食べないよ。掘り返すのが好きなだけ」イギーは説明しながら、従僕に案内されてバジルと一緒に長い廊下を歩いていった。その先に厨房があるのだろう。

イギーの声と犬の足音が遠ざかるのを聞いて、アビーはいくらか肩の荷が下りるのを感じた。ランズドーン・ハウスに滞在すればそれなりの気苦労があるにせよ、少なくともバジルをロンドンとミセス・ポロックの薔薇から引き離すことはできたわけだ。

残った面々と一緒にホールの奥へと歩いていく間、アビーはここが住居というよりも、過ぎ去った時代の城のようだという思いを強くした。足音が響き、壁に反響して、まるで洞窟の中にいるような気がする。しかも、この冷たい隙間風。

アビーはコートの前をかき合わせた。

「ここは中世に造られた部分だ」ランズドーン卿が言った。「冬は凍えるほど寒い。一三〇〇年代の建築だからね。幸い、残りの部分はもっと暮らしやすい」

一行は壁をくり抜いた入り口をくぐり、這《は》いのぼるようにして石階段をあがった。もちろん手すりなどないので、アビーは本能的に石壁にぴったり身を寄せた。色あせたタペストリーに体がこすれ、長年積もった塵《ちり》が舞いあがった。

歴史は好きなつもりでいたけれど、私が知っていたのは古色蒼然《こしょくそうぜん》たる文章や整然と並ぶ展示品を通した歴史だったんだわ、とアビーは思った。ここにあるのは生の歴史だ。文明化されていない、現在よりも巨大で、圧倒的な歴史。

アビーはランズドーン卿の古い家柄と血筋を、あらためて意識した。彼の祖先はノルマン王とともに上陸した人々なのだろう。この中世の怪物を築いたのは彼らだ。歴史に根を張り、栄華を誇った人々。タペストリーや甲冑の騎士に目をやると、未来よりも過去に対して義務を負う旧家に生を受けることの意味が少しだけわかった気がした。

階段の一番上から、廊下がいくつか延びている。その先は比較的新しい棟のようだ。一行が階段をのぼり終わると、近づいてきた従僕がランズドーン卿に何事かを耳打ちした。彼はうなずいたが、アビーには表情がわずかに曇ったように見えた。

「申し訳ないが、ここで失礼します。急用ができてしまいました。なにかあればベントンに申しつけてください。今日はもう遅いから、部屋で軽食をとられるといいでしょう。それでは、また明日」ランズドーン卿は一礼すると、足早に階段を下りていった。

アビーは遠ざかる彼の背中を見つめた。むなしさと安堵が同時に押しよせてくる。ここに来る道中はずっと彼に会えるのを待ちかねていたのに、いざ去られてみると、刑の執行を猶予されたような気分になる。けれどその安堵の向こう、心のひだのずっと奥には、落胆があった。

廊下の先で一行を待っていた親切そうな女性は、ミセス・ランプリーと紹介された。ずんぐりした体つきで、快活そうな目はふっくらした頬になかば埋もれていた。

「ミセス・ランプリーがお部屋へご案内しますので、どうぞおくつろぎください」ベントンが言った。「その間に軽食を用意いたします」

きびすを返したベントンの横顔に光が当たり、アビーは彼の口元が腫れているだけでなく、炎症も起こしているのを見てとった。明日、もっとよく見せてもらおう。アビーは母から手作り湿布の作り方を教わって教区で使っていた。奇跡的な効果はないものの、なにもしないよりはいいはずだ。

「こちらです」ミセス・ランプリーが廊下のさらに先へと案内した。「こちらがミセス・ハリントン、そしてこちらがミス・ハリントンのお部屋です」

ミセス・ランプリーは立ち止まり、扉を二つ開けて、母と娘をそれぞれの部屋に案内した。

「まあ、なんてきれいなお部屋でしょう！」ミセス・ハリントンが室内から叫んだ。「さっきまで中世の館にいるような気がしていたけれど、ここはすてきだわ」

「ありがとうございます」ミセス・ランプリーが答えた。「ミス・カーステンズには、向かいのお部屋でおくつろぎいただきたいと存じます。またイグナシウス坊ちゃまのお世話には手伝いがいたほうがいいとの旦那さまのお達しでしたので、明日からうちの姪《めい》が参ります」

「まあ、おやさしいこと」ミセス・ハリントンが廊下に戻ってきた。「ランズドーン卿はなにからなにまで気がつくのね。なんて親切な方でしょう！」

「姪御さんは子供に慣れているのかしら？　イギーはとても手がかかる子なの」アビーは訊いた。

「八人きょうだいの長女です。しかも下の子のうち、六人は男の子ですから」

「どのみち、あなた一人にイギーの面倒をみさせるわけにはいかないわ。ランズドーン卿があなたのお作法を特訓するために、ご親戚の方を呼びよせてくださったんだもの。あなたのお母さまはほんとうに感じのいい人だったし、あなただってそうなのよ、ただちょっとばかり人を怒らせてしまう癖があるだけで」

「ランズドーン卿の大おばさまの言うことはちゃんと聞くわ」アビーはそう言うと、ミセス・ランプリーについて自分の寝室へ入り、ほっと息をついた。

「お着替えの手伝いにメイドをよこしましょうか」

ミセス・ランプリーが言った。「お宅さまの使用人はまだ到着していないようですから」

アビーは小さく笑った。〝お宅さまの使用人〟なんて、フレッド夫妻しかいないのに。

「いいえ、結構よ。ありがとう」

「では、あとで軽食を運ばせましょうね。朝になったら屋敷の中をお好きにご覧くださいませ。ベルを鳴らせばメイドが来ますから、朝食室まで案内させたほうがよろしいかと存じます。ここはまるで迷路ですから」

ミセス・ランプリーが立ち去ると、アビーは寝心地のよさそうなベッドに腰かけた。鯨ひげのばねがきしんだ。食事と飲み物、そしてぬくもりと眠りと孤独があれば、混乱した頭も少しは落ち着きそうな気がした。

迷路というのは、まさにぴったりの言葉だった。

ランズドーン・ハウスは、朝の光の中で見ても、複雑怪奇に入り組んでいる。中世に造られた中心部から、神話の怪物の手足のように、無数の廊下が延びていた。

アビーはハリントン母娘より早く起き、メイドの案内でベーコンとコーヒーのかぐわしい香りが漂う廊下を進んだ。朝食室は新しい時代に建てられた棟にある、明るく気持ちのいい部屋だった。暖炉では炎がパチパチと燃えている。天候も回復し、朝の陽射しが汚れた窓から差しこみ、床を横切るように伸びていた。

朝食室には従僕が一人いるだけで、落胆と安堵がないまぜになってアビーの胸に押しよせた。

「イグナシウスが迷惑をかけなかったかしら」アビーは昨夜の従僕だと気づいて、声をかけた。

「いいえ、お嬢さま」

「もう起きている？　あの子は放っておくととんで

もない騒ぎを起こしかねないのよ」

「はい」従僕が言った。「ミスター・ベントンからそのようにうかがっております。僭越《せんえつ》ながらお坊ちゃまには、犬を朝の散歩に連れていくことをお勧めいたしました。今はミセス・ランプリーの姪がつきそっているはずです」

「助かるわ。イギーも犬も十分に運動すれば、多少はお行儀がよくなりそうね」

「はい、お嬢さま。料理人が朝食を食べさせて、朝のおやつも持たせて送り出しました。成長期の男の子には新鮮な空気と、運動と、食事が欠かせないというのが料理人の信念でして」

「そのとおりね、ありがとう」アビーはそこで、自分がありあまるほどの時間を手に入れたことに気づいた。昔は時間があまることなどなかった。ミス・ブラウンリーから読むべき本を大量に指示されていたし、彼女の死後は村人の世話や教会の用事に追われていたからだ。

アビーが時間をもてあます辛さを知ったのは、父が亡くなったあとのことだった。不思議なことに、以前は貴重に思えたものが急に鬱陶しくなることもあるものだ。そのあとイギーの家庭教師を引き受けてからは、息をつく暇もないほど慌ただしい日々を過ごしてきた。

そして今、アビーはふたたび膨大な時間を前にして、落ち着かない気持ちになっていた。屋敷には好奇心をそそられるけれど、へたに歩きまわってランズドーン卿と鉢合わせしたくない。その一方で、彼はどこにいるのだろう、どこに行けば会えるのか知りたいと思っている自分もいた。

この合理性に欠ける思考はどうしたことかしら。まるで感情が理性をのみこんでしまったみたい。こんなに心が定まらないのは初めてのことだ。

だけど、そうだわ、ベントンの歯のことがある。

　アビーはそれを思いついてほっとした。口元の腫れと炎症から判断して、ベントンが歯痛に苦しんでいるのは間違いない。だったら手当てをするのが人間として当然のことだ。

「ベントンに会いたいわ」アビーは勢いこんで言った。「朝食のあとに」

「お伝えしておきます」従僕が答えた。

「あなたの名前は？」

「ジャイルズと申します」

「ありがとう、ジャイルズ」

　アビーが朝食を皿に取っていると、見覚えのない男性が部屋に入ってきた。まだ若く、顔色は真っ青で、髪は金髪。田舎暮らしにはそぐわない流行の最先端の装いに身を包んでいる。

「あなたがジェイソンね」アビーは声をかけた。

「ああ」青年紳士は単音節で答えたあと、礼儀のためにつけ加えた。「ミス・カーステンズだね。はじめまして」

「ジャイルズ、スタンホープ卿にコーヒーをさしあげて」アビーはなるべく声が響かないように気遣って言った。

　ジェイソンは溺れかけた者が救命いかだにつかまるように、差し出されたカップをつかんだ。

　そしてサイドボードに寄りかかり、コーヒーをすすりながら気力をかき集めると、食卓までの数歩に挑んだ。無事に目標地点まで到達すると、椅子にどすんと腰かけ、低いうめき声をあげた。

「コーヒーのお代わりと、なにもつけないトーストを」アビーはジャイルズに言った。

　アビーは同情の目でジェイソンを眺めた。彼はアビーが思っていたよりも若かった。高い襟と手の込んだクラバットの結び目のせいで、服に着られているように見える。服装のせいで大人の男性になりきれない、少年じみたひょろひょろした体格が悪目立ちしていた。

「ジャイルズがすぐにトーストを持ってきてくれるわ。なにもつけないトーストは二日酔いに効くのよ。冷たいお風呂もいいわね。菜園があるでしょうから、あとでハーブを摘んで酔いざましの飲み薬も作ってあげる」

ジェイソンには部屋が回転して見えるらしく、椅子の上でずるずると腰を前にずらしてから、焦点の定まらない目でアビーを見た。「君は二日酔いの直し方なんか知ってちゃいけないんじゃないのか？」

「ええ、いけないでしょうね。常識の範囲内の知識だけをしゃべればいいのに、それができないのが私の悪い癖なのよ。私の父はギャンブルが好きで、ときどき大酒を飲むこともあったわ」

「へえ、それでドルフ叔父さんは君を常識の範囲内に矯正できると思っているのかい？」

「難しいかもしれないけれど、私は友達のために努力するつもりでいるわ」

「なるほどね。とにかく、今後ともよろしく。さっきの無礼は許してくれ。こんな早朝から人がいるとは思わなかったんだ」ジェイソンはこめかみを揉《も》みながら言った。

「気持ちはわかるわ。私も最近、人に失礼な真似《まね》をしてしまって、それを反省しているところなの。それより、あなたはどうして早起きしたの？　横になっていたほうがよさそうに見えるけど」

「ドルフ叔父さんのせいだよ！　叔父さんがベントンに命じて、ベントンがジャイルズに言いつけて、鶏の鳴き声と同時にぼくを叩《たた》き起こさせたんだ。田舎の時間で生活すれば、ぼくがまともになると考えたんだろうな」

「あなたはその意見に反対なの？」

ジェイソンは肩をすくめた。「たいして効き目があるとは思えない。君は父上を田舎の時間で生活させてみたかい？」

「母がさせたわ。母はできることならなんでも試していたから。でも、だめだったわ。効果なし」

「だいたい、ドルフ叔父さんはどうしたんだよ？　まず自分が手本を見せるべきじゃないのか」

「一理あるわね。しかるべきふるまいのお手本を示すのは有益かもしれないわ」

「そうだとも」ジェイソンは満足げに言った。「叔父さん自身が田舎の時間で暮らしてみればいいんだ、楽しくはないだろうけど。叔父さん、朝はほんとに機嫌が悪いからな」

「遺伝的な欠点かしらね？」

　そこでベントンが入ってきて、二人の会話は中断された。一礼したベントンの眉間には気遣わしげな深い皺《しわ》が寄っていた。「私にご用でしょうか、お嬢さま？　なにかご不便はございましたでしょうか。旦那さまは皆さまに快適に過ごしていただきたいとお望みでございます」

「ええ、みんなよくもてなしてくれるわ。ただ昨夜、あなたの歯痛に気がついたものだから、具合はどうか訊こうと思って」

「どうしてそれを――すっかりよくなりました」ベントンは驚きをすみやかに隠した。

「やっぱり口元が腫れているわ。朝の光のもとで見ると炎症もひどいわね、これは相当痛いはずよ」アビーは同情をこめて言った。

「いえ……少し痛むくらいで」

「朝食も食べ終わったことだし、湿布を作ってあげましょう」アビーは勢いよく立ちあがった。「スタンホープ卿も静けさがほしいでしょうし。厨房にはどう行けばいいの？」

「厨房でございますか？」

「ええ、厨房よ。菜園にも行って、材料を集めないと。私が作る酔いざましは頭痛にも効くのよ、スタシホープ卿。私の父にもてきめんに効いていたわ」

「通例、お客さまやご家族は階下には行かれないものでございます。お入り用のものがございましたら、料理人を呼びますので、お申しつけください」ベントンが言った。

「いいのよ、作り方が複雑で説明しにくいから」アビーはすでに扉のほうへ歩き出していた。

「前例のないことでございます、お嬢さま」ベントンは沈痛な面持ちで言った。

「そうでしょうね、でも前例がないことが悪いことだとはかぎらないわ」

　厨房は、ランズドーン・ハウスのほかのすべての部分と同じように、巨大だった——牧師館の台所の二倍はあった。床は赤い石が敷きつめられ、天井には重たげな黒い梁《はり》が何本も走り、奥の壁の半分以上を灰色の石の暖炉が占めている。そして、この厨房にも、古い時代の空気が漂っていた。梁の間の色あせた漆喰《しっくい》にも、豚を丸焼きにできそうな大きな焼き串にも、人が座れるほどの大きさの暖炉の窪《くぼ》みにも、歴史が感じられた。

　だが、ここには厨房らしいにおいもあった。活気があり、屋敷のほかの部分のように霊廟《れいびょう》のような印象はない。空気は暖かく湿っていて、玉ねぎやベーコン、イーストの香りがした。

「お嬢さま、なにかお入り用でしょうか？」顔を紅潮させたミセス・ランプリーが、小麦粉だらけの手を糊《のり》のきいたエプロンで拭きながら慌ててやってきた。

「ミセス・ランプリー、あなたは家政婦ではなかったの？」

「違いますよ、昨日はお手伝いをしただけです。ミスター・ベントンは見事に采配をふるっていますし、新しい使用人も増えましたけど、まだ人手が足りなくて。近いうちに家政婦も来てくれるといいんですけどね。なにしろ今回は急なことでしたでしょう。ランズドーン卿は長い間お留守にされていましたから、でも戻ってきてくださってみんな喜んでます」

「そんな忙しいときに申し訳ないけれど、カモミールを探しに来たのよ。ほかにもいくつかハーブが必要なの」

「お好きな料理があれば私がお作りいたしますよ」

「ベントンの歯痛に効く湿布薬を作りたくて。父の教区にいた頃は、簡単な治療の手伝いをしていたの」

「たしかにミスター・ベントンはだいぶ辛そうです」ミセス・ランプリーはうなずいた。「こちらに着いてすぐに痛み出したんですよ。お嬢さまが治してあげられるんですか？」

「できるだけのことはしてみるわ。大鍋はある？」

「ありますとも」

「じゃあ、それでお湯を沸かしてちょうだい。私は外でハーブを摘んでくるから。できれば、もう一つ鍋を出して。その鍋でスタンホープ卿の頭痛を治す飲み薬を作りましょう」

「あいにく洗い場女中《スカラリーメイド》が一人しかおりません。今はお使いに出しているので、戻ったらすぐに摘みに行かせます」

「ありがたいけど結構よ。タンポポとパースニップの違いがわからない人だったら困るもの。湿布の効き目は正しい材料にかかっているの。ベントンは早めに抜歯に行くべきだったわね」

「絶対に行こうとしないんです。殿方って人前では弱みを見せませんけど、ほんとうはそんなに強くないものですよね」

ミセス・ランプリーの頬がかすかに赤らんだ。この人はベントンに想《おも》いを寄せているのかもしれない、とアビーは思った。

「ベントンとは昔からの知り合いなの？」

「ええ、あの人は二十年前にこちらのお屋敷に来たんです。この四年は旦那さまのおそばに仕えるためにロンドンへ行きっぱなしでしたけど。数日前にやっと帰ってきましてね」

距離が想いを育てる、とはよく言ったものだわ。

「菜園の場所を教えてくれるかしら。さっそく始めましょう」アビーは言った。

ミセス・ランプリーはアビーを案内して荒れた菜園に出ると、情けなさそうに首をふった。「伸び放題でお恥ずかしいありさまです。なにしろ人手が足りなくて」

「無理もない話だわ。私はいろいろな庭で材料を摘んだ経験があるから大丈夫よ。心配しないで」

アビーは田舎の空気を大きく吸いこんだ。菜園はたしかに荒れている。雑草が一面に生い茂り、敷石の間から芽吹き、植物を窒息させ、放置された支柱にからみついている。それでもロンドンから離れてここに来てよかった、とアビーは思った。空気は新鮮そのものとは言えないけれど、土と、動物と、植物のにおいがする。

たとえ荒れていても、菜園はロンドンの混雑した通りとは比べものにならないほど爽やかだった。

朝の乗馬を終えてもドルフの気分は晴れなかった。頭が痛む。今朝は明け方まで寝られなかった。今のところ、田舎暮らしはジェイソンの退屈をあおり、酒量を増やしただけだ。昨夜は居酒屋の主人に呼ばれて、酔いつぶれた甥《おい》を迎えに行かなくてはならなかった。

そのために到着したばかりのハリントン家をほったらかして出かけるはめになったことも腹立たしかった。

領地の状況は予想以上にひどかった。管理不足は一目瞭然だ。空き家や修繕の必要な家が目立ち、畑は荒れ、家畜は栄養不足で、小作人たちの表情は暗い。

荒廃はいつから始まったのだろう？　どうして母の葬儀のときに気づかなかったのか？　だが葬儀のときは、ドルフはランズドーン・ハウスにたった一泊しかせず、しかも現実から目をそむけるために酒を飲みどおしだったのだ。

人気のない玄関ホールに入ると、ドルフのいらだちは増した。眉をひそめ、じりじりしながら乗馬用ズボンを軽く叩いた。

「ベントン？」待ちきれずに、大声で呼んだ。

返事はない。あたりは不気味なほど静かだ。ドルフは朝食室に行ってみた。コーヒーカップを両手で握りしめたジェイソンが、カップのふち越しに充血した目を向けてきた。

「とんでもない時間に大声を出さないでくれよ」ジェイソンがぼやいた。

「とんでもない時間だと思うのはおまえが飲みすぎたからだ」

「目くそ鼻くそを笑うってやつだな」ジェイソンはぼそぼそ言った。

そのとき、ドルフは使用人区画にあたる階下から笑い声がしたのに気づいた。「今のはなんだ？」

「笑い声かな。ぼくらの一族とは無縁なものだ」ジェイソンが答えた。

甥に背を向けると、ドルフは廊下へ出て、緑のベーズを貼った扉を押し開けた。話し声がする。そしてまたもや笑い声。どうやら笑っているのはミス・カーステンズのようだ。

ドルフはなぜか渇きを覚え、急ぎ足で階段を下りた。

そして、階下の光景を見て棒立ちになった。

ベントンが厨房の真ん中にある高い椅子に座って

いる。首から肩にかけてタオルを巻きつけたベントンの頬に、ミセス・ランプリーとミス・カーステンズがねばり気のある緑色の液体をベントンの頬に塗りつけている。ミス・ハリントンが見物しており、ほかの使用人たちも期待顔でそばに張りついていた。

「おはよう」ドルフは穏やかだが、角のある声で言った。

　使用人たちは衣《きぬ》ずれの音をたてて深々とお辞儀をし、蜘蛛《くも》の子を散らすようにいなくなった。ミス・ハリントンも顔を赤らめ、朝食のことをなにかつぶやいて、そそくさと立ち去った。

　ミス・カーステンズだけは動揺せず、いつものはきはきした調子で言った。「ベントンは虫歯なのよ。でも湿布を当てたから痛みが引くと思うわ」

「ほう。終わったのなら、上の階まで送ろうか？」

　ミス・カーステンズはうなずいたが、厨房を出る前に料理人に指示を残した。「湿布は少なくとも十分たつまで剥がさないで。それからスタンホープ卿の飲み薬ができたら届けてあげてね」

「はい、お嬢さま」

「飲み薬というのは？」ドルフは階段をあがりながら尋ねた。

「ジェイソンが飲みすぎたようだから、二日酔いにすばらしくよく効く飲み薬を作ってあげたの。あなたもよかったらどうぞ、気分がすぐれないように見えるわよ」

「遠慮しておこう」ドルフは階段の途中で立ち止まった。「ミス・カーステンズ、書斎に寄ってもらえないか？」

「もちろんいいわ、公爵さま」

　二人は甲冑の騎士たちの視力なき面頬《めんぼお》の前を通り、短い廊下の先にある書斎に入った。

　中は以前と少しも変わっていなかった。子供の頃、この書斎に絶対君主のように君臨していたのは父だ。

ドルフの心は波立った。書棚を埋める革表紙の本も、机も、革の家具も昔と同じだ。革と煙草《たばこ》の香りさえも、記憶にあるとおりだった。

ドルフは炉棚の上の父の肖像画を見あげた。父があらゆる意味で、まだこの部屋の中で生きているように思える。

父がランズドーンで多くの時間を過ごしていたわけではない。ドルフは幼い頃に父と過ごした記憶がほとんどなかった。母はたまに子供部屋に姿を見せたが、父はほぼロンドンに行きっぱなしだった。幼いドルフにとって父は、ときどきお行儀のいい姿を見せなくてはならない、顔のぼやけた大勢の大人の一人にすぎなかった。

幼少期のぼんやりした父の記憶は、年月がたち、少年期になると、残酷で強烈な、荒々しい記憶に変わる。それはドルフを畏縮させる記憶だった。

「それで、どうだった？　ここに戻ってきた感想は？」アビーの声がドルフを現在に引き戻した。

彼はあたりをぎこちなく見回した。過去の亡霊だらけの書斎の中を。「まずまずだ。凪《なぎ》のように穏やかな心境というやつだな」

「なるほどね」アビーはわずかに目を細め、疑うようにドルフをじっと見つめた。「そういう言い古された常套句《じょうとうく》って、相手をけむに巻くために使われがちよね」

「と言うと？」

「私の父は競馬やギャンブルのようなリスクのある遊びに熱中していたの。でも母に今日はどう過ごしたかと訊かれると、〝砂を噛《か》むような〟一日だったとか、〝無味乾燥な〟一日だったとか、〝特筆すべきことはない〟とか答えていたわ」

ドルフは肩をすくめた。「まあ、そうだな。戻ってみると、いろいろと思い出すことがあるよ」

ドルフは暖炉に目をやった。今は火の気がなく、きれいに片づけられている。ドルフが考案した木製の装置は、父が手に力をこめると鋭い音をたてて折れた。小さくなった木片を、父は焚《た》きつけのように火の中に投げこんだ。燃えあがった炎の熱をドルフは覚えていた。炎の飢えた舌が板をなめ、身をくねらせて車輪にからみつく光景も覚えている。

肖像画を見あげると、険しい顔立ちをした父が非難するような表情でこちらを見おろしていた。父の顔をはっきり認識したのはいつからだろう？　自分が〝予備の〟息子だと知ったのはいつのことだったか？

「時計を分解したときだ」ドルフはつぶやいた。

「あなたが時計を？　好奇心旺盛なところはイグナシウスと似てるのね」ミス・カーステンズが言った。

「似すぎているくらいだ。父はぼくが祖父の血を強く引いているのではないかと恐れていた」

「それは悪いことなの？」

「ああ」

「どうして？　あなたのおじいさまは天才で、しかも大金持ちだったのよ。ハロゲートでは、今でもとても尊敬されているのに」

「だが祖父は身分が低く、流行に疎く、社交のたしなみをまるで知らなかった。教育も十分に受けていなかった。だが才能と商売の勘に恵まれたおかげで莫大《ばくだい》な富を築き、娘を英国有数の旧家に嫁がせることができた。もちろん両家が取り決めを交わしたうえでの便宜結婚さ。父にはどうすることもできなかった。そして共通点もない、卑しい娘に金で縛られることを不愉快に思っていた」

「お母さんは悲しい思いをしたでしょうね」

「ああ」ドルフは言った。「結婚とは悲しいものらしい」

悲しい結婚の代償として母は子供たちを得たが、その子供たちが新たな悲しみの種になった。マデリーンとバーナビーのあとに授かった男子二人は、幼くして天に召された。ドルフが生まれる前のことだ。

そしてバーナビーも、母より先に逝ってしまった。

「あなたのおじいさまはどんな人だったの？」

ドルフは炉棚に背を向けた。ミス・カーステンズがすぐ近くに立っている。彼女の顔には見せかけの関心ではない、本物の好奇心があらわれていた。

「君なら好きになっただろうな。いつも煙草と木のにおいをさせていたよ。サンタのような、ちくちくする長いひげを生やしていてね。人を質問攻めにする癖があって、父はいつも鬱陶しがっていた。ぼくがまだ若い頃に死んでしまったけどね」

ドルフにはミス・カーステンズの鼻の上の三つのそばかすが見えた。息遣いが聞こえた。陽射しを浴びた栗色《くりいろ》の髪の輝きが見えた。

「つまり、ぼくはいくつかの禁忌を犯したわけさ。父に祖父を思い出させた。兄を守りきれなかった。ばかげた発明に熱をあげた。村の子供たちが穀物を水車場に運ぶときに使えば、金と馬の節約になると思ってね」

〝商売人、じみた、げすな、真似を、するな〟父は低い声で言いながら、ひと言ごとにドルフの手を打った。

ドルフは無意識に手のひらをさすった。

「お父さんはあなたを鞭《むち》打ったのね」ミス・カーステンズは静かな声で言った。それは質問というより確認だった。

「軽く打たれただけさ」

「かわいそうに」

ミス・カーステンズが進み出て、両手で彼の手を包みこんだ。ドルフは驚いたが、手を引き抜こうとはしなかった。心地よい感触だ。彼女はかつての鞭の跡を感じとろうとするように、ドルフの手のひらを指で撫でた。やさしい撫で方だったが、同時に彼の肌に、骨に、そして細胞にまで染みとおるような激しい感情も伝わってきた。

「それであなたは寄宿学校に送られたの？」

「ああ……イートンに」ドルフはぎこちなく答えた。

鞭のずきずきする痛みと、書斎の扉の向こうから聞こえる母の泣き声はいまだに忘れられない。〝泣きわめくな、ばか女め〟父の怒鳴り声。〝おまえが甘やかしすぎたのだ。こいつはイートンに送って、一人前の男にせねばならん〟

ドルフは記憶をふり払った。自分を哀れむな。

「もう思い出話は十分だ。悲しい話ばかり聞かせて悪かったね」

「喜びを感じるためには、悲しみも知らなければいけないのよ。涙は悲しいときもうれしいときも流すものでしょう」

「父は涙を嫌っていた。父は――」ドルフは言葉を切った。ずいぶん昔のことで忘れていたのだが。

「お父さんは？」

「父はぼくが泣くと鞭で打つ回数を増やした」

ミス・カーステンズの顔がゆがんだ。彼の手を握った手の熱が増した。その感触に惹《ひ》かれてドルフはさらに近づきかけたが、そうすれば自分の弱さが露呈してしまう気もした。馴《な》らされていない馬のように、逃げ出したい衝動が襲ってきた。

ドルフは彼女の手をほどき、暖炉から遠ざかった。ミス・カーステンズも飛びのくように後退し、両手をぎこちなくスカートにこすりつけた。

「本題に戻ろう」ドルフは言った。「君にここへ寄ってもらったのは思い出話をするためじゃない。喫緊の課題について話し合うためだ。ミス・ハリントンの社交界デビューを成功させることは、ぼくたちの共通の目標だと考えていいだろうか」

彼女がうなずいた。

「だとすると、ミス・ハリントンの作法は、ぼくの姉と社交界に受け入れてもらえるものでなくてはならないわけだ。若いレディが飲酒を話題にしたり、使用人にねばねばしたものを塗りつけたりするのが、常識的な行為だとは思えない。われわれは彼女の前でそういった行動をとるのは控えるべきだ」

ドルフはあえて堅苦しい言葉を選ぶことでミス・カーステンズとの間に距離を置き、自分自身の感情の暴走を防ごうとしていることを自覚していた。

「あなたの言う〝われわれ〟って、要は〝私〟のことよね。言っておくけれど、ミス・ハリントンは私がアルコールの話をしたときはその場にいなかったし、あの〝ねばねば〟は湿布よ。さらに言うなら、ミス・ハリントンの課題はあなたのお姉さんの前でふた言以上しゃべれるようになることだと思うわ。もちろんお酒の話題は避けてね」

ミス・カーステンズが辛辣な口をきいたので、ドルフは燃えさかる火に近づきながらあやうく逃れたような安堵を覚えた。

「君は彼女の友人として、また家庭教師として、模範的な行動を見せるべきだ。厨房への出入りやねばねば作りなど、もってのほかだ」

「だから湿布だと言っているでしょう。あれは母が村人のために作っていたもので、非難される筋合いはないわ。ベントンは歯が痛かったのよ、そして虫歯を抜きに行くのを怖がっているのよ」

「怖がるだって！」ベントンの怖がる姿など想像もつかない。「あの男が君に打ち明け話をしたというのか？」

「ミセス・ランプリーが話してくれたの。たぶん彼女はベントンに想いを寄せているんじゃないかしら。ところでベントンはあなたの従者なの、それとも執事なの？」

「両方だ、今のところは。それよりミセス・ランプリーがベントンを想っているだって？」ドルフは呆《ぼう》然《ぜん》と彼女を見つめた。ベントンにロマンチックな感情を理解できる感性があるとは思えないのだが。

「頬を赤らめていたわ」

「厨房が暑かったんだろう」

「とにかく、大事なのはベントンの健康でしょう。私は湿布の手当てを続けるし、抜歯に行くように励ますつもりよ」

　いつの間にミス・カーステンズは屋敷内のこまごまとした事情を把握したのだろう？　ぼくは領地管理人のトラスクだかトレントだかの無能さにも気づいていなかったのに？

「ぼくが言いたいのは、目標を達成するためには、君もミス・ハリントンも礼儀作法を身につける必要があるということだ」

「私が言いたいのは、使用人の手当てをしたからといって醜聞にはならないということよ」

「君の場合は、そのやり方が常識はずれなんだ」

「そして社交界は人と違うことを嫌うんだわ」ミス・カーステンズは小さな声で言った。

　その声に、言葉に、力ないほほ笑みに、彼女の悲しみを感じたドルフは、またも自分の足場がぐらつくのを感じた。

　ドルフは肖像画を見あげた。「ああ、そうさ。そしてミス・ハリントンは社交界に嫌われるわけにはいかないんだ」

　彼女も同じように目を上げた。「強い信念を持っているからといって、その人が正しいとはかぎらないのよね」

「そうだとも。でも世間に正しいと納得させるには、強い信念が役に立つ」

　突然のノックにアビーは跳びあがり、ランズドーン卿がさっとふり向いた。入ってきたのはジェイソンだった。

「スタンホープ卿、飲み薬は受けとったかしら？」アビーは珍しく沈黙を埋めたい衝動にかられ、急いで訊いた。

「ああ、ひどい味だった」ジェイソンは近くの椅子にだらしなく腰を下ろした。

「じきに頭痛が治まるはずよ」

「だといいけど」ジェイソンがつぶやいた。

「二日酔いの話題を禁止される理由はないわよ。ミス・ハリントンはここにいないんだから」アビーはランズドーン卿がなにか言う前に先手を打った。

ジェイソンが声をあげて笑った。「やられたな、叔父さん」

「君たちは初対面じゃないようだな？　ミス・カーステンズはハリントン家の友人で、今のところ息子の家庭教師を務めている」ランズドーン卿が言った。

「お気の毒に。ぼくは歴代の家庭教師をさんざんな目に遭わせてきたものだ」

「想像できるわ」アビーは辛辣な返事をした。「私はイギーをなるべく外に連れ出すようにしているの。午前中に学課をすませて、午後は葉っぱを集めたり、実験をしたり」

「教室にこもるよりは楽しそうだ」

「そのとおりよ。私の教育理念はアリストテレスに基づいているの。彼は弟子にこう説いたの、〝学ぶことは現実を認識し、次いで徹底的な論理的探求を通じて解釈することである〟と」

ジェイソンは大げさにうめいた。「アリストテレスからあとはちんぷんかんぷんだ」

「ついでに言うと、今日はイギー作のバター製造機を動かしてみる予定よ」

「バター製造機？」ジェイソンが片眉を上げた。

「ケーキやパン用のミキサーになるかもしれないけど。イギーはまだはっきり決めていないの。水力式だから、まずは湖を見つけなくてはいけないわ」アビーはジェイソンに顔を向けた。「あなたも一緒に来ない？」

「いい機会じゃないか」ランズドーン卿が言った。

「新鮮な空気はおまえのためになる」

「それはもう聞き飽きた。外をほっつき歩いて風邪を引くのはごめんだね」ジェイソンがごねた。

「あなたもぜひいらして」アビーはランズドーン卿に言った。「叔父さまがお手本を示せば甥もついてくるかもしれないわ」

ランズドーン卿は笑った。「一本取られたな」

ジェイソンは好奇心もあらわに二人を交互に見た。

「この遠足は思ったほど退屈じゃなさそうだ」

彼らは昼近くに集合した。ミセス・ハリントンとルーシーは賢明にも屋敷に残ると言い、またランズドーン卿がバジルも留守番をさせるように強く主張したので、結局彼とアビー、ジェイソン、イギーが出かけることになった。

一行はマーティンが馬車を回すのを待っていた。ジェイソンは早くも眠そうな顔をしており、二度寝をすればよかったと後悔しているように見えた。

イギーはバター製造機の部品を持参していた。直径六十センチの水車が一つ、樋《とい》が一本、樽《たる》が一つ、そして内側に木製の回転へらがついた本体部分だ。

ランズドーン卿はずらりと並んだ部品を眺めた。

「思ったより大きいな、それに部品も多い」

「馬車に積みきれるといいんだけど」イギーが言った。「でもバジルは留守番だから大丈夫だよね。あいつは泳ぎが好きだから残念だよ。子犬の頃に溺れかけたのに、泳ぎが好きだなんて不思議だけど」

「置けるものは床に置いて、詰めて座ることにしましょう」アビーはそう言ったものの、本心では詰めて座るのは避けたかった。蒸気機関車に乗りに行ったときの馬車の中を思い出してしまう。

二人の目が合った。アビーは目をそらしたが、彼が同じことを思い出していたのはわかった。

「イギー、あなたは私の隣ね」

「でも――」

「いいから」アビーは目でイギーを黙らせた。

やがて馬車が到着した。イギーが渡した部品を先に乗った者たちが受けとり、本体は床に、その他の部品は賓客のようにクッションの上に置かれた。

「マーティンがバケツを忘れてないかな？」イギーがいったん乗りこんだ馬車から慌てて飛びおりた。

「大丈夫ですよ、イグナシウス坊ちゃん」マーティンが大声で答えた。

イギーはもう一度馬車によじのぼり、アビーの横に腰かけた。ジェイソンは二人の向かいに座り、あとは最後の指示をマーティンに与えているランズドーン卿を待つばかりとなった。

見られずに見るのは贅沢《ぜいたく》ね、とアビーは内心でつぶやいた。彼の身のこなしはしなやかで余裕がある。田舎用の服装のおかげで、肩の広さと脚の長さが引き立っていた。

ジェイソンがあくびをした。

「ぼくの発明にわくわくしないの？」イギーが責めるような口ぶりで言った。

「うん、まあ、そんなには。でも田舎は娯楽が少ないから、なにもないよりはましだ」

「なにもないよりまし？　こんなにわくわくするのに」イギーは腹を立てていた。

「ぼくと君ではわくわくの定義が違うんだろう」

「あなたの定義は？」

「トランプ遊びで金が儲《もう》かるとわくわくするよ」

「それはわくわくするだろうね」イギーが認めた。

「うちにはお金がないんだよ。ぼくの発明が成功してお金が儲かるといいんだけど。あなたのおじいさんはそうやってお金持ちになったんでしょ」

「ぼくにとってはひいじいさんだ」

「ぼく、何個か発明のアイデアを持ってるんだけど、ロンドンでは模型を使った実験ができなかったんだ。カーステンズ先生が忙しすぎたし、借りてた家の近くに水辺がなかったから。代わりに設計のほうを進めておいたけどね」

「わが家の母上によれば、発明なんて中流階級のすることだそうだ。商売に使われるものを作るなんて世間体が悪いんだとさ」ジェイソンが言った。

「くだらない意見だね」イギーは淡々と事実を述べるように言った。

ジェイソンは苦笑した。「君がうちの母にそう言うところを見てみたいもんだ」

「あなたのお母さんが遊びに来たら言ってあげるよ。発明でお金を儲けるより、トランプ遊びで儲けるほうが世間体がいいの？」

「場に出たカードを暗記《カウンティング》するような裏技を使わないかぎりはな」ジェイソンはまたあくびをした。

「ぼく、暗記なら得意だよ」

「ちょっと」窓の外を見ていたアビーがふり返った。「おかしなことを教えないで。ギャンブル以外の趣味の話をしましょうよ、スタンホープ卿。ほかにお好きなことはないの？」

「別にないな。全部ただの憂さ晴らしだ」

「それって退屈そうだね。ぼく、カーステンズ先生にいつも言われるんだ、退屈するとろくなことをしないって」イギーが打ち明けた。

「君とは気が合いそうだな」

そこでランズドーン卿が馬車に乗りこんできた。マーティンが手綱を手にして、馬車は進み出した。

アビーはまたもや馬車が親密な空間であることを意識せずにはいられなかった。幸い今回の席はランズドーン卿の隣ではないが、視線を上げれば、すぐそこに彼の目があるはずだった。

心を奪うような、あの目が。

かといって下を向けば、自分のひざのすぐ前に彼のひざがあり、彼の手がのった太ももがあるはずだった。それを見ればきっと彼の手を取ったことを思い出してしまう。この手で包んだ彼の手の大きさとぬくもりを。二人の距離の近さを、彼を取り巻いていた屋外の空気のにおいを、目の下の暗い影を、静かな息遣いを。

そこでアビーは横を向き、外の景色を熱心に見つめた。馬車は門柱の間を通り、わだちだらけの小道に出た。

荒廃が目についた。道はでこぼこで、木々は茂りすぎている。その木々の間から畑が見えたが、水はけが悪く、囲いが朽ちかけていた。小道の突き当たりで馬車が左に曲がると、行く手に小さな森が見えた。道の両側には畑があり、小作人の家がぽつぽつと立っていたが、やはり手入れは行き届いていない。

アビーはあざやかな色が視界の片隅をよぎったのに気づいて身を乗り出した。少年たちが馬車を追いかけて畑を走っている。それぞれがいかにも子供らしい奔放さで手をふり、跳びはねていた。やがて彼らが馬車に引き離され、視界から消える頃、水辺が見えてきた。アビーの知るかぎり、それは湖というより池に近いものだった。

馬車が止まるとイギーは早くも席を立ち、マーティンが扉を開けるのを待った。

「ぬかるんでいますよ」マーティンの警告も聞かずにイギーは馬車を飛びおり、足を泥に沈めた。

アビーは慎重に降り、ランズドーン卿とジェイソンが続いた。

「二番目にいいブーツにしておいてよかった」ジェイソンがつぶやいた。

大きくはないが、きれいな湖だった。涼しい風が吹きわたり、水面にさざ波を立てている。向こう岸の近くでアヒルの群れが泳ぎ、ぬかるんだ岸の上のしだれ柳は、優美な枝を水中に浸していた。

「田舎の空気はもっと新鮮だと思っていたのにな」ジェイソンが文句をつけた。

「ロンドンよりは新鮮だわ」アビーは早春の湿原の香りを深々と吸いこんだ。

バシャバシャと泥を跳ねあげ、森の葉っぱをカサカサいわせながら、少年の一団が空き地へと駆けこんできた。彼らはそこで立ち止まり、小さく口を開けた。馬車を追いかけて無我夢中で走ってきたものの、いざ追いついてみると、どうしていいかわからなくなったらしい。

「こんにちは」アビーは声をかけた。

「君たちは靴を履いていないんだな」ランズドーン卿が言った。「服もぼろぼろだ」

彼の沈んだ表情を見て、アビーは慰めずにはいられなくなった。「あなたが注文してあげればいいのよ」

「靴なら持ってるよ」叱られたと思ったらしく、一人の少年が言った。「小さくなっちゃっただけだ。今は妹が履いてる」

「君たちは村に住んでるのかい？」ランズドーン卿が尋ねた。

少年がうなずいた。そばかすだらけの丸顔で、ぼさぼさの薄茶色の髪はあらゆる方向に突き出しているように見えた。

「君の名前は？」

「アルバート。あなたはランズドーン卿？」

「そうだ」

ランズドーン卿はアビーと目を合わせた。「ぼくは領地を長く留守にしすぎたらしい」

「これから埋め合わせをするんでしょう？」

「ああ、するとも」

「あれはなんの道具？」アルバートが顎で示したの

は、両脚を泥に突っこんだマーティンがあぶなっかしく抱えている本体部分だった。

「よくぞ訊いてくれたわ。あなたたちがこの湖に詳しいなら協力を頼もうと思っていたの」アビーは言った。

少年たちが近づいてきた。「詳しいよ」アルバートが言った。

アビーはうなずいた。「やっぱり。みんな賢そうだもの。私たち、これから理科の実験をするの。でもその前に自己紹介をしておきましょうか。この子はイグナシウス。私はカーステンズ先生。ランズドーン卿とはもう挨拶したわね、こちらはスタンホープ卿よ」

「こんにちは、先生」彼らは声をそろえて言った。

「こいつらはおれの友達のハリーとトーマス。それで、理科の実験ってどんなことするの？」アルバートは紹介をさっさとすませて本題に入りたいようだった。

「バター製造機を動かすのに水の力を利用したくて――」

「ミキサーになるかもしれないけどね」イギーが口を挟んだ。

「だから水べりのたいらな場所を教えてほしいの、この機械を置けるような」アビーはマーティンが抱えているものを示した。

「おれたちがいつも釣りをしてる岩がいいんじゃないか」アルバートが言った。

「どこ？」イギーが岸のほうに目を凝らした。「泥しか見えないよ」

「あっちだよ。柳の下。行こうぜ」

イギーと少年たちは、左のほうに駆け出し、柳の枝に隠れて見えなくなった。

「これが授業なのかい？」ジェイソンが訊いた。

「そうよ。地理と物理学を学んで、仮説を実践しているでしょう」アビーは答えた。「それに、イギーをへとへとにさせる効果もあるわ」

「興味深い教育方法だ。プラトンやアリストテレスを思わせる」ランズドーン卿が言った。「アリストテレスはプラトンの弟子だったね」

「まさにその点をミス・ブラウンリーとよく議論したわ。二人の思想を区別するのは難しいの」

「ああ、やっと授業らしくなってきた」ジェイソンが言った。


イギーと少年たちが柳の下から顔を出した。全員ひざまで泥だらけだが、誰もそんなことは気にせず、好奇心に目を輝かせていた。

「早く来なよ」イギーが言った。「ここならちょうどいいよ。スタンホープ卿、バケツを持ってきてくれる？　マーティンは本体を持ってきて」

「二番めにいいブーツが汚れるじゃないか」ジェイソンはぼやきながらもバケツを持った。

ランズドーン卿が樋を引き受け、アビーはなんとか水車を持ちあげた。製造機の本体を抱えたマーティンがしんがりを務めた。

「これでよし」イギーが宣言した。「ぼく、水を汲《く》んでくる」

イギーは水際に向かって走り出した。泥に足を突っこむたびに、ズボズボと音がする。ぬかるんだ岸から突き出た岩は、まるで自然が釣り場として用意したようだった。岩の両側には草が茂り、風にそよいでいた。

アビーは自分の監督下で実験をするつもりだったが、衝動を抑えられないイギーは早くも水際にしゃがみ、バケツを水中に下ろしていた。少年たちがそのまわりを囲んでいる。

水を満たしたバケツを岩の上に置くと、イギーは本体と水車に注意を向けた。集中しきった表情で、樋が水車の上に来るように取りつける。続いて水車とへらを接続した。

「ランズドーン卿、ここで製造機を支えててくれない？　カーステンズ先生は水を樋に流して。その間にぼくが水車の動きを観察するから」

三人がそれぞれの役割を実行する間、村の少年たちは神秘的な魔法を期待するように、目を丸くして見守った。水はしぶきをあげて樋に流れこみ、水車を動かした。水車が回転して木製のへらを動かし、へらは製造機の内壁にぶつかってゴトゴトと音をたてた。

「動いた！」イギーが興奮に染まった顔で叫んだ。

イギーはバケツをつかんだ。「あとはバランスを調節すればいい。水車が回って、水があふれない程度の力にするんだ。もう一杯水を汲んでくる！」

イギーは即座に立ちあがり、バケツを持ったまま岩の端めがけて駆け出した。

「走るな！」ランズドーン卿が大声で注意した。

もちろんイギーは聞いていなかった。それがイギーの悪い癖なのだ。いったん集中すると、制止の言葉が耳に入らなくなってしまう。

「イグナシウス！」アビーも叫んだ。「実験は丁寧にするものよ。ゆっくり歩いて」

イギーがふり向き、その輪郭が湖水の輝きにふちどられた。直後、イギーは体勢を崩し、風車の羽根のように両腕をぐるぐる回した。バケツが完璧な放物線を描いて岸のほうに飛んできた。イギーはよろけながら後退し、そのまま水中に落ちた。

アビーはスカートを持ちあげ、水辺に駆けつけた。イギーが水面に頭を出し、水を吐き出した。そしてまた足をすべらせたのか、水中に沈んだ。

「ぼくが行こう」ランズドーン卿がイギーを追って水に飛びこんだ。そしてイギーの手をつかんで水面に引きあげると、体勢が安定するまで支えてやった。

「大丈夫か？」

「あたりまえさ」イギーは侮辱されたように言った。

「岸に上がるぞ」二人は水をかき分けて歩いた。

「深くはないんだよ」アルバートが言った。

「真ん中まで行っても大丈夫だ」ハリーが断言した。

「水の底はどろどろだけど」トーマスが言い添えた。

「君の言うとおりだ」ランズドーン卿は泥まみれのブーツとびしょ濡《ぬ》れのブリーチズを見おろし、乾いた声で言った。

アビーは目をそらした。

「マーティン、馬車から毛布を。従僕にすぐに帰宅すると伝えろ。このおもちゃはここに置いていくから、あとで回収してくれ」

「おもちゃじゃないよ、ぼくのバター製造機だ」イギーが言った。「なんでそんなに大騒ぎするのさ。ちょっぴり濡れただけなのに」

「ずぶ濡れだし、溺れていたかもしれないんだぞ」

「水深六十センチだよ？」イギーは不満そうだった。

「どうやったら六十センチで溺れられるの？」

「頭を岩にぶつけてみるといい」ランズドーン卿が言った。

「ドルフ叔父さんは責任を感じてるのさ」ジェイソンは内輪の話をするようにイギーに話しかけた。

「ぼくもしょっちゅうガミガミ言われてる」

「それはあなたたち二人が最低限の分別すら持っていないからでしょう」アビーが言った。「イグナシウス、風邪を引く前に乾いた服に着替えるわよ。製造機はあとで回収すればいいから」

アビーの辛辣な言葉が効いたのか、イギーとジェイソンはおとなしく馬車に向かった。マーティンがイギーに毛布を渡した。

「それを体に巻きなさい。ランズドーン卿の馬車を泥だらけにしたくないわ」

「製造機はおれたちが届けてやろうか？」少年たち

が申し出た。

「助かるわ」アビーは言った。「私は実験学習の方針を考え直したほうがいいみたい、少なくともイギーと泥が関係する場合はね」

「どうかな」ジェイソンが言った。「ぼくは今回初めて実験のおもしろさを知った気がするよ」

ミス・カーステンズがイグナシウスの世話をする間にドルフは体を洗い、着替えた。そしてハリントン母娘とジェイソンと一緒に食事をした。ジェイソンは二番めにいいブーツがだめになったのをまだぼやいていたが前ほど退屈そうには見えず、旺盛な食欲を発揮し、積極的に会話に参加した。

ミセス・ハリントンはいつものように口数が多く、ミス・ハリントンはほとんど口をきかなかった。ドルフはひそかに母親が娘を見習ってくれないものかと願った。ミセス・ハリントンはスープを飲むときでさえ、独演会のようなおしゃべりを中断する気はないようだった。

「こんなにすてきなご領地に、こんなにすてきなお招きをいただいて、ほんとうに感謝してもしきれませんわ。おまけにアビーの社交界デビューの準備にまでお力添えをいただけるなんて。きっと本人は家庭教師の道しか考えていないと言うでしょうけど、私は賛成できません。むしろこのチャンスをつかむように励ましてやるのが、アビーの母親の親友としての務めだと思っておりますの。アビーの母親とはとても親しかったんですよ、かわいそうに早く亡くなってしまいましたけど」

とうとうと述べたあと、ミセス・ハリントンはひと息ついて、残りのスープを口に運んだ。

「ぼくの大おばがいろいろと計画を持っていると思いますよ。ミス・ハリントンの準備も手伝ってくれるでしょう」

「どういう準備ですの？」ミス・ハリントンがおずおずと尋ねた。

「ダンスの練習や爵位の勉強、あとはお辞儀のしかただね」ドルフは答えた。

　ミセス・ハリントンがうなずいた。「理想的ですわ、仲良しの二人が一緒にデビューできるなんて。ルーシーのはにかみ癖が少しは治るといいんですけど。この子ったら、ほんとに口数が少なくて」

「どうしてでしょうね」ドルフは淡々と言った。

「それからこれは内緒ですけど、ミスター・トロロープはルーシーがお気に召したみたいなんですよ」ミセス・ハリントンがつけ加えた。

　こんな声量で言われなかったら、内緒話らしく聞こえただろう、とドルフは思った。

「お母さん！」ミス・ハリントンが真っ赤になった。

「あなたたちの手紙のやりとりが続いているのはいい兆候よ。アビーには後妻の口を探しているんです。子供の扱いが上手ですからね。イギーがいい例ですよ。どの家庭教師もさじを投げたのに、アビーはうまくやってくれています。彼女の経済状況も考慮に入れると、奥さまに先立たれた子持ちの男性に嫁ぐのが一番ですわ。きっと何人かいい方が見つかると思いますの。きっと大おばさまもどなたかご存じでしょうね？」

「ええ、たぶん」ドルフはそう答えたものの、急に不愉快な気分に襲われた。

　ドルフはミセス・ハリントンのにぎやかなおしゃべりをどちらかといえばおもしろがっていたが、それが急に愚かしく思えた。理由は彼自身にもはっきりわからなかったが、その不愉快さは強烈で、上等の料理でも打ち消せないほどだった。

　昼食後、ドルフは出張中の領地管理人が提出していった不備だらけの帳簿を調べはじめたが、どうにも集中できなかった。

窓の外に目をやると、れんがや敷石のひび割れに侵入した雑草が目についた。父ならこんなことは決して許さなかったはずだ。ベントンから厩舎《きゅうしゃ》係に草取りをさせてはどうかという提案があったが、最優先すべきは家畜の栄養不足の解消だ。

母がこの現状を見たら悲しんだことだろう。領地を一番気にかけていたのは母だったのかもしれない。父は自尊心と義務感から維持管理に努めていたが、母はさまざまなことに目ざとく気づいた。裸足《はだし》の子供や、子供を食べさせるのに必死な未亡人や、足をひきずっている農夫がいれば、必ず面倒をみた。そういえばミス・カーステンズもベントンの歯痛の手当てをしていたな、とドルフは思った。

ふと口元がゆるんだ。あの取り澄ましたベントンが、緑色のねばねばを頬に塗られ、タオルを巻かれている姿を見るとは思わなかった。

母もお手製のチンキ薬を作っていたものだ。母は領地にいる間は地域の活動に積極的に参加していた。結婚式や葬儀があれば花を贈り、祭りがあればジャムやパイの審査員を務め、本や服を寄付した。

地元の園芸家が母のために薔薇の新しい品種を作ったことがあった。色は深紫との触れこみだったが実際は黒に近く、馬車や馬ならすてきだけど薔薇では見栄えがしないわね、というのが母の感想だった。〈レディ・ランズドーン〉が展覧会で賞を逃すと、母は笑っていた。

もう何年も前、バーナビーが死ぬ前のことだ。バーナビーの死後、母はロンドンの屋敷に引きこもった。都会のほうがいくらか気がまぎれたのだろう。

ドルフは席を立ち、いつにない乱暴さで椅子を押し戻した。父の肖像画に見おろされ、父の椅子に座り、苔むした私道を眺めて午後を過ごすのは耐えられない。なにかしなければ。亡霊から逃げなければ。

ドルフは玄関ホールへ向かった。

「村まで出かけてくる」ドルフは音もなく近づいてきたベントンに言った。

「かしこまりました」

「ジェイソンはどうしてる？」

「イグナシウス坊ちゃまと一緒に、ポニーのバーリーを探しにお出かけになりました。旦那さまも覚えておいででしょう、スタンホープ卿はお母さまに連れられてこの屋敷にお見えになっていた頃、バーリーが大のお気に入りでした」

「ミス・カーステンズも一緒なのか？　あの二人を監督なしで放っておくのは危険すぎる。バジルも一緒ならなおさらだ」

「ミス・カーステンズは行けないとのことでしたので、ジャイルズをお供につけました」

「具合が悪いのか？」背筋を寒いものが走った。

兄バーナビーはフランス軍の大砲で命を落とした。父は老いて病気がちになり、老衰で死んだ。母はある日、風邪を引いた。

そしてあっけなく死んでしまった。あまりに急な死だった。

「直接お尋ねになってはいかがでしょう」

ドルフがふり返ると、ミス・カーステンズはちょうど階段を下りてくるところだった。不意打ちをくらったドルフはどきっとした。彼女の髪は濡れていたし、いつものひっつめ髪でもなかった。うなじのあたりでゆるく結ばれ、こぼれた巻き毛が顔のまわりに垂れている。頬はいつもより紅潮しているようだ。

「風邪を引いたわけじゃないんだね？」

「もちろん違うわ」ミス・カーステンズが答えた。

「お風呂に入っただけ。イギーがバジルを洗っているときに、バジルが暴れてお湯の中に飛びこんだの。もちろん力ずくで引っぱり出したけど、私もずぶ濡れになったから、ついでに入ることにしたのよ」

「そうか」いかにもやわらかそうな、なめらかに輝く肌のことしか考えられなくなったドルフは、うわの空で答えた。温かな湯は彼女の頬を、首筋を、そして胸を上気させたことだろう。ほどいた髪は肩に垂れ、その下の丸みをなかば隠し、せっけんの泡が肌の上を流れていたのだろうか。

「……回収に行く前に」

「もう一度言ってくれ。ぼんやりしていた」ドルフは思春期の少年のようにぎこちなく言った。

「いいわ。あの男の子たちが製造機を届けてくれたか確かめてくる、イギーが早とちりして回収に行く前に、と言ったのよ」

「ぼくも一緒に行っていいかい？　外の空気が吸いたいと思っていたんだ」

　彼女がうなずくと、ドルフは期待と不安という、相反する感情にとらわれた。


　村への道は昔と変わりないが、わだちと水たまりが増えていた。ドルフははずれかけたよろい戸や、壊れた柵に目を留めた。鶏が数羽、道をうろついており、道ばたには腰の骨が浮き出た牛がたたずんでいた。

「君の目にはぼくがアシュリー卿と同類のように映っているんだろうな」ドルフはアビーの目にも見えているはずの景色を眺めながら言った。

「それはまだわからないわ」

「彼らの領地のほうがひどかったのかい？」

「いいえ、ここよりはましだったけど。一つ訊かせて、あなたはこの領地を立て直すつもりなの？」

「そのつもりだ」

「だったらあなたはアシュリー卿とは違うわ」ミス・カーステンズはいつもの率直な口ぶりで言った。

　二人は歩き続けた。ドルフは彼女の穏やかな、落ち着いた横顔をちらっと見た。彼女は安定した、知的な強さを感じさせる。そしてふだんは分別と思慮深さの陰に隠れて目立たないが、それだけにいっそう心をそそる色気も持っている。

「土の力を回復させるにはカブがいいそうよ」

頭の中に思い描いた優美な女神の姿が根菜に押しのけられ、ドルフは笑った。

「カブがそんなにおかしい？」

「アフロディーテと組み合わせた場合はね」

ミス・カーステンズが顔をしかめた。「私もギリシア神話は好きだけど、今は領地に集中すべきよ」

「そうだな」ドルフはうなずいた。「領地管理人が戻ってきたら、もっと詳しい状況がわかるだろう」

「管理人がどんな人か知っているの？」

「ぼくが雇った男だよ。正確には、雇用を承認した男だ」

ドルフは母の死後、ロンドンで一度だけトレントに会ったことがあった。以前の管理人が引退したあと、法律顧問が見つけてきたのが彼だった。ドルフはその顔合わせのことをあまり覚えていなかった。中年で身なりがよく、もの柔らかで人当たりがいいが、調子がよすぎるところもあった気がする。

「私、父に死なれた当時の記憶に大きな穴があいているような感じがするのよ。忙しかったはずなの、花を手配したり、物を片づけたり。でもぼんやりとしか思い出せない。感情が凍りついたようで」

「麻痺《まひ》していたんだな」ドルフは言った。「ぼくもそうだった。それが今も続いている。母の死は――あまりに急だった」

まるで死が適切な警告を怠ったような急死だった。

「ときどき自分が自分でないような気がしたわ。父が死ぬ前の自分と、死んだあとの自分がひと続きでないというか」

「ぼくも葬儀の段取りをして、儀式をすませ、牧師と話したのは覚えている。でも演技をしているような気分だった。ロンドンの芝居と同じくらい現実味がなくてね」

「私はイギーに助けられたわ」

ドルフは笑った。「話が深刻になりすぎると君がいつも引き戻してくれるね。いったいイギーがなにをしてくれたんだい？」

「目的をくれたの。あなたにとっては領地がそれにあたるんじゃないかしら」

「君ならなにを提案する？」

「提案？」

「ああ。この領地を改善するアイデアがあったら、領主であるぼくに教えてくれないか」

ミス・カーステンズがこちらを見た。ふっくらした唇がわずかに開き、目が見開かれている。ドルフが本気かどうか、見きわめようとしているようだ。

「おそらくトレントという人は予算を横領しているか、領地管理人として無能なんだと思うわ。だから種をはじめとする原料への投資がされていないのよ。だから、まずは財政状態を徹底的に調査する必要がある。家畜が栄養不良だから、最優先すべきは飼料でしょうね。そしてあの男の子たちの痩せ方を見ると、満足に食べられない家庭もありそうね。きっと村には、そういう家庭のことを把握している人がいるはずよ。領地共有の家畜はいる？」

「わからない」ドルフは認めた。

「乳牛と鶏を買うべきね。そうすれば子供たちに十分なミルクと卵が行きわたる。次の季節に向けた種の買い入れも欠かさないこと。それから休耕中の畑がいくつか目についたけど、さっき言ったようにカブを植えるといいわ」

ミス・カーステンズの提案に頭の中で温めていたアイデアを刺激され、ドルフは驚くほどの高揚を感じた。「ロンドンの家はしばらく閉じよう。使用人たちをここに呼ぶ。靴と服はもう注文してあるから、ついでに持ってこさせる。ロンドンの使用人たちは田舎暮らしに慣れていないが、食事の配給や柵の修繕なら手伝えるだろう」

「私も滞在中は喜んでお手伝いするわ」

ドルフはあたりを見回した。丘のてっぺんにある小さな教会、畑、そして小作人の家々。

「ぼくはここをより良い場所にするつもりだ。君のアイデアに感謝するよ」

「アイデアならいつも頭にあるわ」ミス・カーステンズが言った。

ドルフはほほ笑んだ。憂鬱と麻痺を押しのけて、なにかが胸の中で脈打っている。

それは希望だった。

アビーは彼の顔を見つめた。ロンドンで退屈をもてあましていた有閑貴族とは別人のようだ。彼はもう無関心ではなかったし、皮肉な冗談やうわべだけの愛想で自分を隠しているようにも見えなかった。

二人は驚くほどうちとけた気持ちで、教会に向かう坂をあがっていった。

「聖デヴィッド教会だ」ランズドーン卿が言った。

尖塔《せんとう》が一つきりの簡素な教会が、大樹の下に安らいでいた。葉が落ちきった木は丸裸だが、新たな成長を約束する緑の新芽がもえ出ている。左手に墓地があり、苔むした墓がぽつぽつとあった。教会の建物はくたびれかけており、屋根は一部はがれ、北側の壁は苔に覆われて緑になっている。この教会は父の教会にどこか似ていて、アビーの心は安らいだ。

「ご両親はここに埋葬されたの？」教会に向かって歩きながら、アビーは尋ねた。

彼は首をふった。「いや、領地内の霊廟だ。だが教会の家族席に二人とバーナビーの名前が彫ってあるよ」

通用門が開き、牧師が出てきた。アビーは黒い牧師用の平服を風にはためかせて近づいてくる彼を見守った。

「こんにちは、ランズドーン卿。お戻りになったそうですな」その声は年のせいで少しかすれていた。

牧師は腰が曲がり、小さくしなびて見えた。

「ウォルサー牧師、こちらはミス・アビゲイル・カーステンズです。彼女の父も教区牧師でした」

「お会いできてうれしいですよ、お嬢さん」決まり文句だが、この牧師が言うと気持ちがこもっているように聞こえた。皺だらけの顔の中で、青い目は輝きを失っていなかった。

「私もです」アビーは答えた。

「さて、ランズドーン卿、ただ立ち寄られたわけではないでしょう。私がお力になれますかな？」

ランズドーン卿はほほ笑んだ。「あなたは決して言葉を飾りませんね」

「この年になると、遠回りな言い方をする時間がもったいなくてね」

「村でなにが起きているかご存じですか？　どうしてこんなに荒れ果ててしまったのでしょう」

「あなたも率直なもの言いをされますな。以前は違ったような気がするが」

「その道の達人から習いました」ランズドーン卿がアビーをちらりと見た。

「不作、悪天候、近隣の領地との競争、そしてミスター・トレントのずさんな管理」牧師は簡潔に述べた。「あなたあての手紙に書いたはずですが」

「申し訳ない――手紙はほとんど読んでいません」ランズドーン卿はきまり悪そうに身じろぎした。

アビーは彼が気まずさを冗談でごまかさず、ありのままに見せたことに驚いた。

「ランズドーン卿は今、領地のためにたくさん計画を立てているんです」アビーは思わずかばうように言った。

「それはうれしいことです」

「小作人の生活を立て直すための経済援助も視野に入れています。どの家庭が特に困窮しているかご存じですか？」

「それならミセス・ケントに訊くといい。覚えておられるかな――花の世話も人の世話もよくするご婦人を。彼女なら知らないことはないでしょう。だが、私から見て一番困っているのはタトロック一家ですな。父親が肺炎で亡くなり、母親と三人の子供が残されました。アルバートと、エロイーズと――」そこで彼は首を左右にふった。「末娘の名前が出てこない。年は取りたくないものです」

アビーはそばかすだらけの賢そうな少年を思い出した。「アルバートなら会いました。薄茶色のぼさぼさの髪をした、そばかすの多い子ですよね」

「ああ、その子でしょう」

ランズドーン卿がうなずいた。「彼は二人の男の子と一緒にいました。今、彼らのために靴と服を注文しているところです」

「ハリーとトーマスですな。いつもの三人組だ」ウォルサー牧師は楽しそうに言った。

「その子たちは満足に食べられているでしょうか？」アビーは訊いた。

「ミセス・ケントと私は、飢えさせないように、そして彼らの誇りを傷つけることもないように、できるだけのことをしております」

「私にもお手伝いさせてください。滞在中は、ということですけれど。父の教区でも奉仕活動をしていたんです」

「それはありがたいが、同じやり方は持ちこまないほうがいいかもしれませんぞ」

「ミセス・ケントを立てるように心がけます」

「それがいい」牧師がほほ笑むと、青い目が皺だらけの類に埋もれかけた。

「村に学校はありますか？」

牧師は首をふった。「ここ数年は、教師がおりません」

ランズドーン卿がアビーを見てほほ笑んだ。「それも早急に対処するとしましょう」

「あなたは教育を重視しておられるようですな、お嬢さん？」牧師が尋ねた。

「ええ、教育とはチャンスを与えることです。貧しい少年でも教育を受ければ国を動かす政治家になれるかもしれません」

「進歩的な考えをお持ちのようだ」

「世の中の不平等が完全に消える日は来ないでしょう。けれど教育はその不平等を減らす、最高にして唯一の手段です」

「ぼくの家庭教師もそんなことを言っていたな」ランズドーン卿が驚いたように言った。

「ジェニングス先生でしたな」牧師が言った。「たしか、先代公爵が彼を解雇したのだと思ったが」

「そうです、ぼくが自作の装置を作ったあとに――ほら、あの荷馬車の車輪を二つつけた板ですよ」

「あなたの兄上がけがをされたのでしたね」

「ええ」ドルフは言った。

「公爵さま、領地にはしばらく滞在されるご予定ですか？」牧師が尋ねた。

「ええ、少なくとも状況が改善するまでは」

「それはいいことだ」牧師が言った。「なんと言っても、ここはあなたの居場所ですから」

ランズドーン卿は体をこわばらせた。「爵位と責任から逃げるつもりはありません」

牧師はしばらく無言になり、曲がった指を握り合わせて、手がかりを探すようにランズドーン卿の顔を眺めた。

「遠慮のないことを言って構いませんかな」

「これまでも遠慮されていたとは思えませんが」

「私は席を外しましょうか」アビーは申し出た。

「いや、いいんだ。ぼくの領主としての至らなさは君もよく知っているだろう。そのほかにうしろめたい秘密はないよ」

「喪失と後悔は人を惑わします」牧師が言った。

「それはよく承知していますし、言い訳にするつもりもない。ぼくは領主として、今後は小作人が飢えることも、裸足でいることも、無教育でいることもないようにするつもりです」

「いや、私が言ったのはあなたではなく、ご両親のことですよ。お二人は子供たちに先立たれた」

「ぼくの兄たちですね」

「バーナビーのあとに授かった二人の男の子は、どちらも幼くして天に召された。そのあと生まれたあなたは、あまりに小さな未熟児だった。今のお姿からは信じがたいことですが」

「三十年ぶんの成長をしましたからね」

「ご両親はあなたが生き延びるとは思っていなかったのですよ。あなたが月足らずで生まれ、私は予定外の洗礼に呼ばれました」牧師が続けた。

「ぼくは期待を裏切るのが好きでしてね」

「だからご両親はあなたを愛することを恐れたのです。同時に、まだ年端のいかないバーナビーから目を離すのも恐ろしかったのでしょう」

「だから母は子供部屋に寄りつかず、父は領地を留守にしていたと？」

「それも理由の一つだったのではありませんかな。おかしなもので、人はわが子の死を恐れるあまり、一人の子を溺愛し、別の子に愛情を示せないこともあるのです。それでも、あなたの居場所はここにあるのですよ」

「ありがとう」ランズドーン卿は言った。

10

数日が穏やかに過ぎた。ミセス・ケントは最低限の衣食住にも困っている家庭のリストを提出し、ロンドンの家の使用人たちが物品を持って到着した。マーティンは家畜の飼料のほかに、豚、牛、めんどりを買い入れた。めんどりはいい買い物ではなかったらしく、まったく卵を産む気配がなかった。マーティンは一杯食わされたのではないかというのがミセス・フレッドの意見だった。

だがマーティンはロンドンで生まれ育った都会っ子なので、いいめんどりの見分け方を知らなくてもしかたがないだろう。

ミス・カーステンズとミス・ハリントン、ミセス・フレッドがミセス・ケントと協力し、必要なものを必要な人に届けるための配布計画を練っている間、ドルフは年をとった大おばの旅行の手配や作業班の編成、そして会計帳簿の調査に追われていた。帳簿の記録は穴だらけだったが、領地管理のずさんさを示す証拠としては十分だった。

そこで領地管理人のトレントが出張から戻ると、ドルフはすぐに彼を書斎に呼び出した。

「ミスター・トレントが参りました」ベントンが書斎の入り口から言った。

来客に対するベントンの評価は、声を聞けばわかる。トレントは彼に好印象を与えなかったようだ。

「ありがとう」ドルフは愛想よく言った。「入ってくれ」

トレントが入ってきた。あいかわらずもの柔らかな態度の男だ。肌は生っ白く、赤く染まった鼻先には毛細血管が模様のように浮いている。薄い青色の目も充血しており、青白くむくんだ手は肉体労働とは無縁に見えた。

　トレントがドルフの向かいに座った。身なりは上等だが、どこか崩れたものが感じられ、ドルフはウイスキーと汗の混じったにおいも嗅ぎつけた。

「ミスター・トレント、ぼくは君を解雇しなければならないようだ」ドルフは単刀直入に言った。

　トレントはぎょっとしたようだ。口をわずかに開け、乾いた唇をなめた。

「私は――われわれは悪運に見舞われたんですよ。悪天候に不作、家畜の病気。そういう逆境において私は最大限の努力をしたつもりです」

「そうだろうな」ドルフは言った。「ただし、君の最大限の努力とやらは飲酒に関するものらしいが」

「そりゃもちろん、種やらなにやらを仕入れるときに一、二杯は飲みますとも。それが世の習いというものですからね。値下げさせようと思ったら、酒くらいおごってやりませんと」トレントは世慣れた男らしい顔をしてみせた。

「その種が届くのが楽しみだ。ともかく、農夫の酒代を出す代わりに安く種を仕入れているという君の話は疑わしい。むしろ君が無能なために高く買わされているというほうが信憑性《しんぴょうせい》がありそうだ」

「無能？　私は無能じゃありませんよ」

「ほう、それはなによりだ。ともかく、ぼくは領地管理に積極的に関わることにしたから、君の仕事は必要なくなったわけだ」

「関わるですって。公爵さまご本人がですか？　失礼ですが、いったいあなたが領地管理のなにをご存じだと言うんです」

「ほとんど知らないさ。だが利益を酒に溶かすべきではないことや、君が仕入れた種の量が少なすぎるし、品質が劣悪なことくらいはわかっている」

　トレントは憤り、席を蹴って立ちあがった。「閣下、私はこんな侮辱を受けたことはありません。犯罪者呼ばわりするおつもりなら、出るところに出てもかまいませんが」

「芝居じみた真似《まね》はしなくていい。ぼくは法に訴えることまではしないつもりだったが、君がどうしてもと言うなら受けて立つ用意はある」

トレントは釣りあげられた魚のように口をぱくぱくさせた。

「ぼくも名誉を重んじる紳士の端くれとして、同じく紳士である君が法廷で堂々と闘いたいと言い出すことは予想がついた。そこで君に面会する前に、ざっとこれに目を通してみたんだよ」ドルフは人差し指で帳簿を叩《たた》いた。「ぼくの法律顧問ならさらに徹底的な検証を行うだろうし、その結果が君にとって有利に働くことはないと思うが、それでもお望みなら法廷に出よう」

トレントは口元を引き結んだ。「決意はお固いようですな。私は能力を認められない職場にしがみつくような未練がましい男ではありません」

「では、推薦状なしの解雇ということで双方の同意が得られたわけだ。ついでに管理人用の家からは明日までに退去してもらえるとありがたい」

「歓迎されない場所に居座る気もありませんよ」

「それはよかった」ドルフは呼び鈴を引いた。「ベントンに玄関まで案内させよう」

トレントは出ていった。廊下を歩きながらベントンに不満をぶちまける声がしだいに遠ざかっていった。

ドルフは立ちあがった。トレントとの面会が彼をいらだたせていた。なぜあんな男を雇ってしまったのだろう？　なぜそこまで無関心になれたのか？

早春にしては温かな日だった。ドルフは屋敷を出て、領地を見はるかす丘に向かって歩いた。子供の頃、バーナビーと連れだってよく出かけた場所だ。

そして丘のてっぺんの大きなナラの木に登った。一度、大きな枝に麻ひもを結んでぶら下がったこともあった。サルのようにぶら下がってゆらしていると、枝が折れ、ドルフは地面に放り出された。けがはしなかった。それはバーナビーと彼にとってはおかしくてたまらない出来事で、二人で一緒に笑いころげた。

　ドルフの人生はいくつかの章に分かれている。誰の人生もそうなのかもしれない。子供時代の章は、バーナビーが腕を折ったときに終わった。

　そしてバーナビーが友人スタンレーを追って入隊した直後の父からの呼び出し。あの呼び出しは、次男として気楽に過ごした青年時代が終わったしるしだった。

　書斎に入ると、父が机の向こうに座っていた。家具が昔より大きくなったように見えた。いや、父が昔より小さく見えたのか。ドルフが会話のために書斎に招かれることはめったになかった。そこは彼にとって説教と罰を受ける場所だった。

〝バーナビーが軍隊に入りおった。おまえを兄と同じ隊に転属させるよう手配しておいたからな。説き伏せて連れ戻せ〟父は前置きなしで言った。

〝なぜです？　なぜバーナビーがそんなことを？〟ドルフは訊《き》いた。

〝軍隊では目上の者に質問していいと教えているのか？〟

〝いいえ、ですが――〟

〝では訊くな〟父は歯ぎしりするように言うと、背を丸めた。〝とにかく連れ戻せ〟

　午後の陽射《ひざ》しが雲を貫いて差している。ドルフは爽やかな空気となつかしい道のりを楽しみながら、ナラの木をめざして丘をのぼった。ここからは畑も、湖も、牧草地も、子供時代と変わらないように見える。近くで見れば明らかな荒廃も、遠くから見れば目立たない。

頂上まで来るとドルフは立ち止まり、胸いっぱいに空気を吸いこみながら、屋敷の中世時代の小塔と、それには不釣り合いな増築部分を眺めた。ここからは湖も、村も、教会も、店も、墓地も見渡せる。

動くものが彼の視線をとらえた。丘のふもとの小道をきびきびと歩いていく一人の女性。もちろんミス・カーステンズだ。顔立ちを見分ける前に、その身のこなしや、大股の歩き方や、無駄のない腕のふり方から、ドルフは彼女だと気づいていた。

働きぶりを考えれば取って当然の休憩の最中だろうか。それともベントンに湿布を作るためのハーブでも探しているのだろうか。ベントンの歯痛はだいぶ楽になったようだ。まだ抜歯には行っていないが。

ドルフはほほ笑んだ。炎症が起きればまた手当てが必要になる。そうなればまた、緑のねばねばにまみれたベントンが見られるわけだ。

そういえばベントンのロマンスはどうなったのだろう。新たな展開があったかどうか、ミス・カーステンズに訊いてみなくては。母もそうだったが、ミス・カーステンズも目ざとい女性だ。周囲を気遣い、細かいところに気がつく。がっかりした顔も、切ない視線も見逃さない。心配りができるのだ。ぼくは領地に予算を投じることならできる。囲いを直し、靴を買うこともできる。だが、心を配ることができるだろうか？

視線に気づいたのか、彼女が顔を上げ、手をふって、ドルフがいるほうに歩き出した。髪が少し乱れ、運動のあとで頬が紅潮している。

「実を言うと、来るかどうか迷ったの」ミス・カーステンズは話ができる距離まで来るとすぐに言った。「知り合いに気づいたけど声が届く距離じゃない場合って、なんとなく気まずい気持ちになるものよね。あなたは一人になりたくてここに来たんだろうと思ったけど、通り過ぎるのも失礼かと思って」

彼女は優雅とは言えない動作でさっさと地面に座った。草の染みも気にしないらしい。

ドルフも座った。「来てくれてよかったよ。君の働きぶりにあらためて礼を言いたかったし、トレントを解雇したことも伝えたかった」

「よかったわ。彼がいないほうが私たちはずっとうまくやれるはずよ」

ドルフは彼女が〝私たち〟と言ったことをうれしく思った。

「ミセス・ケントはとても有能ね。村のことならなんでも知っているみたい。それにジェイソンも、イギーと仲良くしてくれてありがたいわ」

「あの二人は一緒にいることでお互いに成長するようだ。どうしてそうなるのかは不思議だが」

「ええ、イギーはジェイソンの話ばかりしてる」

「イーディス大おばが明日着く話はしたかな？」

ミス・カーステンズはうなずいた。「楽しみだとは言えないわ。大おばさまはすてきな方なんでしょうけど、重要な仕事を中断してお辞儀の練習をしなくちゃいけないと思うと憂鬱で」

二人はしばらく黙った。ドルフはうしろにもたれた。幹の硬さが背中に伝わってくる。

「この場所が好きだったのをぼくはすっかり忘れていたんだ」

「美しいところね」

「母の死後、ぼくはランズドーンなんて存在しないようなふりをしていた。だが、それは間違いだった。もっと早く戻ってくるべきだった」

「父が亡くなってからハリントン家がロンドンに移るまでの間、私は教会を避けていたの。新しい牧師さんは親切だったし、教区の人たちのことも好きだったのにね。誰だってそのとき自分にできる精いっぱいのことをするしかないのよ、そうやって受け入れて生きていくんだわ」

「ありがとう」ドルフは青みがかった灰色の空の下できらめく湖に目をやった。「バーナビーと一緒によく釣りをしたものだ。釣り針に虫をつけて、二人で何時間も座っている間、バーナビーは領主になったらしたいことをいろいろと話してくれた」

「お兄さんには心の準備をする時間がたっぷりあったのね」ミス・カーステンズの声はやさしかった。

ドルフはうなずいた。領地はさまざまな色みの緑のパッチワークのようだ。

彼女が肩を寄せてくると、春の兆しのような香りがした。「どんな人だったの、バーナビーは？」

「わからない」

「どういうこと？」

「兄は期待に応えるために必死に努力していた。完璧な後継ぎになるために」

ぼくは兄に嫉妬していたのだ。バーナビーは生徒総代で、クリケットのキャプテンだった。背が高く、話し上手で着こなしのセンスがあり、知的で論理的だが、知的すぎることも論理的すぎることもなかった。それに比べて、ぼくはずっと成長が遅かった。あるときから急に身長が伸び、手足のひょろ長さが目立つ痩せっぽちになった。

「外見は父に似ていてね。兄は父ともうまくやっていた」ドルフは自分の声ににじむ苦さを意識した。

「あなたはお兄さんと一緒に従軍したの？」

「ああ。兄は出征する必要があったわけじゃない。追いかけたんだ……友人を。父は兄が死んだことを最後まで許さなかった」

「あなたが生き残ったことも？」彼女は静かに言った。

ミス・カーステンズと二人きりになるのは数日ぶりだ。イギーの世話や領地の仕事に追われて時間がとれなかったのだが、こうして彼女と話していると、張りつめていた気持ちが自然にほどけていく。

彼女のほうに肩を寄せ、その存在に安らぎを感じるのは、ごく自然なことのように思えた。

「ぼくは兄と同じ戦場にいた。そして兄が死ぬ直前……久しぶりに本音で話をした。もっと前に話せればよかったんだが。ぼくは兄のことをなにも知らなかった。なにもわかっていなかった」言葉を口にするたびに、痛みが胸を貫いた。

「自分がお兄さんを愛していることは知っていたでしょう。お兄さんもそれは知っていたはずよ」ミス・カーステンズが彼の手に触れてきた。ドルフはたじろいだが、同時に慰めを感じた。

「ああ」なんと単純で、飾り気のない言葉だろう。

「ぼくは兄を愛していた」

「父がよく言っていたわ、人間はややこしいことをするものだって。私たちは自分で自分を縛ってしまうの。父はコリント書の言葉が好きだった。〝たとえ私が天使の言葉を語ろうとも、愛がなければそれはただの騒音にすぎない〟父が聖書の中で一番好きだった言葉よ。聖書の中で素直に信じられた数少ない文章の一つだと言っていた」

「君の父上は変わった牧師だったんだな」

「ええ、そうね。父は母が望むような牧師ではなかったし、国教会が望むような牧師でもなかったけれど、みんなに愛されていたわ」

ドルフは眼下に広がる景色を眺めた。畑、森、生け垣、そして複雑に交差する道。

「ふつうと違うことは、必ずしも欠点ではないんじゃないかしら」ミス・カーステンズがぽつりと言った。「あなたはお父さんともお兄さんとも違う領主になっていいんだと思うわ」

「そうかもしれないな」

その瞬間、ドルフはなにかがかちりとはまったような気がした。今まで形にならなかった思いが、言葉という形をとった。

「父はぼくにバーナビーを守らせるため、兄がいる隊に転属させた。だが、ぼくは任務を遂行できなかった」ドルフは暗い笑い声をあげた。

ミス・カーステンズが身を乗り出した。表情は真剣そのもので、青い瞳には思いやりがあふれていた。

「そんな任務、最初から不可能だったのよ。背負わせるほうが理不尽だわ」

「父も必死だったんだろう。父は兄の入隊をやめさせようとしたが、兄の決意は固かった。兄には……スタンレー卿《きょう》という友人がいたんだ。スタンレー卿は家族の怒りを買い、勘当されていた。なぜなら……」

ドルフはそこで口をつぐんだ。

「あなたのお兄さんと愛し合っていたからね」ミス・カーステンズの淡々とした声はドルフを驚かせた。

「そうだ」ドルフは目を閉じた。「君はどうしてそういうことを知っているんだ？」

彼女は肩をすくめた。「ギリシアについて学んだからよ。教育は蒙《もう》を啓《ひら》くものだから」

「バーナビーは後悔していなかった。自分を偽《いつわ》るよりも死ぬほうがましだと言っていた。もうなにかのふりはしたくない。これまで自分はずっとふりをして生きてきたんだ、と」

ドルフはミス・カーステンズのほうを向き、息を吸った。自分の手の上に、彼女の手の感触があった。

「このことを誰かに話したのは初めてだ」

「話してくれてありがとう」

「ぼくは兄を失望させたと思った。兄にもっと信頼される自分でありたかった。ぼくにもっと早く打ち明けられたら、兄は絶望せずにすんだかもしれない」

ミス・カーステンズはドルフのもう片方の手を取

った。彼の手をぎゅっと握りしめた手は温かかった。

「お兄さんはあなたを一番必要としたときに打ち明けたのよ。お兄さんはあなたを信じていたし、あなたはお兄さんのためにそこにいた。社会はお兄さんを失望させたのね、でもあなたはそうじゃない」

「兄が戦場で死ななかったら、ぼくは彼を理解しただろうか？　あるがままに受け入れただろうか、それとも非難しただろうか？」

「それはわからない。でもあなたがお兄さんを愛していたことは私にもわかるわ。あなたはお兄さんのためにそこにいたんだもの」

「人は誰でも時代の申し子であり、時代の思想を超えられる者はひと握りしかいない」ドルフは静かに言った。

「ヴォルテールね」

「彼のことも学んだのか？」

「少しだけ」

「君は……」ドルフは言葉に詰まった。

ミス・カーステンズは笑い、彼の手を離して、雰囲気を軽くした。「才女気どり《ブルーストッキング》？」

「すばらしい女性だよ」

ミス・カーステンズのひっつめ髪からひと筋の髪がこぼれている。ドルフはそれを指ですくい、耳にかけてやった。触れた瞬間、彼女がはっと息をのむ音がした。彼女はぼくを引きつけるものを持っている。ぶりをしないところ。率直な口のきき方。ユーモア。澄んだ青い瞳。きまじめな外見の中でそこだけが官能的な、ふっくらした唇。そして彼女が隠そうとするからこそ、余計に心をそそる色香。

ドルフは彼女の顎の線をそっと指でなぞった。

薄桃色の、完璧な形の唇が開かれた。長いまつげにふちどられた青い瞳がドルフを見つめた。

彼女がほしい。

その思いが体を突き抜けた。たぶん会った瞬間から心のどこかで感じていたのだろうが、それが今では深く強烈で本能的な思いに育っていた。

ドルフは身を乗り出し、ミス・カーステンズの顎を持ちあげ、唇と唇が触れ合う寸前まで近づけた。

「君とバジルが玄関前の階段でぼくにぶつかってきたときから、キスしたいと思っていた」

「そうだったの？」彼女は眉根を寄せ、代数の難問に取り組むような顔になった。それから、ほほ笑んだ。その表情の変化は心臓が止まりそうなほど魅力的だった。「私もそうだったんだと思うわ」

その率直な、珍しいほどの正直さは、どんな媚態《びたい》よりもドルフの欲望に火をつけた。

ミス・カーステンズは唇を噛《か》んだ。「キスした経験がないからわからなかったのね。でも、ずっと想像していたわ。あなたとのキスを」

ドルフは彼女の髪の爽やかな香りを嗅ぎ、その髪のひと筋が自分の頬をくすぐるのを感じた。そっと唇どうしを触れ合わせた。それからキスを深め、舌を動かした。彼女がびくっとし、小さくあえいだ。小さな手が持ちあがり、無意識の動きで彼の肩にしがみつき、続いてもっとすばらしいことに、唇が開いて彼を受け入れ、弓のようにしなった体が彼のほうにもたれかかってきた。

ドルフはミス・カーステンズを抱きよせ、背中に手を回した。うなじのやわらかな肌に触れ、まとめ髪からこぼれた絹糸のような髪に触れた。

これこそ……生きているということだ。

ドルフは久しぶりに自分が全身全霊で生きていると感じた。記憶にさいなまれた抜け殻ではない。

ドルフの指は彼女の曲線を探検した。くぐもった小さなうめき声が耳をくすぐった。その声と、彼の肩にしがみつく不慣れな手の動きと、体のしなりが、欲望をさらに煽《あお》った。

自制心がすべり落ち、理性が粉々に砕けた。欲望が押しよせ、駆りたてた。血が吠《ほ》えた。彼女がほしい。慎みをはぎとり、ひっつめた髪をほどいて滝のように背中に流したい。なめらかでやわらかい喉に唇を這《は》わせ、実用一辺倒の地味な灰色のドレスを脱がせたい。そして理性を情熱で、記憶を経験で覆いつくし、じかに感じ……抱いて……。

彼女を裸にしたい。そして組み敷いて……。

ミス・カーステンズの手が上着の中にすべりこんできた。指がためらいがちにシャツを探っている。ドルフの心臓が激しく打った。思春期の青年のような性急さが彼を突き動かした。二人は本能のままに動いた。彼女は背をそらし、焦《じ》れたように体を押しつけてきた。無垢《むく》な情熱をぶつけるように。

無垢……。

ミス・カーステンズは未経験なのだ。だめだ……いけない……欲望で理性を濁らせてはならない。感情の渦にのまれてはならない。

ドルフは体を起こし、身を引いた。欲望と本能にあらがうには多大な努力が必要だった。ドルフは荒い息をつきながら、木の幹にもたれた。鼓動が耳の中でとどろき、体が震えている。

「やめてほしくなかったわ」息も絶え絶えのかすれ声には、情熱と驚きが感じられた。

「わかっている。ぼくもやめたくなかった」ドルフは言った。「ぼくはあらゆる意味で君に惹《ひ》かれている」

そのとき、過去と現在と未来がパズルのピースのようにぴたりとはまった。

突然、頭の中のかんぬきがはずれて、答えと道筋が示されたようだった。

「結婚してくれ」

「えっ？」アビーは呆然《ぼうぜん》とした。

一瞬、どう反応すればいいかわからなかった。ランズドーン卿が発したのは意味を持つ言葉ではなく、ばらばらの音の集まりに過ぎないように思えた。

「ぼくたちは結婚するべきだ」彼はさっきよりもはっきりした声でくり返した。

「それは……私たちが……キスしたから？」アビーは途切れ途切れに言った。

「ああ、でもそれだけじゃない」

「どういうこと？　あなたはどうかしてるわ」

アビーははじかれたように立ちあがった。めくるめく感覚と欲求に震える体は、自分のものではないようだった。感情も混乱し、怒りと、弱さと、欲望が入り乱れていた……。

世界が見知らぬ場所に変わってしまったようだ。自分の気持ちが理解できない――そしてこの唐突な、突拍子もない、衝撃的なプロポーズは、もっと理解できない。自分の新たな一面を知ったばかりのところへ、彼が結婚の話をするなんて。結婚？

頭がくらくらする。ニワトコのワインをジュースだと思って飲みすぎてしまったときみたいだ。夢のようで、ふわふわして、天にも昇る心地で、でも自分が自分じゃないようで。

「できないわ」アビーは単純明快な事実にしがみつくように言った。

「どうしてだ？」ランズドーン卿も立ちあがった。「君はクローゼットの中に夫を隠しているのか？」

「夫？　まさか」アビーは草の上を歩き出した。「違うわ――そういうことじゃなくて。結婚という考え自体がどうかしているのよ。私の夢は誰かの奥さんになることじゃない。昔から結婚を夢見たことは一度もないわ」

「その夢は変えられないのかい？」

「ええ、変えられるとは思わない。私は社交的な人間じゃないわ。それに家庭教師として働いているのよ。あなたとは住む世界が違いすぎる」

「家庭教師になったのはつい最近のことだろう。それにこの世界にはぼくよりずっとなじんでいるじゃないか」ランズドーン卿は村や湖を手で示した。

アビーは首をふった。「私は子供相手の仕事に向いているだけよ。公爵夫人には向いていないし、なりたいとも思わない」

「ぼくも公爵になりたかったわけじゃない」

「こんな会話、どうかしてるわ。あなたはキスしたからにはプロポーズをしなければ紳士としての名誉が傷つくと思ったのよね。紳士って名誉のことになると大騒ぎするものだから。でも、そんな必要はないのよ。誰にも見られていないんだから。どうか一度のキスで恋に落ちたなんて言わないで、それは私の知性に対する侮辱よ」

「ぼくは〝恋に落ち〟てはいないかもしれない。ロマンチックなおとぎ話のようにはね。だが眠りから覚めたような気分なんだ。欲望だけでこんなことを言っているわけじゃない。ぼくは君に惹かれている。君の知性を自分でも驚くほど尊敬している。君のことが好きだし、もちろん欲望も抱いている。ぼくは――」ランズドーン卿はそこでいったん黙り、感情をふるいにかけ、正しい言葉を探しているようだった。「満たされた気がするんだ。前よりも上等な人間になったような」

アビーは首をふった。「私は起きたまま夢を見ているような気分だわ。誰かに自分を満たしてもらうことはできないのよ。私の両親がそうだった。私はあなたの良心にはなれない。誰かの良心になりたいとも思わない。相手がイギーだったとしてもね。母がいつも父の良心になろうとしていたのを見ていたから」

「ぼくの言い方が悪かったのかもしれない。とにかく、ぼくらはお互いに助け合えるし、この領地の人々を助けることもできる。君もそう思うだろう」

「私たちは二人とも傷つき、悲しみを背負っているとは思うわ。そしてお互いに癒やし合ってきたかもしれない。でもそれだけじゃ足りないの。それに私は公爵夫人になれる器じゃないのよ」

「君はみんなのことを気にかけているじゃないか。公爵夫人になれば家庭教師よりも多くの自由が手に入るんだぞ。それとも君は、ぼくの姉やミセス・ハリントンがどこかから見つくろってくる子だくさんの男やもめと結婚したいのか？」

「そういうわけじゃないけど――」

「学校を開いて、小作人の力になればいいじゃないか。きっとうまくいく。結婚はぼくらにとって現実的な打開策だ」

「私――」アビーは愚かではない。家庭教師や学校教師として働く辛さもよくわかっていた。

ランズドーン卿が一歩近づき、彼女の手を取った。アビーは彼の強さともろさを同時に感じた。

「考えてみてくれ」

この人と結婚したら……そう思うと、興奮と怯《おび》えが同時にやってきた。アビーはごくりと唾をのんだ。

「考えてみるわ」

アビーは歩いて屋敷に戻った。幸いランズドーン卿は書斎に用があると言って先に帰ってくれた。アビーは少々のことでは動じない性格だったが、さすがにキスとプロポーズをされた直後に、相手の男性と一緒に歩いて平静でいられる自信はなかった。

幸い玄関ホールには人気がなく、静けさを破るのは時計の針の音だけだった。

アビーは立ち止まり、ギリシア神話の天上界の絵が心を静めてくれることを期待して、青天とたなびく雲が描かれた高い天井を見あげた。

だが、そんな奇蹟《きせき》は起きなかった。

アビーはため息をついた。いつまでも玄関ホールで天井を凝視しているわけにはいかない。イギーは暇になるとろくでもないことをしでかす癖がある。ジェイソンがいつもそばについていてくれるとはかぎらないのだ。

　アビーは子供部屋に行ってみたが、イギーの姿はなかった。ミセス・フレッドなら行き先を知っているかもしれない。アビーは家政婦の部屋に向かった。いい人材が見つかるまで、この部屋はフレッド夫妻が使っていいことになっていた。いつものようにミセス・フレッドは気持ちのいい空間をこしらえていた。暖炉では火がパチパチ音をたてている。絨毯《じゅうたん》にねそべったバジルが歓迎するようにしっぽをふり、ミセス・フレッドは座り心地のいい椅子に座って編み物の最中だった。

「まあ、バジルが疲れてるなんて」アビーはぐったりした犬を見て言った。「跳ねまわっていないバジルを初めて見たわ」

「最近は運動が足りていますからね」ミセス・フレッドは手の動きを止めることなく言い、編み針がカチカチと小気味のいい音をたて続けた。「アヒルの群れが無事かどうかはわかりませんけど。散歩はどうでしたか？」

　アビーはどすんと椅子に腰を落とし、足を暖炉のぬくもりに近づけた。「結婚しようと言われたわ。ランズドーン卿に！」

　ミセス・フレッドはちらりとアビーを見て、手の動きを止めた。「ええ、そういうことになるかもしれないと思っていましたよ」

「あなたってなにが起きても驚かないの？　彼がプロポーズすると思っていたわけ？」

「恋が芽生えたなとは思っていました」

「恋！」アビーは怒ったように言った。「恋？　恋が芽生えたと思っていた？　どうしてそんなことを思ったの、当の私がなにも思っていないのに」

　ミセス・フレッドは笑い、また手を動かしはじめた。編み針のカチカチいう音が炎のパチパチと混じり合った。「あなたは恋というものを知らないからでしょうね。それとも恋が芽生えたことを認めたくなかったのかしら。もしくは、自分は恋を経験するようなタイプじゃないと思っていたか」

「ええ、経験しないと思っていたわよ。実際していないし……恋なんか芽生えてないもの。たぶん彼は領地の現状にショックを受けて、私がいれば役に立つと思ったんでしょう。それはもっともな考えだし、責任感の強さのあらわれでもあるわ。でも恋とは呼べない」

「ええ、そうかもしれませんね」ミセス・フレッドは同意した。彼女には、話し相手が熱くなって反論するとあっさり主張を引っこめるという腹立たしい癖があった。

「だいいちランズドーン卿はお酒を飲みすぎるわ。人をすぐにからかうし、うぬぼれ屋だし。冗談で話をそらす癖にはほんとうにいらいらする。もちろん彼は知的で、アシュリー家の人たちとは比べものにならないほど責任感が強いけど。きっといい領主になると思うし、それは私も応援したいのよ。だからといって、結婚が合理的で理性的な提案になるわけじゃないでしょう」

「あなたは殿方にまるで興味がなかったのに、今は驚くほど彼のことばかり考えているんですね」

「初めてプロポーズをされたばかりだからよ。しかも公爵から。考えないでいられたらそれこそ驚きだわ」アビーは立ちあがり、足早に行ったり来たりしはじめた。

「大広間に行きましょうか。歩きたいなら向こうのほうが広いですよ」

「いいえ、いいわ」アビーはもう一度座り、かなりの努力をして靴の裏を床につけておいた。靴は泥で汚れていた。アビーは最初の、そしてたぶん最後のプロポーズを泥まみれの靴で受けたのだ。

　もし私がピンクのドレスを着て、金髪で、きれいな上靴を履いていたら、このプロポーズにももう少し現実味があったかしら？

　あったはずだ、とアビーは思った。それはつまり私がピンクを着て、きれいな上靴を履くタイプの女性であって、手に負えない犬を足元にねそべらせて泥がこびりついた靴を履いているタイプじゃないということだから。

「とにかく、ランズドーン卿のプロポーズの理由がなんであれ、それから、その……恋が芽生えていようといまいと、私は結婚向きの女性じゃないの。私が望むのは自立だけ」

「公爵夫人になれば家庭教師よりもずっと自由になれますよ」ミセス・フレッドは淡々と言った。

　アビーは首をふった。「贈り物のように与えられる自由は真の自由ではないわ。そんなものは与えられたときと同じ速さであっさりと奪われてしまう。人はみんな平等に自由であるべきなの。それが当然の権利なのよ」

「昔あなたが政治家のウィルバーフォース先生にあてて書いた手紙みたいなせりふですね。私は反論しませんよ、政府を代表しているわけじゃありませんから。でも一つだけ言えるのは、女は自由の種類をえり好みなんかしないほうがいいってことです」

　アビーはまた立ちあがった。もう我慢できなかった。小さな窓まで歩き、また戻ってきた。「わかってないのね。あなたは夫がいつもあなたの言うことを聞き、あなたの行動を制限しないから、自分は自由だと思っている。でもそれは真の自由ではないの。あなたの自由は普遍的なものではなく、やさしい夫を持ったから手に入った個人的な自由でしかない。本来なら人は誰でも人であるという理由で自由を謳《おう》歌《か》するべきなの。女だろうと男だろうと、独身だろうと既婚だろうと、裕福だろうと貧乏だろうと、老人だろうと若者だろうと関係ない。自由は誰もが持つ権利なのよ」

「社会を変えたいという大望のほかに、結婚をためらう理由がなにかあるんですか？」ミセス・フレッドはそう訊くと、編み目を数えるために手を止めた。

アビーは窓辺からふり返り、鼻に皺《しわ》を寄せた。

「晩餐会《ばんさんかい》にお茶会、ボンネットを買うためのお出かけ。全部私の苦手なことだわ」

「結婚にはそれ以外の面もあるでしょうに」

「あなたはミスター・フレッドを愛している？」

「ええ」ミセス・フレッドはさらりと答えた。「お互いになじんでますから。年季の入ったスリッパみたいなものです」

「ランズドーン卿を年季の入ったスリッパだとは思えないわ」

「そりゃ、あなたの年じゃ年季の入ったスリッパは要りませんよ。要るのは恋のときめきです」

「また話が恋に戻ったわね」アビーはうなった。「まあ、少しくらいはあるかもしれないわ。その、ときめきとやらが。私とランズドーン卿の間にも」

「だから最初から言っているでしょう」ミセス・フレッドはくすりと笑った。

「でも、ときめきだけで足りるの？」アビーは自分の頬が紅潮し、手のひらが汗ばんでいるのを意識した。

「足りないかもしれません。でも結婚にはもっと大事な要素がありますよ」

「どんなこと？」

「そばにいること。そして心を示すこと。それならあなたは得意でしょう」

「たしかにそうね」アビーは言った。

「イギーがいなくなった！」その言葉が部屋中に響

きわたった。

　アビーとミセス・フレッドは同時にふり向いた。ジェイソンとミスター・フレッドがドア口に立っていた。真っ赤にほてったミスター・フレッドの顔には汗の玉がにじみ、ジェイソンのクラバットはほどけ、髪はくしゃくしゃに乱れていた。

　ミセス・フレッドの編み物が床に落ちた。バジルが激しく吠えながら跳ねまわった。アビーは立ちあがった。

「どういうこと？　イギーは湖に行ったんじゃないでしょうね？」アビーは訊いた。冷たい恐怖が胃を締めつけた。

「いやいや」ミスター・フレッドが早口で答えた。「落ち着いて聞いてください。湖は調べたし、念のために馬丁を一人、見張りに置いてきましたから。おれたちは坊ちゃんがロンドンに行ったんじゃないかと思ってるんです」

「なんですって？」驚きが不信に変わり、あまりのことに笑いがこみあげてきた。アビーは倒れこむように椅子に座った。「いったいどういうこと？」「オーガスタス・コーネリアス・フレッド、あなた飲みすぎたのね？　情けない。まだ夕方前ですよ。それからバジル、あなたはどうして編み物にからまっているの？」

　アビーは呼び鈴を引いた。「バジルはジャイルズに連れていってもらいましょう。そのあとで、わけがわかるように話してちょうだい」

　すぐにジャイルズが到着し、バジルはピンクの毛糸を鼻先にからめたまま連れていかれた。ミスター・フレッドとジェイソンはソファに座った。呼吸はまだ荒かったが、二人ともさっきより落ち着いたようだ。

「さあ、最初から説明してくださいな」ミセス・フレッドが促した。

ジェイソンがほどけたクラバットの先端をいじりながら話しはじめた。「知ってのとおり、イギーとぼくは最近よく一緒に過ごしてる。ぼくはあの子が好きなんだ。今日は二人で釣りをしてたんだが、そこへぼくのロンドンの友達があらわれたんだ。二人組の気のいいやつらで、ドルフ叔父さんなら顔を知ってるはずだ。ぼくが田舎で退屈してると手紙に書いたから、〈コーヒーの大釜〉に行こうと誘いに来てくれたんだが、ぼくは行かないことにした。ドルフ叔父さんを心配させたらかわいそうだからな。はるばるロンドンから来てくれた二人には悪いけど、帰ってもらったんだ」

「あなたが行かないと決めたことはうれしいわ」アビーは言った。「でも、その話とイギーの行方不明になんの関係があるの？」

「坊ちゃんはその二人が見てない隙にこっそり馬車に乗りこんで、ロンドンに行っちまったんじゃないかな」ミスター・フレッドが言った。

ミセス・フレッドが訊いた。「なんで坊ちゃんが知らない人の馬車にこっそり乗りこんでロンドンに行きたがるんですか？　どこからそんなばかげた話を思いついたんです」

「最近イギーに、ずっとギャンブルのことを訊かれてたんだ」ジェイソンがいよいよ神経質にクラバットをこすったので、生地が甲高い音をたてた。

「たしかにあの子は質問好きで好奇心旺盛だけど、見知らぬ人の馬車に隠れてどこかに行ったりするとは思えない」アビーが言った。「心配しすぎよ」

「ギャンブルのある技について、やけにしつこく訊かれたんだよ」ジェイソンが顔を曇らせた。

「技って？」

「カードの暗記《カウンティング》だ」

「なんですって？」イギーはトランプもチェスも好きだが、賭けで勝つための裏技に興味を示したことはない。「どうしてそんなことを訊いたのかしら」

「暗記が得意だからって言ってた。数字ならいくらでも覚えておけるって。一応、カウンティングは反則だぞと注意しておいたけど。あんなに詳しく教えるんじゃなかったな。でもイギーはいつまでも食い下がるんだ。あんまりしつこいんで、答えるほうが楽だと思ってしまった」

「気持ちはわかるわ」アビーは苦い顔で言った。

「おれは坊ちゃんが馬車のそばにいるのを見たんです」ミスター・フレッドが言い添えた。「そのときはなんとも思わなかった。ほら、坊ちゃんは調べるのが好きだから」

「たしかにそうだけど」アビーは言った。「わざわざロンドンまで行かなくても、この近所でなにかを調べまわっているのかもしれないわよ。誰か、ミセス・ハリントンとルーシーには訊いてみた？　イギーは二人と一緒にいるかもしれないわ」

「このお屋敷のメイドに訊いてきてもらいました。お二人とも坊ちゃんを見ていないようです」ミスター・フレッドが答えた。

「そう」アビーは胸のあたりがずしりと重くなったのを感じた。イギーがこっそり馬車に乗りこんでロンドンの賭博場に向かったという推理は一見、荒唐無稽に思える。だが、いくらありそうにない話でも、可能性はゼロではない。

「ランズドーン卿にも話すべきね」アビーは言った。

一行が大広間へ行くと、ランズドーン卿とミセス・ハリントン、ベントン、ルーシーもやってきた。

ミセス・ハリントンとルーシーは見るからに不安そうな顔をしていた。ルーシーは目も鼻も真っ赤にして、ハンカチを握りしめていた。

「なにがあったんだ？」ランズドーン卿が尋ねた。

「イギーがいなくなった」ジェイソンが答えた。

「湖」ミセス・ハリントンはつぶやき、数分前のアビーと同じように青ざめた。

「心配しないで」アビーは急いで言い、彼女の腕を取った。「湖はもう調べたそうだから」

「馬丁を一人、湖に残してきました」ミスター・フレッドが説明した。「村の子供たちにも訊いてみました。ずっと釣りをしていた子供たちも、坊ちゃんの姿は見ていないそうで」

「それは安心材料だな」ランズドーン卿は言った。

「このあたりで危険な場所といえば湖くらいだ。すぐに捜索隊の人員を集めよう。イギーはほっつき歩いているうちに迷子になったんじゃないかな。幸い今日は暖かいから、今すぐどうこうということはない。組織的に探せば見つかるさ」

「ありがとう」アビーは少しほっとして言った。

「ロンドンに行った可能性もあると思うんだ」ジェイソンがぼそっと言った。

「ロンドンですって？」ミセス・ハリントンの声は震えていた。「どうやって？」

「ぼくの友達の馬車で」ジェイソンはくしゃくしゃの髪をさらにかき回した。

「あなたのお友達がイグナシウスを連れていったとおっしゃるの？」

「いや、もちろんわざとじゃない。子供好きな連中じゃないから。けど、イギーがこっそり乗りこんだのかもしれない」

「なぜそんなことを？」ランズドーン卿が言った。

「アビー、君はイギーのことをよく知っているだろう。その可能性があると思うか？」

「どうかしら——荒唐無稽な気もするけれど、イギーは思いこみが激しい子だし、領地を歩きまわるならバジルを連れていくはずよ。だから、ないとは言えないわ。イギーは最近ギャンブルに興味を持って、あれこれ質問をしていたそうだから。カードのカウンティングでお金を稼ぐ方法について」

ルーシーがはっと息をのみ、よろめいた。ベントンが支えなかったら、そのまま倒れていただろう。

「私のせいだわ」ルーシーが言った。「私がいけないの。レディ・スタンホープから私あてに手紙が来て、そこには私が身につけていない礼儀作法や、イーディス大おばさまの指導を受けるにあたっての心構えが長々と書いてあって、私、読んでいるうちに落ちこんでしまったの。そして愚痴をこぼしたの、うちにお金があってレディ・スタンホープに頼らなくてすんだらよかったのにって」

「イギーはそれを聞いたのね？」アビーは確認した。

「ええ」

「それでイギーはお金を作ろうと思ったのね」アビーは胸のあたりがさらに重くなるのを感じた。

「坊ちゃまが馬車の近くにいるのをお見かけしました」ベントンが言った。

「おれもです」ミスター・フレッドも言い添えた。

「私がちゃんとイギーを見ているべきだったわ」アビーは赤くなり、ランズドーン卿の視線を避けた。

「屋敷と領地内を徹底的に捜索しよう。それで見つからなければロンドンだ」

「可能性が低いのはわかっているけど」アビーが言った。「やっぱりイギーはロンドンにいる気がするの。時間を置かないほうがいいと思うわ」

ランズドーン卿はアビーを見てうなずいた。「よし。ベントン、馬車の支度を。あらゆる事態に備えて行動する。ベントンとミセス・フレッドは屋敷内の徹底的な捜索を。ミスター・フレッドとジェイソンは使用人と村人を集めて領地を捜索するように。ミス・カーステンズとミス・ハリントン、ミセス・ハリントンは屋敷で待機だ。ぼくはロンドンへ向かう」

「私も行くわ」アビーは言った。

「君は来なくていい」

「いいえ、行きますとも。イギーの監督者は私だもの。ここでじっと待ってはいられないわ」

「〈コーヒーの大釜〉はレディが行くような場所じゃない」

「子供が行くような場所でもないわ」

「だからぼくが急いで連れ戻しに行くんじゃないか」ランズドーン卿が言った。

「その手伝いをさせてと言ってるのよ」

「女性にそんなことはさせられない。君の評判がめちゃくちゃになってしまうぞ。それどころか危険な目に遭うかもしれないんだ」

「私の評判よりイギーの安全のほうが大事だわ」アビーが進み出ると、二人はわずかな距離を置いて向かい合った。

「イギーの安全はぼくが保証できる。だが君の安全までは保証できない」

二人の視線が衝突した。アビーは彼の目に強烈な意志と、服従への要求を見てとった。そしてここが、正念場だと悟った。

「私は誰かに面倒をみてもらう必要はないわ、そして自分が行く必要はあると思っている。イギーはよく知っている人の言うことじゃないと聞かないわよ。あなたはイギーを見つけたあとどうするつもり？　手に負えないほど頑固な子よ、怯えているときは特にね」

「マデリーンの家に連れていくさ」

「イギーはあなたのお姉さんが好きじゃないのよ。また逃げ出すのがおちだわ」

「九歳の子供だろう。九歳の子供ならぼくが監督できる」

「無理ね」アビーは首をふった。「イギーはふつうの九歳じゃない。頭はいいけど、していいことと悪いことの区別がつかないし、環境の変化に適応しにくい性格なの。見つかる頃には疲れきっているはずだし、動揺して怯えてもいるでしょう。イギーがロンドンにいるなら、私も絶対に行きます。あなたになんと言われても行くわよ、あなたの馬車に乗せてもらえないならミスター・フレッドに馬車を出してもらうわ」

ドルフは彼女と目を合わせ、頑固なまでの意志の強さに驚いた。彼女は絶対に引き下がらないだろう。誰かに反論されるのは久しぶりだ。腹立たしかったが、同時に賛嘆の念も湧いてきた。

言い争っている時間はない。自分の馬車に同乗させるほうが彼女の安全も確保しやすいだろう。ハリントン家の馬車はおんぼろで、スピードも出ない。

「いいだろう、連れていく。ただし、馬車は飛ばすぞ。休憩もほとんどなしだ。イギーがロンドンで迷子になる前に着きたいからな」

「望むところよ」

「君は頭に来るくらい頑固だな」

「私のほうが正しいときはね」

「君は自分が間違っていると思ったことが一度でもあるのかな」ドルフはつぶやいてから、ベントンのほうを向いた。「姉に使いを出せ。今夜ミス・カーステンズを泊めてほしいと伝えさせろ。イギーも一緒かもしれない」

「かしこまりました」

「それから捜索隊を組織しろ。イギーが屋敷か領地内にいる可能性も十分にあることを忘れるな」

ミセス・ハリントンが進み出た。いつもは血色のいい丸顔が青ざめ、この数分で何年も年を取ったようにやつれて見えた。

「ありがとうございます、ランズドーン卿、どうかあの子を無事に連れ戻してください」

「ロンドンにいるのなら、ぼくたちが必ず見つけます」ドルフは言った。

11

彼女は癪《しゃく》にさわるほど冷静だった。実用的な黒いコートを着てピンクのクッションに座ったアビーは、カード賭博に挑もうとしている家出少年を追い、ロンドンのスラム街めざして馬車を飛ばす行為が日常茶飯事だと思っているような、落ち着き払った顔をしていた。

「〈コーヒーの大釜〉がロンドン一不健全な界隈《かいわい》にあることを君は知っているのか」ドルフは低い声で言った。

「知らなかったけど、それならなおさら早くイギーを見つけないといけないわ」

「そのとおりだ。大事なルールを伝えておく。〈コーヒーの大釜〉に着いたら、ぼくの言うことを聞くこと。ぼくの指示に従うこと。反論はしないこと」

「私が女だから？」

「ああ」ドルフは言った。「そして君は〈コーヒーの大釜〉に足を踏み入れたことがないからだ。君は店の構造を知らない。ロンドンのあの界隈も、その危険さも知らない。田舎育ちの君にとって、最大の危険といえば怒った牛くらいだろう」

「牛はめったに怒らないわ。ヤギのほうが短気よ。それに田舎のパブでもときどき喧嘩《けんか》が起きるわ」

「〈コーヒーの大釜〉で起きる喧嘩は、村の居酒屋のもめごととは比べものにならないほど物騒だ。ぼくの保護を受ける以上、命や体や評判を危険にさらすような真似《まね》は避けてもらう」

「私は自分のことは自分で決める自由を貫きたいわ。今までずっとそうしてきたから」

「それはあきらめてくれ」

言ってしまったあとで、ドルフは取り消すことができればと願った。

「私たちが結婚した場合には、ということ？」

その言葉は二人の周囲に漂って尾を引いた。ドルフは気まずさを覚えたが、それが明言されたことにほっとしてもいた。二人の間に横たわる大きな問題から目をそむけたままロンドンまで旅するよりはましだろう。

「そういうことになるな。だがもしぼくたちが結婚しなかったとしても、今までどおりにはいかないさ。それが人生だ。君は今ロンドンに向かっている――危険の多い都会に。豪華な馬車に乗っていることが、さらなる危険を招く。それに君は美しい――」

「こんなときにからかわないで」

ドルフはいらだちの混じった不思議な感情に襲われた。「アビー、君はほんとうにわかっていないんだな？」

「なにを？」

「君には言葉にできない魅力がある。自分の魅力にまるで無頓着だからこそ生まれる魅力なのかもしれないな。君は結婚適齢期を過ぎた中年女性のようにふるまっているが、ほんとうはそうじゃない。若くて美しい女性だ」

アビーは首を左右にふった。「権力と自己決定権は年齢と性別に応じて与えられるものよ。若い女性に与えられる自由は一番少ないの」

「自分の一部を否定しないと得られない自由が真の自由と言えるのか？」

「それは……」アビーは眉根を寄せた。「生き方の選択肢が限られた社会において、妥協は避けられないものでしょう。これが私にとっての妥協なのかもしれない。私が知っている自立した女性はたった一人、私の恩師のミス・ブラウンリーだけだわ。彼女のようにふるまわなければ自己決定権を失うかもしれないと思うと怖いような気がするの」

二人はしばらく無言になった。ドルフはバーナビーを思い出した。兄がふりをするのを憎んでいたこと、ふりをしているうちに自分の一部を失ったと感じていたことを。

「アビー」ドルフは言った。「ぼくは家族を守れずに死なせてしまったから、君の安全を守りたいと思っている。だが同時に、安全とは自分を隠す必要がないことだとも思うんだ。君には自分を隠してほしくないんだよ」

アビーの頬がかすかに赤くなった。「ありがとう」

馬車の車輪は規則的に回転し続けている。ドルフはゆれを意識した。アビーが外の暗がりに目をやり、窓枠を指でなぞった。「イギーのためにロンドン行きを即決してくれたことにも感謝しているわ。これは一《いち》か八《ばち》かの賭けかもしれない。でも私はイギーならやりかねないと思うの」

「姉がミス・ハリントンにあんな手紙を書いたことを申し訳ないと思っている」

「きっとレディ・スタンホープはよかれと思って書いてくれたんだと思うわ。ルーシーは繊細だからショックを受けやすいのよ」

「君はハリントン家の人々を大事にしてるんだな」

アビーはうなずいた。「とても親切にしてもらっているもの。ミセス・ハリントンは母親代わりのようなものだし、ルーシーと私は性格が正反対だけど、お互いに姉妹のような愛情を持っていると思うわ」

「そうだね」ドルフは静かに言った。「きっと……そういう愛情は不変のものなんだろうな」

アビーはまっすぐに彼を見た。「ええ、なにがあっても変わらないわ。あなただって今もバーナビーを愛しているでしょう。スタンレー卿《きょう》のことを打ち明けられても、その愛は変わらなかった。お兄さんがあなたにずっと黙っていたのは、あなたのせいじゃない。理由はお兄さんの中にあったのよ」

　また沈黙が訪れた。「少し休むといい」ドルフは言った。「まだ当分着かないからな」

　アビーがこちらを向いた。その目のふちに涙が光っていた。「眠れる気がしないわ。イギーが危険な目に遭っているかもしれないと思うと」

「イギーなら無事でいるさ。そう信じよう。案外新しい発明のアイデアを持ってひょっこり出てくるかもしれないぞ。カードのシャッフリング法かなにかのね」

　アビーの口元に小さな笑みが浮かんだ。「イギーって、どういうわけか、いつでもうまくピンチを切り抜けるのよ」

「こっちのほうがきりきり舞いさせられるな。酪農室が水浸しになったり鶏小屋《とりごや》が爆発したりするかもしれないとは思っていたが、まさか賭博場に乗りこむとは予想もつかなかった」

　アビーがクッションにもたれ、まぶたを閉じた。疲労のせいか、目の下の影が濃い。

「ぼくの肩を枕代わりにするといい」

　アビーはほほ笑み、少しためらってからそっとため息をつくと、彼の肩に頭をのせた。彼女の髪がドルフの顎をくすぐった。

「イギーは見つかるさ」ドルフは言った。

「ありがとう。あなたが一緒にいてくれてよかったわ」

　アビーは眠るつもりはなかったが、馬車のゆれと疲労という組み合わせには勝てなかった。眠りに落ちると、複雑な短い夢をいくつも続けて見た。

　目覚めると、ドルフにもたれかかっていた。一瞬、彼の胸に頭をのせ、心強い鼓動の音を聞き、呼吸を感じていることに喜びが湧きあがったが、すぐにイギーを案ずる気持ちが戻ってきて喜びをかき消した。

アビーは背筋を伸ばした。体がこわばっている。馬車はもうロンドン市内に入ったようだ。通りに敷かれた丸石のでこぼこが体に伝わってくる。ときおり外から怒鳴り声が聞こえ、街灯の下を通るたびに明るさと闇が入れ替わった。

アビーはカーテンを開けて外をのぞいた。貧しげな家々が肩を寄せ合うように立っている。焚《た》き火《び》で暖をとり、軒先で眠る人や野犬が見えた。

「のぞいてはいけない。危険だ」ドルフが言った。

アビーはカーテンを閉じた。

「もうすぐ着く」ドルフが続けた。

無言のまま数分走ったあと、馬車は角を曲がった。アビーは馬車が速度を落とすのを感じた。

「ドルフ、私も店の中に入るわ。それが一番手っとり早いし安全よ」

「どうして？」

「私はイギーの癖を知っているから。たぶん今は〝観察〟の段階にいると思うの。なんでも実験のように考える子だから」

「それで？」

「観察は自分の存在を隠して行うものよ。きっとイギーはどこかに身を潜めているから、探すのに時間がかかる。でも私の姿を見れば、あの子のほうから出てくるわ」

ドルフは指先で脚をトントン叩《たた》いた。「君が店内に入るという案は気に入らない。だが君をここに残していくのも、たとえマーティンがついていても、やはり気に入らないな。それに君の話は筋が通っている。一番大事なのは、できるだけ早くイギーを発見することだ」

馬車が止まった。ひづめと車輪の音が急にやみ、不気味な静寂が広がった。アビーはごくりと唾をのみ、手の汗をドレスでぬぐった。

「コートで顔を隠して、ぼくから離れないこと。目立つ行動は取るな」ドルフはマーティンが扉を開ける間に言った。

二人は馬車を降りた。空気が冷たい。ぱらぱらと大きな雨粒が降りはじめていた。

修理が行き届いていない店のはずれかかったよろい戸が壁にぶつかってガタガタと音をたてている。月のない晩で、夜明けまではまだ間がある時刻だ。通りにせり出した店の二階が夜空を覆っていた。

街灯が弱々しい明かりを地面に投げかけている。柱に吊《つ》られた看板の文字は汚れていて読めない。ネズミが舗道を走り抜け、角を曲がって姿を消した。店の入り口に掲げられたランプが、頼りない光を発していた。

アビーは震えながらコートの前をかき合わせた。近づいてくる者はいなかったが、いくつもの視線が向けられているのを感じた。

二人は敷石の上を歩いた。でこぼこした舗道のところどころに汚い水たまりができている。頭上を旋回する鳥の羽音が聞こえた。空気はじっとりと重く、雨粒は冷たかった。屋根や樋《とい》からしずくがしたたる音がする。

ドルフはドアノブに手をかけた。錆《さ》びた蝶番《ちょうつがい》のかすかな音とともに、扉は簡単に開いた。

二人は中に入った。

扉が大きな音をたてて閉じた。

店内に不穏な、そして不自然な静寂が満ちた。狭い入り口を抜けた先に酒場がある。天井は低く、黒ずんだ梁《はり》が交差している。テーブルと椅子がぎちぎちに詰めこまれた酒場には数人の客の姿があった。彼らは二人にかすかな敵意がにじむ視線を向けた。

「道を間違えたのかい？　ここはお上品な方々が来るような店じゃないぜ」バーカウンターの向こうの男が言った。

「人を探している。協力を頼みたい」ドルフが言った。

「協力ねえ」男は腹の上にせりあがった染みだらけのチョッキを引き下げた。「お上品な仲間がうちにいらっしゃってるってわけかい。この店もずいぶん有名になったもんだ」

「三人組を探している。二人はしゃれた格好をした紳士で、もう一人は男の子だ」

「紳士なら大勢いらっしゃるぜ。絞りこみたいなら、おれの記憶を刺激してみるといい」男が大口を開けて笑った。歯が数本欠けていて、残った歯も黄ばんでぐらついていた。男は手のひらを突き出した。ドルフが硬貨を置くと、その手が握りしめられた。

「粋な兄さんたちなら下の階にいる」

「男の子は？」

「どんなガキだい？」

「十歳くらいだ。とても聡明《そうめい》な子で、金髪だ」

「ソウメイ、ねえ。その字が書けるやつがここに何人いるかな」男は自分の冗談に笑った。「ガキが来るような店じゃねえが、探したきゃ勝手に探していいぜ」

男は嚙《か》み煙草《たばこ》をくちゃくちゃと嚙んだ。アビーは冷や汗をかきながらテーブルの間を歩きまわった。エールのジョッキ越しに好奇の視線が突きささる。酒場の奥へ進むと空気はいっそうよどみ、長い時間をかけて染みついた嫌なにおいが鼻をついた。

骸骨に骨の指で触れられたかのように、鳥肌がたった。べたべたした床に靴底が張りつく。

やがて酒場の片隅でなにかがすばやく動いた気配がした。大きなテーブルと椅子の間からそっと顔を出したイギーは、ひどく小さく見えた。

「ああ、神さま」アビーはつぶやいた。安堵《あんど》のあまりひざが震え出したので、倒れないように椅子につかまった。

「カーステンズ先生、来てくれたんだね」イギーが言った。

「そうだ」ドルフがきっぱりと言った。「今すぐ帰るぞ」

　イギーは珍しく無言で従い、小さな手をアビーの手にすべりこませた。

「もう大丈夫よ」アビーはやさしく言った。

ドルフが扉を開け、三人は風通しの悪い〈コーヒーの大釜〉の店内から、ロンドンの貧民街の悪臭の中へ出た。雨が激しくなっていた。

「行こう」ドルフが言い、三人は馬車に乗りこんだ。

　イギーはアビーの隣に座った。体から煙草と酒のにおいがする。アビーはドルフと目を合わせたが、ドルフの顔にも安堵があらわれていた。

「イグナシウス・ハリントン、こんな真似は二度としないで。いったいなにを考えていたの？」

「ギャンブルのやり方を覚えたかったんだ。お金が簡単に稼げるみたいだから」

「そんなわけないでしょう！　だいいちギャンブルは子供がしていい遊びじゃありません」アビーはぴしゃりと言った。

「ぼく、トランプ遊びには詳しいんだよ。記憶力だって抜群にいいし、感情を顔に出さないでいられる。スタンホープ卿がお金を損したのは知ってるけど、ぼくのほうが頭がいいし、お酒も飲まないからね」

「あなたは九歳なのよ！」

「うん、そうだよ。それはギャンブルには不利な点だな。それにビールはまずかった。大人になったらおいしく感じるかな？」

「大人になってもギャンブルはしちゃいけません」

「したいとは思わないよ。あの店は好きになれなかった。うるさいし、みんな汚い言葉を使うんだ。床もべたべたするし」最後の言葉を言うとき、イギーの声は嫌そうに震えた。

「よし、結論は出たな」ドルフが言った。「ぼくの姉の家に行くぞ。風呂に入って、なにか食べたほうがいい」

「ぼく、レディ・スタンホープは好きじゃない。あの人、ルーシーに意地するんだよ。だからぼく、お金を稼ごうと思ったんだ。レディ・スタンホープはルーシーがたくさん勉強しないとうしろだてになってあげないって言うけど、ルーシーはあんまり賢くないんだもの。ぼくがお金を稼げば、レディ・スタンホープにもあなたにも頼らなくてすむでしょう。ぼくはハリントン家のたった一人の男だからね」

ドルフは身を乗り出し、やさしい声で言った。

「イギー、君はハリントン家の子供だ。大人たち、つまり君の母上やお姉さん、カーステンズ先生に面倒をみてもらう立場だ。それに君のお姉さんは十分に賢い。きっとすばらしいデビューをするさ」

「レディ・スタンホープはルーシーのうしろだてになってくれると思う？」

「ぼくが全力を尽くして説得しよう」

「よかった」イギーはあくびをした。「ぼく、ギャンブルをしなくてよくなってほっとしたよ」

「ぼくたちもだ」ドルフがきっぱりと言った。

イギーはもう一度あくびをすると、アビーの肩に頭をのせた。

「それにイギー、急いで大人にならなくていい。大人になる準備ができたら、知るべきことはぼくが教えてあげよう」ドルフが言った。

「それは助かるな」イギーが言った。

「九歳の家出少年を探すために未婚の女性を連れてロンドンまでやってきて、おまけにその二人の世話を私に押しつけるなんて。あなた、正気なの？」姉はコーヒーカップのふち越しにドルフをにらんだ。

三人がスタンホープ邸に到着したのは夜明けに近い時刻だった。イギーとアビーは上階で休むことになり、ハリントン家を安心させるための手紙を持って従僕が出発した。

だがマデリーンはベッドに戻る気がないらしく、今こうして弟を質問攻めにしている。

いっそロンドンの自宅に避難しようか。家は閉めきってあり、使用人もおらず暖炉の火の気もないが、姉に尋問されるよりはましだろう。

ドルフはあくびをして、脚を伸ばした。「今のところ正気そのものだし、姉さんにしょっちゅう正気を疑われることにげんなりしないように務めているところだ」

マデリーンは眉間の皺《しわ》を深くして弟をにらんだ。

「またそうやって茶化して。あの家庭教師と一緒にいるところを見られたらどうなっていたと思う？　彼女の評判は台なしになるのよ。お金を渡して追い払うか、愛人にできればいいほうだわ。最悪の場合、結婚を迫られるわよ」

「いくらぼくでも牧師の娘を愛人にしようとは思わない。それに結婚したっていいじゃないか。ミス・カーステンズは知性と独立心を持った女性だよ」

「最悪の組み合わせじゃないの。あなただってほんとうは妻に独立心なんて求めていないくせに。どうせ私を怒らせるために言っているんでしょうから、相手にしてあげませんよ」

「辛抱強いね」

「とはいえ、私を頼ったのは懸命な判断だったわね。私ならミス・カーステンズの評判を救えるわ。あなたのためにするんですからね、彼女のためではなくて。まったく、はしたない人。お里が知れるとはこのことね。衝動的だし。身分が低い人って自制心がきかないのよ。服装も野暮ったいし」

「姉さんなら家出少年を追いかけるときも流行の装いで出かけるのかい？」

「その前に家出少年を追いかけたりしないわよ。そういえば、保母《ナニー》を呼んでおきましたからね。とても厳しいナニーだから、その坊やをしっかり見張ってくれるでしょう。二人とも、あと二日はここに滞在させたほうがいいわ。ミス・カーステンズがロンドンに来た理由は私のほうで考えておきましょう。今夜は晩餐会《ばんさんかい》を開いて、うしろめたいことはなにもないと世間にアピールするのよ。とはいえ急に人を招待したら焦っているように見えるから、内輪だけの会にしましょう。アイバーン公爵はもともとお招きしてあるのよ。あなたも顔を出しなさい」

「もちろん出すとも」ドルフは言った。

「ミス・カーステンズはスーザンのドレスを着ればいいでしょう。アイバーン公爵はスーザンの新しい求婚者なのよ。もうミスター・トロロープなんてどうでもいいわ」

「哀れなミスター・トロロープ。だが大事なのは姉さんではなくスーザンの気持ちじゃないのか？」

「あなたったらばかげた考えを持っているのね。アイバーン公爵がスーザンに夢中なんだから、これは理想の縁組みなのよ。あなた、彼とは会ったことがないわよね。領地がスコットランドにあるのが玉にきずだけど、立派な方よ」

「それはそれは。紹介してもらえるのが楽しみだ」

マデリーンはそこで黙り、コーヒーを口に運んだあと、カップのふちをなぞる自分の指先を見つめた。

「そういえば、ジェイソンはどうしている？」強情そうなきつい顔立ちに、ふと弱さがのぞく。「あの坊やにギャンブルの話を吹きこんだのがジェイソンじゃないといいんだけど」

「違うよ。姉さんの手紙でミス・ハリントンが動揺したのを見て、イギーはギャンブルで家の財産を増やそうとしたんだ。ジェイソンの悪友がランズドーンまで誘いに来たが、ジェイソンはロンドンへ戻ろうとはしなかったし、イギーのことをとても心配していた」

マデリーンは口角を上げ、笑みらしきものをのぞかせた。「よかったわ。あの子の力になってくれてありがとう」

「ぼくもそろそろ興味を持っていい年だからな」ドルフは言った。「いろいろなことに」

「ええ、そうでしょうね。領地はどう？」

「悲惨だよ。管理不足で荒廃している」

「お父さまが聞いたら失望するわね」

「父上はいつだって失望していたよ」ドルフは言った。「だが、ぼくが自分の責務を怠ってきたのは事実だ。これからは――」そこでドルフは間を置いた。これからのことは、彼自身にもまだはっきりわからなかった。「バーナビーならなっただろう領主をめざしてみるのもいいな」

「バーナビーなら完璧な領主になったでしょうね」

「ああ。バーナビーはいつも完璧であろうとしていた」

ドルフはふと、今際《いまわ》の際の兄が自分の腕の中でつぶやいた言葉を思い出した。〝死ねば楽になれる。もうふりをしなくていいんだ……〟

「それじゃ、また今夜に」マデリーンは追い払うように指輪をはめた手をふった。

ドルフはうなずいた。「使用人を一人、ぼくの家によこしてくれ。ベッドと暖炉の支度を頼みたい」

ドルフは立ちあがって歩き出し、ノブに手をかけたところでふり返った。「マデリーン、もっと自由がほしいと思ったことはあるかい？　女性に自己決定権が足りないと思ったことは？」

「あるわけないでしょう。私はこの世界で十分な権力を持っているもの。評判を上げるも下げるも私しだいなのよ」

「ああ、そうだと思ったよ」ドルフは言った。

アビーははっと目を覚ました。頭がずきずきして、体が痛い。まだ馬車にゆられているような感覚がある。

一瞬、自分がどこにいるのかわからなかった。見覚えのない寝室。まるで他人の人生で目覚めたような気分だ。アビーは青い壁を見つめ、綿のような雲とぽっちゃりした天使が描かれた天井を見つめた。

眠気が覚めてくると、昨日の出来事が怒濤《どとう》のように意識に流れこんできた。イギーの家出、〈コーヒーの大釜〉への大急ぎの旅、ロンドンのスラム街の悪臭、そしてレディ・スタンホープの屋敷。

スラム街の薄汚さと、スタンホープ邸の洗練されたまばゆさはあまりに対照的で、現実とは思えないほどだった。レディ・スタンホープは夜明け前のナイトガウン姿でも優雅に見え、アビーは自分に染みついた煙草と汗の移り香や、ほつれた髪や、皺だらけのドレスを嫌でも意識させられた。

そしてすべての背景に、ドルフのプロポーズがあった。彼は結婚を申しこんだのだ。この私に。

ノックの音に、アビーはどきっとした。ホットチョコレートと熱い湯を持ったメイドが入ってきた。

「イグナシウスはどこかしら？」アビーは急いで起きあがった。「私は家庭教師なの。あの子は放っておいたらなにをするかわからないわ」

「はい、そのようにうかがっております。奥さまが監督役としてナニーを手配されましたので、ご心配はないかと存じます」

「まあ」アビーは眉間に皺を寄せた。「ありがたいけれど、イグナシウスは手のかかる子よ」

「ではお召し替えのあとでお会いになってはいかがですか。ナニーのオーウェンズはジェイソン坊ちゃまが小さい頃に面倒をみていた人ですから、たいていの事態には対処できると思いますが」

「ありがとう、では着替えるわ」アビーはベッドから出て、服を探してきょろきょろした。

「お召し物は洗濯に出してしまいましたが、スーザンお嬢さまのドレスを何着か用意しております。のちほど今夜のドレスもお選びくださいませ」

「今夜のドレス？」

「はい。当家では皆さま、晩餐の前にお召し替えをなさいます。あなたさまも晩餐会に出席されると奥さまからうかがっておりますが」

「わかったわ、ありがとう」アビーはぼんやりしたまま答えた。

「お召し替えをお手伝いいたしましょうか？」

「いいえ、結構よ」アビーは急いで言った。

メイドが出ていき、アビーは一人になれたことにほっとしてため息をついた。

ミス・ブラウンリーはイギリスの貴族にとってプライバシーは貴重な贅沢品《ぜいたくひん》だと言っていた。

アビーはクローゼットの前に行き、シンプルな薄青のドレスを選んだが、それを着る前にまたノックの音がして、四角い顔にいかめしい表情を浮かべた年配の女性が入ってきた。

「ナニーのオーウェンズと申します」彼女は言った。

「イグナシウス坊ちゃまがお母さまのもとへお帰りになるまで無事に過ごせるよう、お世話をさせていただきます」

「ありがとう」アビーは答えた。安心するべきなのだろう。オーウェンズの物腰や厳格そうな口元、少し垂れた頬の上の鋭いまなざしは、まぎれもなく有能さを示していた。

「どうぞごゆっくりお休みくださいませ。お疲れのようでございますから」

「ええ、そうするわ」アビーはいらだちを抑えて答えた。

仕事と責任から解放されても気持ちは休まらなかった。心がそわそわして落ち着かない。

考えなければいけないのに。ドルフのプロポーズから逃げたり、無視したりするわけにはいかない。プロポーズには返事をするものだ。

はい、と答えたい自分がいるのは否定できない。

アビーはドルフに対する自分の体の反応や、彼の肩にもたれて目覚めたときの安らぎを覚えていた。それに彼は少しもためらわずにイギーの安全を最優先してくれた。

ミセス・フレッドが言ったように、ドルフは心を示してくれたのだ。

アビーは立ちあがり、自分の思考から逃げるように足早に行ったり来たりしはじめた。

いいえ、と答えたい自分もいるからだ。私は彼の理想の妻や公爵夫人になれるタイプではない。まるでうちの両親みたいだわ。母さんが求めていたのはお酒を飲まず、ギャンブルもせず、聖書の一言一句を信じる型どおりの牧師だった。父さんが求めていたのは対話や議論ができ、自分の退屈を癒やしてくれる妻だった。

きっと私とドルフもそんなふうにすれ違ってしまうだろう。

この屋敷の一分の隙もなく整えられた庭が、凝った天井の絵が、ベルベットのベッドカーテンが、それをはっきりと教えてくれる。

それにこの借り物のドレスも——アビーは生地を指で撫《な》でた。こうして撫でると生地の質感がよくわかる。張りのあるレース、やわらかなベルベット、なめらかなサテン。

これは公爵夫人のためのドレスだ。爵位に応じた席次や使用人の雇い方、そしてピアノの弾き方を知っている人のためのドレスだ。社交をできるかぎり避けてきた人間が着るようなドレスじゃない。

お茶会に出るよりもおできや吹き出物の手当てをするほうが楽しいと考え、ツタの葉に覆われた塔で王子の助けを待つよりも自分の道は自分で切り開くほうを選ぶ人間が着るようなドレスじゃない。

　それでも、目を閉じると理性が感情に溶けていく。触れてくるドルフの唇……肌を撫でる彼の手……私の体の中に生まれた、弱さと欲求と興奮が入り混じった感覚……すべてが初めての経験だった。

　隠したり、否定したりしなければならないものを、真の自由と言えるのだろうか？

　自分の中にあるものに目をそむけて、これからの人生を生きていけるのかしら？　この体が感じた欲求や欲望、期待は本物だった。この先一生、男性と……ドルフと肌を重ねることなく生きていくなんて――。

　ノックの音がして、頭の中を駆けめぐる思考が中断された。灰色の制服を着た、小ぎれいなメイドが入ってきた。

「マリアと申します。晩餐会用のお召し替えをお手伝いいたします」彼女は丁寧にお辞儀をした。

「こんなに早く？」アビーはまったく気乗りしなかった。

「はい。奥さまからあなたさまの髪を巻いてお召し替えの手伝いをするように申しつかりましたので、早めに参りました。晩餐会にはこちらのドレスでいかがでしょうか、お嬢さま？」

　マリアは繊細な青いシルクのドレスをクローゼットから出した。

「きれいね」アビーは言った。「でも少し派手すぎないかしら」

　ドレスは襟ぐりが深く、ハイウェストで、シルクの特長を生かした流れるようなデザインだった。

「奥さまはあなたさまが夜の装いを練習したほうがいいとおっしゃっておられました」

　練習ですって？

「私は子供の頃から一人で着替えてきたのよ。練習なんてする必要はないと思うわ」

「はい」マリアが言った。

「ごめんなさい」アビーはすぐに反省した。「手伝ってくれるのはありがたいわ。こんなにきれいなドレスを貸してくれるなんてレディ・スーザンは親切なのね」

「スーザンお嬢さまは衣装持ちですから。あなたさまのほうがお嬢さまより少し背丈がおありですが、お身内だけの晩餐会ですのでそこまで気にされるこ必要はないかと」

「脚はずっと隠しておくようにするわ」

「アイバーン公爵とランズドーン卿もお見えになります」

アビーは胸の奥が苦しくなるのを感じた。「ランズドーン卿も?」その声はアビー自身の耳にもうわずって聞こえた。

「はい。ご存じでしょうが、ランズドーン卿は奥さまの弟ですので」

「よく知っているわ」アビーは言った。

上靴がきつい。レディ・スーザンは背丈だけでなく足も小さいのだろう。アビーはおぼつかない足取りでサロンへ向かった。リボンを結んだ鬱陶しい巻き毛が顔の両側に垂れている。なんてくすぐったいんだろう。アビーは巻く必要などないと言ったのだが、マリアが弱りきった顔をしたので、彼女がとばっちりを食ってはいけないと思い直した。レディ・スタンホープは自分の言いつけが厳守されないと腹を立てるタイプらしい。

ランズドーン・ハウスと違ってスタンホープ邸には無秩序に伸びる中世時代の廊下はなかったが、人を歓迎しない空気はさらに強いように思えた。廊下は長くて狭い。長く感じるのは、つま先の痛みのせいかもしれないが。

従僕がサロンの扉を開いた。この部屋は夜会のときと少しも変わっていなかった。奇妙なことだが、夜会が開かれたのは大昔のようにも、ついさっきのようにも思えた。それが時間の不思議なところだ。忘れがたい出来事はまるで谷間のように、それ以前とそれ以降を隔ててしまう。

アビーは優雅なサロンをすばやく見回し、大きな鏡やクリーム色のソファ、大理石の暖炉を視界に収めた。ドルフの姿はない。アビーは落胆と同時に安堵を感じた。

レディ・スタンホープもまだ来ておらず、クリーム色の長椅子に腰かけたレディ・スーザンがおずおずとほほ笑んだ。

レディ・スーザンは母親譲りの厳格な顔立ちからは想像もつかないほどおっとりした娘だった。彼女は恥ずかしそうな口ぶりでアビーにロンドン滞在を楽しんでほしいと言い、ミセス・ハリントンとミス・ハリントンはお元気かしらと気遣った。

「二人はあなたの叔父さまの温かいおもてなしに心から感謝しています。あなたは社交シーズンを楽しんでいらっしゃる？」アビーは尋ねた。

アビーがしぶしぶ社交に参加していた頃に発見したこういう場での戦略は、興味を引く話題さえ出せれば、あとは相手が勝手にしゃべってくれるということだった。自分は聞き役に回ってうなずいていればいいだけなので、アビーはしょっちゅうこの戦略に頼っていた。

社交シーズンの話題は当たりだったらしく、レディ・スーザンはうなずきながら、両手を握り合わせた。

「もう楽しくてしかたがないの。最初はあんまりだったのよ、お母さまが私はミスター・トロロープと結婚するものだと決めつけていたから。もちろん彼のことは嫌いじゃないけれど、ご近所さんだし、子供の頃から知っている相手なんだもの。ロマンチックな感情を抱くのは難しいわ。一度、背中にカエルを入れられたこともあるのよ。でもアイバーン卿と出会ってからは、毎日が幸せで」レディ・スーザンは握り合わせた手に力をこめた。

「公爵にご紹介いただけるのが楽しみだわ。今夜の晩餐会にもおいでになるのでしょう」

「ええ、とてもハンサムな方なのよ。あなたは一目《ひとめ》惚《ぼ》れを信じる?」

「そうね――」アビーはドルフがウィンポール通りの戸口にあらわれたときのことを思い出した。「一瞬で人の気持ちが変わることはあると思うわ」

「私、アイバーン卿を見かけると胸の奥が震えるの。でも嫌な気持ちではないのよ、わかってもらえるかしら」

「ええ」アビーは言った。「よくわかるわ」

その点をさらに話し合う前に、レディ・スタンホープが入ってきた。母親が登場するとレディ・スーザンは体を硬くし、アビーは背筋をしゃんと伸ばして顎を上げた。

レディ・スタンホープは美人ではないが、ファッションセンスが抜群によく、どこまでも優雅だったので、アビーは自分のくるぶしが見えすぎていて、ドレスが窮屈で、マリアの最大限の努力にもかかわらず巻き毛と青いリボンがしっくりきていないことを嫌でも意識させられた。

「あなたは表情の訓練もしないとだめね、ミス・カーステンズ」レディ・スタンホープが言った。「不安そうに見えるわ。それが自然な感情なんでしょうけど、弱さは隠すものよ。気持ちを顔に出してはいけません。女は謎めいていなくては」

「モナ・リザのようにですね」アビーは落ち着いて答えた。

「彼女はずるそうに見えるわ」レディ・スタンホー

プは言った。「レディ・モファットのほうがお手本としては適切ね。彼女の顔には絶対に感情があらわれないのよ」

「レディ・モファットにお目にかかる機会があったら、表情を観察してみます」

「生意気な。ほんとうに口が減らない人ね」レディ・スタンホープは眉をひそめて怖い顔をした。

「晩餐会の間は口を慎んでちょうだい。アイバーン卿もお見えになるんですからね。いいこと、アイバーン卿の前では、あなたの訪問は数週間からの約束だったことにします。あなたは買い物をしにロンドンへ出てきた、貧乏だけどいい家柄のお嬢さんよ。たしか父親は牧師だったわね？」

「はい」アビーは答えた。

「母方は？　フランスに親戚がいるのよね？」

「〝いた〟というほうが正確です。みんな亡くなっていますから」

「高貴な親戚は死んでいても使えるわ」

「遺族にとっては慰めになる言葉ですね」

レディ・スタンホープの眉間の皺がさらに深まり、威圧感のある眉は黒い芋虫のようにつながった。

「イーディス大おばさまはまだランズドーンに着いていないの？」

「明日ご到着の予定です」アビーは言った。

「ならいいわ。ミス・ハリントンも最低限の作法は身につけられるでしょう。うちのスーザンの結婚が決まったら、彼女のうしろだてになってあげてもいいと思ってるのよ。ミス・ハリントンは感じのいいお嬢さんですからね。野暮ったいところは矯正すればいいわ。スーザンなんて目覚ましい進歩を遂げたのよ。ねえ、スーザン？」

「ええ、お母さま」

「ミス・ハリントンはあなたの大事なお友達だそうね」レディ・スタンホープはアビーに向かって言っ

た。「だったらわかるわね、自分がどうふるまうべきか」

「アイバーン卿をぎょっとさせるような言動は慎みます。ミス・ハリントンは社交界デビューをほんとうに楽しみにしているんです」

レディ・スタンホープは軽く鼻を鳴らしたが、次の言葉を言う前に、ドルフとアイバーン卿が入ってきた。夜会以来ドルフの正装を見ていなかったアビーは思わず息をのんだ。

レディ・スーザンが言ったとおり、ぷるぷるのブラマンジェのように、胸の奥が震えた。

完璧な仕立てのジャケット、おしゃれだがさりげないクラバットの結び方、にじみ出る気品、そして彼の瞳の奥にあるものがそうさせるのだ。どんなに混雑した部屋にいても、ドルフが入ってきてこちらを見れば、アビーは気づかずにいられないだろう。

「お目にかかれて光栄です、ミス・カーステンズ」アイバーン卿が言った。

アイバーン卿はドルフより背が低く、チョッキの色は派手だったが、きざな感じはなく、感じがよかった。二人の紳士は一礼した。紹介が終わると、アビーは必死に話題を探したが、結局黙りこむほかなかった。

ルーシーのために〝生意気〟なことは言うまいと気をつけ、思いついたことは検閲してから口に出そうとすると、会話に入るきっかけをつかめなかった。

優雅なサロンで優雅な大理石の暖炉を囲んで座っている状況にも気後れがした。自分だけ鼻に汚れがついているか、左脚が二本生えているような気がする。ある意味ではなつかしい感覚だ。母親のためにいやいや社交の場に出ていた頃は、いつもこんな気持ちを味わっていた。

執事が来ると、一行は立ちあがり、食堂へ向かった。食堂もまたきらびやかで上品だった。二つのシャンデリアが長いテーブルを照らしている。それはランズドーン・ハウスの巨大な中世の照明器具とは似ていない、繊細で美しい芸術品で、無数のろうそくの明かりがつららのように下がるクリスタルに反射していた。

暖炉の上には大きな鏡があり、映りこんだろうそくの炎の数を増やしている。壁を飾る絵画には猟犬や馬や死んだ鹿や、ブリーチズをはいてかつらをかぶった男性たちが描かれていた。ダマスク織りの白いテーブルクロスの上に並べられた銀器とグラスが、暖炉の炎とろうそくの明かりを浴びてきらめいている。

この屋敷のあらゆる要素が示しているのは、アビーが自分には向かない暮らしに迷いこんでいることだった。屋敷の規模も、優雅さも、巨大な肖像画も、無口な従僕たちも、袖が短く、襟ぐりが深く、むずがゆいレースがついたドレスもだ。ひたいから首にかけて垂れる巻き毛も違和感といらだちの種になった。

ドルフのロンドンの屋敷もきっとこうなのだろう。家庭というより舞台に近い場所。彼の妻になるのは、そういう屋敷の女主人になることだ。そういう食堂を持つということだ。アビーは夜ごと食卓につき、無言の使用人たちや死んだ先祖や馬の視線を感じながら、長いテーブルの端と端から相手を見つめる自分たちを想像しようとした。

いったい私たちはそこでなにを話すのかしら？ 私はどうやってお客をもてなすのだろう？ 公爵夫人への挨拶のしかたも、子爵が公爵の下座につくのかどうかも、正式なお辞儀のしかたも知らないのに。ルーシーは少なくともそういうことを学ぼうとしていたが、アビーはそんな時間があるなら教育と女性の権利について書いたメアリ・ウルストンクラフトの著作を読みたかった。

正式なお辞儀なんて愚かさの極みとしか思えなかった。細かな作法の違いがなんだというのだろう。世の中では子供たちが飢え、人が船に乗せられ物のように売り買いされているというのに。

でも、こういう場でそういう話題を口に出すのは、服を脱いで裸になったり、シャンデリアにぶら下がったりするのと同じことだ。

「あなた、今夜はとても無口ね」レディ・スタンホープが言った。「気分はいかがかしら」

「ええ、凪《なぎ》のように穏やかな気分ですわ」

「場にふさわしい会話をするのは容易なことじゃないわ。磨き抜かれた技術が必要なのよ」レディ・スタンホープが言った。

「そうですね」アビーは頭の中で続きの言葉を探したが、生意気と思われずにすむような言葉は見つからなかった。

「ぼくは言い古された常套句《じょうとうく》について、おもしろい意見を聞いたことがある」ドルフが口を挟んだ。

「どんな？」レディ・スタンホープが訊《き》いた。

「詳しくは覚えていない」薄く笑った彼の頬にえくぼができ、アビーの胸が震えた。

アビーは急いで目をそらした。幸いアイバーン卿とレディ・スタンホープとレディ・スーザンは別の会話で盛りあがっていた。アイバーン卿は王室動物園に加わった最新のコレクションに熱烈な興味を抱いており、驚いたことに、レディ・スーザンも同じくらい興味を持っているようだった。

「キリンだそうですよ」アイバーン卿が言った。

「そうなんですってね」レディ・スーザンが言い添えた。「私、仕立て屋と話すまで動物園のことをよく知らなかったんですの。ありとあらゆる生き物がいるそうですわ。動物園にですのよ、仕立て屋にじゃなくて。よその国々がわが国の王室に動物を献上するんですって。ライオンや、トラや、サルを。イグナシウス坊やを連れていったら喜ぶと思うわ」

その坊やを賭博場から救出してきたばかりのアビーは彼を野生動物に会わせたいとは思わなかったが、口をつぐんでいた。ドルフが笑いを含んだ目を向けてきたので、彼も同じことを考えたのがわかった。

アビーはまた目をそむけた。

レディ・スタンホープがその意見に異議を唱えた。

「それはいい考えとは言えないわね。サルが小さな坊やに襲いかかったそうだし、イグナシウスは一番おとなしいサルでさえ怒らせそうだわ」

「では、サルは避けて見物しましょうか」アイバーン卿が提案した。

「動物園自体を避けたほうがいいだろうな、少なくともイグナシウスが同行する場合は」ドルフが言った。

ドルフは晩餐の招待を、好奇心と期待と不安が混じった気持ちで受けた。なにが起きるのか予測もつかなかった。勝ち気なことでは誰にも負けないアビーは、これまた自説を曲げない姉を前にして、いったいどういう反応を示すのだろう。

派手な衝突が起こらなければいいのだが、というのがドルフの願いだった。その点では彼は今、満足してもいいはずだった。アビーは物議をかもすような発言を一つもせず、姪《めい》のスーザンは幸せそうにサルについて語り、姉はいつになくご機嫌だ。

それなのに彼の心は安らがなかった。

彼はワインを口にした。すべてが正常だというのに、やはりなにかが間違っている気がする。

ドルフはアビーに目をやった。今夜の彼女はきれいに見える。美しいと言ってもいい。ドレスが目の青さや、クリーム色の肌や、紅潮した頬を引き立てている。ろうそくの明かりが豊かな髪に栗色《くりいろ》の艶を与え、瞳を輝かせているし、ハート型の顔を囲む巻き毛は、高いひたいの印象をやわらげている。

ドレスも、髪型も、表情も感じがいいのに、やはりなにかが間違っているように思える。なにも悪くない、だがなにかが欠けているのだ。赤が使われていない絵のように。そしてアビーの表情は……おとなしいというか……しおらしかった。

「明日ランズドーンに戻るとき、お天気に恵まれるといいですわね」アビーが話しかけてきた。

天気の話だって？ アビゲイル・カーステンズは天気の話などしないはずだ。おとなしいとか、しおらしいという言葉は彼女には似合わない――きまじめで、情熱的で、好奇心が強く、怒って、夢中になって、心配して、いらだち、興奮するのがアビーだ。

おとなしいアビーはアビーではない。

しおらしいアビーもアビーではない。

「今日はいい陽気ですわ。この季節にしては」アビーは続けた。

「そうですね」彼は答えた。「今朝は乗馬に出かけましたよ。とてもいい陽気でした」

「すてきですこと」

アビーといてこんなに会話がはずまないのは初めてだ。彼女とはいつでも話すことが山ほどあったのに。バジルのこと、爆発した鶏小屋のこと、最新の発明のこと、学校のこと。

目の前にいる女性がバジルと格闘し、イギーを救出し、キャッチ・ミー・フー・キャン号に乗る姿は想像できなかった。

今のアビーは、まるで本物のアビーを薄めたように見える。表情は感じがいい。眉間に皺を寄せてもいない。ただ、そこには喜びも興奮もなかった。

喜びを感じるためには悲しみも知らなければいけない、アビーはそう言っていなかったか？

アビーがバジルと格闘したり、政治的な意見を表明したり、酪農室を水浸しにするような人だからこそ、ぼくは長らく忘れていた誰かと通じ合う感覚を思い出したのだ。素の自分としてふるまえる感覚、そして素の自分を見てもらえる感覚を。

だが、それは失われてしまった。

アビーの姿は半透明なグラスの向こうにぼやけていた。

　晩餐会が終わりに近づき、アビーは意外にもせいせいした気持ちになっていた。

　この晩餐会は、私のありえたかもしれない人生の縮図だ。

　私をぞくぞくさせ、一秒一秒を貴重なものにしてくれる男性と過ごす人生。アビーはテーブルに座っているだけで、彼の存在を体で感じることができた。肉体的な意味だけでなく、心を通じ合わせ、笑いを共有することもできた。

　そして同時に、孤独といたたまれなさを感じる人生。

　レディ・スタンホープが立ちあがり、男性にはポートワインを楽しむように勧め、女性をサロンに誘った。アビーとレディ・スーザンは彼女に従った。紳士は政治を議論する。レディはファッションか天気の話をするのだ。ああ、でももう天候の話はしてしまった。次は積乱雲の話でもすればいいかしら。

　ありがたいことにスーザンがピアノの前に座り、一生懸命だが不器用な指使いで弾きはじめた。アビーは内心で同情した。母もアビーにピアノを仕込もうとしたが、彼女には音楽の才能はまるでなかった。指はいつも押さえる鍵盤を間違えたし、練習する根気もなかった。

　レディ・スタンホープがトランプを持ち出したとき、紳士たちがサロンに戻ってきた。彼女はトランプを置き、珍しく頬を紅潮させて口を開いた。

「ドルフ、あなたにいとこから届いた手紙を見せたいのよ。すぐに取って来ますね」そう言うと彼女はそそくさと出ていった。

ドルフが立ちあがり、アビーに意味ありげな笑顔を向けた。「そういえば図書室でおもしろそうな本を見つけたんだ。帰りの馬車で読んでみないか。一緒に図書室で見てみよう」

アビーはうなずき、二人は廊下に出た。

「気持ちはありがたいけど、馬車では読書しないことにしているのよ。気分が悪くなるから」

ドルフは笑って、彼女のほうに身を寄せてきた。温かい息が耳に触れた。「さっきのは作り話だよ。アイバーン卿がスーザンに言いたいことがあるようだったから、機会を作ってあげたのさ」

二人は図書室に入り、ドルフは彼女から少し離れたところに立った。アビーは気づけば彼の顔立ちを目に焼きつけるように見つめていた。意志が強そうな顎の線。形のいい鼻。唇。緑がかった暗い灰色の瞳。長身と、濃い色のジャケットが強調する肩幅の広さ。彼の美しさがアビーには苦痛だった。

「私は公爵夫人にはなりたくないわ」彼女は切り出した。

そして澄んだ、まっすぐな目で彼を見つめた。

「私は社交界のことも、妻の務めについても、なにも知らないのよ」

「ぼくも公爵の務めについては知らないことがたくさんある。二人で学んでいけばいいじゃないか」

アビーが息を吸った。ドルフは彼女の手が動くのを見ていた。両手が握り合わされた。

「決まり事を覚えることはできると思うわ。どこに公爵を座らせてどこに伯爵を座らせるとか、正式なお辞儀のしかたもね。でもそれは私らしい人生じゃない。他人の人生を借りているような気がすると思うの、こうして他人のドレスを着ているみたいに。私には……無理だわ」

その言葉は予想もしなかったほどドルフの心を傷つけた。鋭い痛みと、うずくような悲しみが襲ってきた。

自分がこれほど強く彼女との結婚を望んでいたことに、ドルフは驚いた。このプロポーズは双方の利益に基づいた合理的なものだと彼は考えていた。アビーは自分の領地管理を助け、自分はアビーを学校教師や家庭教師として、または後妻としての苦労の多い人生から救ってやれると思っていたのだ。

だが、それは本心ではなかった。

彼はアビーを愛しているのだった。

ドルフは瞳の青さを際立たせる借り物のドレスを着て立っているアビーを見た。顔のまわりの巻き毛は愛らしいが、きっと彼女は鬱陶しく思っているだろう。このきまじめな表情は、ふとした拍子に歓喜の表情に変わることもあるものだ。

アビーは頬を紅潮させ、緊張のせいか、唇を噛んでいた。彼女にキスして、あの唇が開く感触を味わうことができたなら。首筋の、そして頬のやわらかな肌に触れることができたなら。髪をほどいて背中に流し、ドレスを脱がせることができたなら。

だが、それはできない。

ぼくはアビーを愛している。だから彼女とは結婚できないし、してはいけないのだ。結婚は彼女を変えてしまうだろう。片鱗《へんりん》はすでに見えている。晩餐会での彼女には……情熱が、率直さが、まっすぐさが欠けていた。ぼくと結婚すれば、それがアビーの人生になる。アビーらしさが薄められてしまう。

ぼくはそんなことを望んではいない。

「わかった」ドルフは深く重い虚無を意識しながら言った。「よくわかるよ。理解できる。ぼくはバーナビーが自分ではない何者かに、完璧な息子にして後継ぎになろうとして傷つき、すり減っていくのを見ていた。君にはそうなってほしくない」

ドルフはアビーに近づいた。彼女の両手を包みこんだ。手のひらにのった両手は小さかった。骨は小鳥のように華奢《きやしや》だ。だがアビーの心は強靭《きようじん》なのだ。

ドルフは占い師のように彼女の手のひらの線をなぞった。「君にはさまざまな顔がある。君は改革者で、科学者で、犬と格闘する者であり、教師だ。君はそうでないふりをしたことがなかった。ほかの人が自分をどう受けとめるか、気にしていなかった。でも今日は、そうしていたね」

アビーの目から涙があふれ、まつげを伝って頬を転がり落ちた。ドルフはハンカチを出して、そっと彼女の頬をぬぐった。

「ぼくは君が持っているものをほしいと思ったが、それを君から奪おうと思ったことはない」

「私がなにを持っているの？」

「希望だ」ドルフは言った。「君はぼくに希望をくれた。でも今夜の君は希望を失ったように見えた」

「あなたの希望って、どんなこと？」

「バーナビーがなったであろう領主になることだ」

「きっとなれるわ。あなたはいい人だもの。きっとすばらしい領主になるわ」

「君に出会うまで、ぼくはそのことを知らなかったんだ」ドルフは彼女の手を取ったまま、そこで間を置いた。「君のおかげだよ、ありがとう」

「あなたはアシュリー卿とは違うわ」

ドルフはほほ笑んだ。「よかった。クラバットの結び方も知らない男と同類だと思われたくない」

二人だけに通じる冗談に、アビーが笑った。「きっと誰か、あなたの世界とあなたの人生にふさわしい伴侶があらわれるわ」

ドルフはうなずいた。「君はこれからどうするつもりだい？」

「イギーの家庭教師を続けて、あの子が私を必要としなくなったら別の職場を探す。そして女性の権利や貧困、奴隷貿易の廃止について執筆するつもりよ」

「君は次のウィルバーフォースを教育するのかもしれないな」

「将来、女性が議会に席を持つための土台作りもできるかもしれないわ。それが私の希望よ」

ドルフのロンドンの屋敷はがらんとして、寒々しかった。だが、あれ以上マデリーンの屋敷にはいたくなかった。姉の屋敷も、肖像画も、タペストリーも、ドルフは好きになれなかった。あそこにあるものはアビーらしくないものばかりだ。アビーが拒絶したものだらけだ。

使用人が暖炉の火をおこしておいてくれたようだ。ドルフは暖炉の前にかがみ、燃えさかる炎の上で手をこすり合わせた。炭を足し、火かき棒でつついて火花を煙突に飛ばした。炎がパチパチと音をたてた。

子供の頃、彼とバーナビーは、火花は自分たちの願いを夜空に届けてくれると信じていた。

ドルフは火かき棒を置き、椅子に座った。でたらめな動きで渦を巻き、くるくる回転し、消えていく火花を眺めた。今願い事をするとしたら、なにを願おうか？

兄が戻ってくること。

答えは単純だった。バーナビーがスタンレー卿を追ってぬかるみと砲火の中へ行かなければよかったのに。ドルフははじける炎を、赤く光る炭を、底の白い灰を見つめた。色彩と、ゆらめく炎と、煙と、火花を眺めた。

戦場の砲音はあまりにすさまじく、ドルフはいまだに耳鳴りと煙のにおいを感じて目覚めるほどだった。だが、やがて戦場は不気味なほど静まり返った。静寂をさらに強めたのが、屍衣《しい》のように低く垂れこめる、じっとりと冷たい霧だ。見回せばあたりは不自然な角度にねじれ、血を流し、骨の折れた死体だらけだった。負傷者のうめき声も聞こえたが、その声も少しずつ消えていった。

記憶の中に分け入り、浸り、感じ、回想するのには気力が要る。

だからいつも避けてきた。

ドルフは暖炉のそばのテーブルのコニャックに目をやった。カットグラスのデキャンタに入っている。かたわらには愛用のグラス。重いクリスタルガラス製で、持てばずっしりとした手応えがある。心地いい重みだ。グラス越しに眺めれば、分厚いガラスにゆがめられた炎のちらつきが見えるはずだ。

部屋は暗くなっていた。ドルフはろうそくもランプもつけていなかった。明かりといえば、暖炉でゆれる琥珀色《こはくいろ》の炎だけだ。ドルフは光が届かない暗がりに亡霊たちの姿を思い描きそうになった。

ここは記憶が染みついた屋敷だ。キューピッドが描かれていないのはこの部屋だけだったろうか？母はあらゆる場所にキューピッドを描かせた。おびただしい数のキューピッドが愛のない結婚の慰めになるとでもいうように。

ドルフはバーナビーのいる戦場へ向かう前に父と交わした会話を思い出した。

〝バーナビーは正気を失っているのだ。愚か者のように飛び出していった。ゴシップをふりまいてな。私は許さんぞ。あれがゴシップの種になることなど許さない。連れ戻せ〟

炉棚の上に、バーナビーの嗅ぎ煙草入れが見えた。装飾品の一種で、宝石が輝いている。バーナビーは嗅ぎ煙草を好まなかった。くしゃみが出てしまうからだ。それでも兄が嗅ぎ煙草を吸ったのは、みんなが吸うものだったからだろう。

どこかに帰属したい、ふつうでありたいという欲求が、母や兄や父の人生には一貫してあったのだと思う。祖父さえもそうだった。祖父は金で娘を貴族にした。それが娘を幸せにしたわけではなかったが。

アビーはそれを拒絶した。贅沢も、宝石も、受けとることを拒んだ。ふつうの人間なら命と同じくらい重視するだろう富の罠《わな》を——金色の檻《おり》を拒絶したのだ。

アビーが拒まなければよかった、とは思えない。

ドルフは立ちあがり、嗅ぎ煙草入れを取った。蓋を開けた。小さな、精巧な蝶番がなめらかに動いた。文章が彫られている。ドルフは文字の凹凸を指でなぞり、読みとった。バーナビーへ、スタンレーより。

この小さな品物は地獄のような戦場を生き抜いたのだ。ドルフも生き抜いた。

バーナビーとスタンレーは死んだ。

ドルフは生き延びてしまった。生きたいと願ったわけでもないのに。今も生き延びたことへの罪悪感は消えず、父の怒りと母の悲しみが忘れられない。

〝あれは私の後継ぎだった〟父はそう言った。

父はそれからすぐに体調を崩し、発作を起こして言葉も体の自由も失った。

父に話す力が残っていたら、〝おまえが私の後継ぎだ〟と言っただろうか？ ぼくはそんなことを望んだだろうか？ 好きになれない相手からの祝福を求めただろうか？

ドルフは窓辺に行った。夜空が見える。星々は枝がゆれるたびに見えなくなった。ドルフは背中に火のぬくもりを感じ、煙のにおいを嗅いだ。

〝私はあなたの良心にはなれない。誰かの良心になりたいとも思わない〟アビーはそう言っていた。〝誰かに自分を満たしてもらうことはできない〟とも。

たしかにそのとおりだ。一時期はアビーが救い主のように見えていた。アビーに針路を決めてもらい、船の舵《かじ》を取ってもらい、ぼくという人間を価値あるものにしてもらいたいと願った。

だが、それはアビーにはできないことだ。

そしてどんなに罪悪感を抱こうと、願いをかけようと、兄を生き返らせることもできないのだ。

ドルフはためらいながら机に近づいた。ろうそくとランプに火をともし、注意深く置いてから、本棚に向かった。三番目の棚に書類入れの箱があった。そこには父の死後、領地から送られてきた書類が入っている。開封すらしていない書類が。

その箱をドルフは取り出した。木製で、見た目より重い。それを机に置き、そっと蓋を取った。油を差していない蝶番がギイッと鳴った。かび臭い。ドルフはほこりっぽいにおいを吸いこんだ。

ゆっくりと書類を取り出した。ベラム紙の乾いた手触りがする。書類を一枚ずつ、机に重ね、皺を伸ばすように表面を撫でた。どの紙にも前の管理人の几帳面《きちようめん》な字がぎっしり並んでいる。

はじめの数分間、ドルフは宿題をしなければならない子供のように、無理やり書類に取り組んだ。やがて読み進めるうちに、時間がたつのを忘れ、しなければならないという義務感も薄れた。ドルフは引きこまれ、興味をそそられていた。

どのページにも情報が詰まっていた。湖の魚類資源の明細、そして畑や水路や井戸の地図、建物や柵の位置を記した一覧表もあった。家畜の数や、費用と利益の金額が並んだメモもあった。

一行読むごとにアイデアが次々と湧き、頭からあふれそうだった。ドルフはペンを取り、インク壺《つぼ》に浸した。それから子供のような気持ちのまま、書きはじめた。ペンが走る音が、時計のチクタクいう音や炎のパチパチいう音と混ざり合った。

ドルフは二枚の紙を文字で埋めていった。一枚目には至急取りかかるべき項目を、二枚目には後回しにしてもいい項目を書いていく。情報を整理していると、心が安らいだ。ときおり木の枝が窓枠にこすれる音や、手を止めてメモを見直す間に自分の指がトントン机を叩く音が聞こえた。

まずは有能な管理人を見つける。それが最優先事項だ。それから柵を修理し、枯れた井戸を復活させ、牛に十分な栄養を取らせる。修繕が必要な家もある。藁《わら》はほとんどしけっている。厩舎《きゅうしゃ》も屋根が壊れ、冬の風が吹きこんでいる。

急を要する問題はそんなところだろう。

だがバーナビーはもっと別の、長期的な取り組みについても話していたはずだ。兄は領地を効率的に運営したがっていた。もっと真剣に聞いておけばよかった、とドルフは思った。たしか土の栄養を回復する作物と奪う作物があるということだったが。

ドルフは三枚目の紙に、〈研究〉という見出しをつけた。

もちろん、この方面で実績のある研究者たちがいるだろう。彼らと話してみなくては。だが、ぼくも自分なりの研究を始められるだろう。畑ごとの栽培作物の完全なリストを作れば、比較検討して、どの畑の生産力が高いのか、どういう作物がよく育つのか、水源までの距離やそのほかの環境条件はどうだったのかを調べられるはずだ。

それから忘れてはならないのが、囲いこみ《エンクロージャー》という悩ましい問題だ。これについても研究してみよう。

ドルフは眉根を寄せ、つくづくバーナビーの話を真剣に聞くべきだったと思った。兄はエンクロージャーは事業として合理的だと言っていた気がする。だが小作人たちは土地に対する力を失う。だから不公平な制度だと言われ、憎まれるのだ。

ドルフはまた指でトントンと机を叩いた。エンクロージャーが事業として合理的である理由はわかる。領主が経営する農地面積が広くなれば、作物の生産量を効率的に増やせる。そういった農地では複数の作物を計画的に輪作し、家畜に与える飼料を増やし、新しい農具を取り入れることもできるのだ。

　ドルフは立ちあがり、部屋を横切った。こわばった体を伸ばしたかったし、暖炉に近づいて温まりたかった。だが、土地の所有権を各個人が持ったままでは協力体制はとれないというのは事実だろうか？　助け合うこともできるはずだ。もちろん簡単ではないだろうが、不可能ではない。重要なのは協力体制がうまくいくような仕組み作りであり、小規模な土地の所有者が団結することだ。

　ドルフはかがみ、炭をひとかたまり、火に投げこんだ。その事業にぼくが関わってはいけない理由はない。管理役を担えばいいのだ。そして科学的な、または農学的な知識を取り入れる。父は領主のあり方を一つしか知らなかったが、だからといってそれが一つしかないわけではない。

　ドルフはさっきよりも速い足取りで歩きはじめた。床板がきしむ。そうだ、まずは科学的な手法と農作物に詳しい人物を雇うことだ。明日、法律顧問に募集広告を出すように伝えよう。

　さっと方向転換し、机に近づいてペンを取ると、至急のリストに新たな項目を加えた。今度は優秀な人材を採用しなければ。ぼく自身が候補者を絞りこむための質問事項を書き、推薦状は必ず裏取りをさせることにしよう。

　メモを書き終えると、ドルフは椅子に腰かけ、深々ともたれた。そして緻密な文字で埋めたメモを眺めた。疲れてはいたが、充実感があった。初めて自分が偽物ではないという感じがした。ぼくは今、領主のふりをしているわけではない。誰かの代理の公爵でもない。

　身を乗り出し、火をつついて、火花を眺めた。

　願い事。

　そうだ、ぼくには願い事がある。

あらゆる形の愛を受け入れる社会だ。溺れる者がそうするように封建的な特権にしがみつくのをやめ、世界をよりよい場所にするために努力する社会だ。

誰もが投票権を持ち、教育を受けることが当然の権利であり、人間を人間に売ることが嫌悪される社会だ。

アビーのために、ぼくはそう願う。

アビーの自由を制限し、彼女の個性を否定し、薄めようとする人生ではなく、彼女を支える者がいる人生を差し出すことができればよかったと願う。

ドルフはカーテンを開き、窓を開けると、夜明け前の新鮮な空気を吸いこんだ。夜通し起きていたのだ。驚いたことに、一滴も酒を飲まずに。早起きな鳥たちの歌声が空を満たしていた。ドルフは闇に目を凝らした。朝の陽射《ひざ》しどころか太陽が昇る兆しさえまだないというのに、それでも鳥は歌っている。

ドルフは闇の中でその音色に耳を澄ました。これが希望か、または信頼というものなのだろう。

アビーは目覚めた。今日はランズドーンへ帰る日だ。ドルフが馬車を回してくれるはずだった。アビーはぼんやりと天井を見あげ、頭痛がするのに気づいた。昨夜、レディ・スーザンとアイバーン卿が婚約を発表し、アビーはシャンパンを飲んだ。生まれて初めて口にしたシャンパンだった。

アビーはグラスを持ったときのことを思い出した。指先がひんやりと冷たくなり、グラスに結露した水滴の冷たく濡《ぬ》れた感触が伝わってきたのを思い起こした。そうやって細かな点を思い起こすことで、奇妙に鈍麻した感覚がやわらぎ、思考力が戻ってくるのを期待した。だが思考力はぬかるみにはまったまま、糖蜜のようにのろのろとしか動かなかった。

レディ・スタンホープは結婚式という予定ができ

たことに興奮し、幸福のあまり寛大になり、ルーシーのデビューのうしろだてになることを約束した。

「あと数週間はランズドーンにいてもらいましょう。イーディス大おばさまの助言は貴重ですからね。そのあとでうちに来ればいいわ。私がついていれば、彼女にも一つくらい結婚の申しこみがあるはずよ」

「ミセス・ハリントンもミス・ハリントンも心から感謝すると思いますわ」アビーは言った。

レディ・スタンホープはうなずき、宝石が光る手を機嫌よくふった。「任せておきなさい。ミス・ハリントンはきっと良縁に恵まれるわ」

少し間を置いてから、レディ・スタンホープは鋭いまなざしをアビーに向けた。

「それであなたはどうするつもりなの、ミス・カーステンズ？」

「私はイグナシウスの家庭教師でいることにします。あの子に必要とされなくなったら、別の働き口を見つけます」

レディ・スタンホープは肩をすくめた。「そんなことなら簡単に世話してあげられますけどね。あなたは自分が絶好のチャンスを逃すことをわかっているのかしら」

「ええ、わかっています」

12

アビーは天井を見つめていた。ほかの部屋と同じように、この天井も神々で混雑している。ギリシアかローマか、どちらの神々かしら？　神話を復習してみないと。

イタリアを思わせる長靴型の小さなひびも見えた。アビーはルーシーがチャンスをつかんだことを喜んでいた。というよりも、喜ばなければと思っていた。だが感動は湧いてこないし、思考力もあいかわらず糖蜜のように動きが鈍かった。

そういえばミス・ブラウンリーが言っていた。深刻な事故に遭った直後は無感覚になるものだと。傷が深すぎたり、出血が多すぎたりすると、けが人は痛みを訴えない……たとえ死ぬ数秒前でも。

それはほんとうだった。痛みは感じない。

けれど私の一部は死んでしまったのだ。

自分が正しい決断をしたことをアビーは知っていた。足し算や引き算、かけ算、そしてラテン語の語形変化を知っているように、はっきりと知っていた。その決断に至った理由について論文が書けるくらいだ。よくミス・ブラウンリーに求められたように、根拠を挙げ、筋道立てて説明することもできる。

上流階級のレディとしての人生が私に向いていないことは、否定しようがない明白な事実だ。妻が夫の所有物であることも、それが私の信念に反することも、否定しようのない事実だ。

感傷や欲望やさみしさに負けてしまったら、どうやって自分の思想に忠実でいられるだろう？

批判対象であるはずの社交界にからめとられてしまったら、どうやって教え、書く自由を保てるの？

アビーは乱暴に目をこすった。喉がひりつき、つかえたように痛む。泣くなんて私らしくない。母さんが病気になったときだって、引き受ける用事を増やし、忙しくすることで感情を抑えこんだのに。

感情は役に立たない。理性と行動あるのみだ。

私に迷いはない。正しいことをしたのだから。

それなのに、この心残りはなんだろう。胸にあいた大きな穴がドルフを思うたびに広がり、うつろになっていくようだ。

彼の唇、触れた指先に感じる筋肉の動き、引きしまった体、温かな視線、ほほ笑み、そして一瞬だけあらわれる片えくぼ……でも肉体的に惹《ひ》かれることを愛とは呼ばない。

たとえ体だけの愛があるとしても、それでは私たちの距離は埋まらない。

私はドルフと同じ世界には住めない。信念を捨てられないし、彼の良心になるつもりもないから。

結婚すれば、いずれ私たちはお互いを責めるようになる。私は自由が足りないことに、ありのままの自分でいられないことにいらだつだろう。

ドルフは私の優雅さに欠ける言動や服装に、そして野暮ったさに腹を立てるだろう。私が物議をかもす原稿を書き、女性の権利運動に参加することが彼の恥になり、二人とも社交界からつまはじきにされるだろう。

結論はもう出ている。それも、正しい結論が。

ロンドンを離れよう。

でもその前に一つだけしておきたいことがある。

アビーは起きあがり、着替えてコートを羽織り、手提げ袋《レティキュール》を持つと、そっと屋敷を出て急ぎ足で通りを進み、ハンサム馬車の御者に声をかけた。

「トリントン広場まで」アビーは言った。

今日は行列ができていなかった。囲いの外で待つ馬車の姿もない。チケット売り場は閉まり、広場には誰もいなかった。

「ここでいいんですか、お客さん？」御者が尋ねた。

アビーはうなずいた。馬車を降りてみると、前回の騒音やどよめきが嘘《うそ》のようにあたりは静かだった。囲いの向こうから聞こえる感嘆の声も、ガタガタゆれる線路の音も、蒸気のシューッという甲高い音もない。

だが、アビーはそれほどがっかりしなかった。機関車がどうしても見たかったわけではない。ただここに来たかっただけだ。そして未来に触れたかった。未来は現在よりも明るいと信じるために、そして自分の希望を見つけるために。

ミス・ブラウンリーがなにより望んでいたのは変化を目撃することだった。彼女は女性が自由になり、貧しい子供が教育を受けるようになり、奴隷にされる人がいなくなるのを見たがっていた。

チケット売り場に一人の男性がいて、修理の最中なのか、肉厚の手で木にやすりをかけていた。

「今日は休みだよ、悪いね。整備上の問題だ」男はリズミカルに抑揚をつけて言った。やすりをかける手の動きに、言葉がぴったり合っていた。

「中へ入ってもいいかしら？」

「いいけど、見るものはあまりないよ」

「ありがとう」アビーは柵の間を通って中に入った。円形の線路は前に見たとおりだが、見物人はいない。客車は切り離されており、労働者たちが手分けして機関車と線路を調べていた。故障はどんな実験にもつきものなのね、とアビーは思った。

アビーはベンチに座り、彼らの働きぶりを眺めた。

変化。ソクラテスは、古いものにあらがわずに新たなものを創造せよと言った。アビーは線路と機関車を眺め、それが動いて馬をお役御免にし、人を乗せて運ぶところを想像した。

ミス・ブラウンリーが亡くなったとき、アビーは無力な人々の暮らしを改善するために働きかけ続けることを誓った。

ここは始まりの場所なのだ。これほどの驚異を創造できるなら、よりよい社会だって作れるはずだ。

「アビー？」

アビーはその声を聞きわけた。「ドルフ！」どっと喜びが押しよせた。

呼吸が浅くなった。彼が近づいてくる。背が高く、隙のない服装で、黒い髪がひと筋はらりと垂れた、胸が痛くなるほどハンサムな顔をした彼が。喜んではいけないのに。昨夜のシャンパンの泡のようにはじける幸せを胸いっぱいに感じてはいけないのに。

「どうして私がここにいるとわかったの？」

「ここには未来があるからさ」ドルフがほほ笑み、片えくぼがあらわれた。

アビーはうなずき、ドルフの緑がかった灰色の瞳や、意志の強そうな口元や、彫刻のような唇を目に焼きつけようとした。私に時間の流れを止められる力があったなら、この瞬間を捕まえて、何年もたつまで離さないのに。

「それを君に話したかったんだ。アビー、ぼくらもまた未来なんだ」

「私たちが？　どういうこと？」

「愛している」その言葉は、これ以上抑えておけないというように、ドルフの口から飛び出した。

「でも――」

「昨夜までわからなかったんだ。ぼくは愛を信じていなかったから。でも今は信じている。この感情が愛というものに違いない。大きくて、すばらしくて、喜びと痛みに満ちていて、圧倒的で、すべてを含んでいる。ぼくは君と一緒にいたい。ぼくの人生を君と分かち合いたいんだ」

ドルフが目の前まで来ると、アビーは彼のジャケットに染みついた煙草《たばこ》の香りを感じた。ドルフがアビーの手を取った。アビーはその手の力強さを感じながら顔を上げ、彼の瞳に真剣さと情熱を見いだした。アビーは希望がためらいながら芽吹こうとしているのを感じたが、同時に崖っぷちに立っているような不安もあった。

「アビゲイル・カーステンズ、ぼくは君を愛している。君の風変わりなところ、率直なところ、分別があるところ、そしてやさしい心を愛している。君と一緒にいると、ぼくはありのままの自分でいられるんだ。ぼくは良心や、救い主や、公爵夫人がほしいわけじゃない。ぼくがほしいのは恋人で、親友で、妻で、パートナーだ。つまり君だよ」

「私は……私もあなたを愛しているわ」アビーは半信半疑でささやいた。自分の感情を疑っているわけではなく、あまりに尊くすばらしいこの感情を、その言葉で表現しきれるかどうか不安になったのだ。

「でも、愛だけで足りるのかしら？」

「ああ、それがすべてじゃないか」

「ずっと思っていたわ、世の中を改善するためには一人で歩いていかなきゃいけないって」

「そんなことはないさ」ドルフが言った。「二人で同じ道を行こう。ぼくは決まり事も、お辞儀のしかたも、席次も気にしないし、ふりもしない。君が住みたい場所に住もう……田舎でも、都会でも。君は教えることも、執筆することも、議会で抗議することもできる。ぼくは君を愛している。犬と格闘する君を、危険を恐れない君を、世の中を改善しようと意気ごむ君を愛している」

「あなたが気にしなくてもほかの人たちが気にするわ。そして噂《うわさ》されるわよ」

アビーの長いまつげが伏せられ、紅潮した頬に影を落とした。二人はお互いのすぐそばに立っていた。ドルフは彼女の静かな、ふぞろいな呼吸を感じ、よく動く表情に希望と、疑問と、不安がよぎるのを見た。

「ああ、されるだろうね」ドルフは言った。「ぼくたちは傷つくこともあるだろう。そして、ときには言い争うだろう。二人とも意志が強いし、自立しているから。だが、そんなことは問題にならないさ。ぼくたちは同じ夢を持っているんだ。ぼくは昨夜、そのことに気づいたんだよ」

「話して」アビーがまっすぐな青い瞳を彼に向けた。

二人はベンチまで歩いていき、手をつないだまま座った。

「人の心は壊れることがある」ドルフは言った。「バーナビーと母が死んだあと、ぼくの心は壊れた。もっと前から壊れていたのかもしれない。君が君自身でいられないような生き方はさせられないと思った。でもこれはぼくたちの結婚なんだ。今すぐに社会を変えることはできないかもしれないが、小さな変化くらいなら起こすことができる。そしてぼくたちの結婚生活はぼくたちの聖域でもある。ぼくらが自分自身でいられる場所なんだ」

「隠れもしないし、ふりもしないのね」アビーは手を伸ばし、ドルフの目の上に垂れたひと房の髪に触れ、そのまま頬を撫《な》でた。

「アビゲイル・カーステンズ、ぼくと結婚してくれるかい？」

13

「結婚するわ」アビーはその言葉を味わいながら、彼の顔を両手で包んだ。「愛しているわ、ドルフ。あなたがいないときはあなたのことを考えている。あなたがいるときはあなたを見ている。私はあなたのそばにいたいわ」

ドルフが前かがみになり、唇を軽く触れ合わせてきた。アビーはそのキスを全身で、体の中心で感じた。不安が期待に変わっていく。体が浮きあがり、天まで舞いあがりそうだ。

キスが深まり、ドルフがアビーを抱きよせた。アビーは彼の昂《たかぶ》りを感じ、自分自身の昂りと強さと力を意識した。

「ぼくたちは見せ物になっている」ドルフがアビーの唇をもてあそびながらつぶやいた。

「私は評判をあまり気にしないの」

ふたたびキスされて、アビーは情熱と不思議さと満ち足りた喜びを感じた。

「君のおかげでぼくは前を向くことができた。未来を信じ、希望を持てた」

アビーは彼の肩に頭をのせた。

「あなたのお姉さんは喜ばないでしょうね」

「それもこの結婚のいいところさ」

アビーはドルフの声に混じる笑いを聞きとった。

「私は彼女をひどく困惑させると思うわ。領地に学校を開いて、政治家に手紙を書いて、自分の意見を述べて、議論をするつもりだから」

「姉は絶望の底に突き落とされるだろうな」

「これは真剣な話だけど」アビーは背筋を伸ばし、彼の両手を強く握った。「私たちは非難の的になることも覚悟しなければいけないわ」

「そうだね。でもそれだけの価値はあるさ。バーナビーとぼくは子供の頃、よく願い事について話したんだ。もしも兄が今願い事をするとしたら、自分の愛ではなく社会が変わるようにと願うだろう。時間はかかるだろう。もしかしたらぼくたちが生きている間には、いや百年たち二百年がたっても変わらないかもしれない。でも今日始めることはできる。君がぼくのそばにいてくれるなら、一緒に」

「もちろんいるわ」アビーはささやいた。

「結婚生活はぼくらがありのままでいられる場所にしよう」

「隠れもしないし、ふりもしない」アビーはくり返した。「だったら私、あなたに相談したいことがあるの」

「なんでも言ってくれ」ドルフは彼女の手にキスした。

「父が結婚式を執り行うのを見ていて、結婚の誓いの言葉には改善の余地があると思ったのよ」

「そうだろうね」ドルフの声には笑いがにじんでいた。

「私は新婦の誓いに〝従う〟という言葉は使いたくない。私は従うことが得意じゃないから。誓いを守れるかどうか不安だわ」

ドルフは笑った。「君には驚かされるな」

「あなたは反対？」

ドルフは首をふった。「父は墓の中でひっくり返るだろうが、ぼくは気にしない。ぼくがほしいのは対等なパートナーだ。従ってほしいとは思わない」

「牧師さんは同意してくれるかしら？」

「ウォルサー牧師のことならよく知っている。同意してくれるよ」

「よかった。それから私、ロンドンで式を挙げたくない」

「どこでも君の好きなところで挙げよう。ぼくたちは未来なんだ。この時代の考えを超えていこう。一緒にね」

　二人は人気のないトリントン広場のベンチに並んで座っていた。雲間から丸い太陽がのぞき、強くはないが冷たい風が吹いていた。

「行こうか」ドルフが行った。「君に風邪を引いてほしくない」

「私も風邪を引きたくないわ。でもこの瞬間に、この幸福に浸りたいのよ。世界に邪魔されず、このまままもう少し二人でいたい」

「ぼくたちは姉に立ち向かわないといけないな」

「いずれはね」アビーは時間の流れをせきとめようとするように、ゆっくり言った。「あなたの家に行っちゃだめ？」

　ドルフは首をふった。「ぼくの寝室しか開けていないんだ。ほかの部屋は閉めきってある。使用人もいない」

「ほんとうに？」アビーは彼のほうに顔を寄せ、顎にキスした。「最高じゃない」

「アビー？」

　彼女が笑った。音楽的な笑い声で。この笑い声を一生涯、毎日聞けたら、ぼくは幸せになれるだろう。

「そんなに驚いた顔をしないで」アビーは言った。「どうして待たないといけないの？　手続きを踏んで結婚式まで待ったところであなたへの愛が深まるわけじゃないわ。あなたのお姉さんが仕切る披露宴が終わったあとでは、きっと私、疲れ果てているわよ。それに今日の魔法が消えないうちに二人きりになりたいの」

「アビゲイル・カーステンズ、君はまだぼくを驚かせてくれるんだね」

「あら、ショックを与えてあげようと思ったのに」

「待つべきだよ」

「ずいぶん旧弊な考えね。それにあなた、〝べき〟はひまし油のような言葉だと言っていなかった？」

ドルフは笑った。「どうして君はひまし油のことを話しながらこんなに魅力的でいられるんだ？」

「天性の才能かしら」

ドルフは立ちあがった。彼を見あげるアビーの表情は笑っていたが、青い瞳の奥に情熱が輝いていた。

ドルフは腕を差し出した。「アビゲイル・カーステンズ、わが家にお招きしてもいいかな？」

「ええ、もちろん。光栄だわ、閣下」

ドルフは馬車から降りるアビーに手を貸し、ロンドンの自宅へと歩き出した。胸には喜びがあふれていたが、この瞬間が、この幸せが、彼の前に芽生え、開きかけている新世界がふとしたはずみに失われてしまうのではないかと思うと、息をすることさえ恐ろしいような気もした。

身になじんだロンドンの景色や音さえ、ふだんとは違って色彩がいつもよりあざやかだった。鳥の歌声も大きく聞こえ、スズメやコマドリたちが祝福の合唱をするために喜びいさんでロンドンの通りに出てきたのではないかと思われるほどだった。曇天にはところどころ青空がのぞき、抜け目のない陽射《ひざ》しが雲の間をすり抜け、早咲きのスノードロップが春を告げるように地面から頭をもたげていた。

家の中は静まり返っていた。ほこりよけの白い布が家具を覆っている。だが屋敷のさみしさは世間の侵入を防ぐ盾のように頼もしく思えた。アビーの頬は紅潮し、目は大きく見開かれ、唇はキスの余韻を残してうっすら赤く腫れていた。それでも彼女のまじめな、きちんとした態度がドルフをためらわせた。

「ほんとうにいいのかい？」

「もちろんよ、閣下」

「客間のほこりよけの布を外してもいいんだが」

「それはあまり賢明じゃないわね」アビーが言った。

「どうして？」

「あなたの寝室のほうがくつろげるから」

ドルフの心臓はどきんと跳ねた。思春期の青年のような興奮と、それよりもっと深い感情を、ドルフは意識した。

「では賢明なほうを選ぼう」

二人は階段をあがって、大きなベッドと、暖炉と、出窓があるドルフの寝室に入った。暖炉の種火はついていたが、空気はひえびえとしていた。ドルフは火をかき立てた。炎が貪欲に焚《た》きつけをのみこみ、パチパチと音をたて、暖かな光を放った。

アビーはすぐ近くに立っていた。金色の炎が紅潮した顔を照らし、まつげの下に長く繊細な影を落とさせ、栗色《くりいろ》の髪に艶を、潤った唇には輝きを与えていた。

「きれいだ」ドルフはささやいた。

「きれいじゃないわ」率直ではきはきした、いかにもアビーらしい返事だった。「いくら私を愛していても、お世辞はだめよ」

ドルフは彼女の顔を手で包みこんだ。「ああ、愛しているとも。君の現実的なところも、変わったところも、全部好きだ。そして君はほんとうにきれいだよ。自覚していないのがまた魅力的だ。君は着飾った美女たちにも負けないどころか、誰よりも美しい」

ゆっくりと時間をかけて、ドルフは彼女のひっつめ髪からこぼれ落ちた髪をかきあげた。それからヘアピンを一本ずつそっと外し、栗色の髪を滝のように肩に流れさせた。アビーの髪は濃く、長く、艶やかで、彼が想像していたとおり、少し癖があった。ドルフは指でその髪をときほぐし、暖炉の炎を照りはえさせた。

ドルフの手がアビーの背中にまわされた。先を急がない、落ち着いた手つきだった。そして灰色のドレスのボタンを一つずつ外し、両肩から袖を抜いた。ドレスは腰まで落ち、床に布だまりができた。

アビーは息を吸った。胸が上下したのが白いシュミーズ越しにドルフにも見えたはずだ。冷たい空気に反応して胸の頂きがとがり、綿の布がぴんと張った。ドルフがアビーの顎に触れ、そっと顔を持ちあげた。ゆっくりと、やさしく、唇が触れてきた。アビーの唇が開いた。

ドルフはアビーの肩を指でなぞった。首に口づけして絹のようななめらかさを堪能し、背中を撫《な》でおろして強く抱きよせ、自分の昂りを伝えた。

アビーがはっと息をのむ音がしたかと思うと、彼女の指が焦《じ》れたようにドルフのジャケットの下にすべりこんできた。リネンのシャツ越しに指先のぬくもりが伝わってくる。無邪気に探検するような触れ方だった。

クラバットがほどかれると、ドルフはそれを引き抜き、ジャケットとシャツを脱ぎ捨て、上半身裸になった。筋肉をなぞるように動くアビーの指が彼に火をつけた。アビーが彼の胸に手のひらを当て、胸毛に指をからませ、体をすり寄せてくると、ドルフは綿のシュミーズ越しにアビーの胸の豊かさを感じた。

アビーが自信を得たように貪欲に体を押しつけ、指を大胆に動かすと、ドルフはさらに昂った。

「ぼくをどうする気なんだ？」ドルフはささやいた。

「こうかしら」アビーの指が彼の下腹部へ向かい、腰のベルトの下にすべりこんで、からかうようにうごめいた。

ドルフはうめいた。そしてすばやい、流れるような動きでアビーを抱きあげ、四柱式のベッドへと運んだ。

　しばらくして、二人は十分に堪能し、満ち足りた気持ちで抱き合っていた。

「暖炉に炭を足してこないと」ドルフがささやいた。

アビーが抗議するようにうめいた。「あなたが温めて」

　ドルフは抱きしめる手に力をこめた。

「結婚したら、いつでもこんなことができるの？」アビーが訊《き》いた。

「いつでもね」

「結婚式が終わったら、みんなを追い払ってずっと暖炉のそばにいましょうよ」

「一日中そうしていよう」

「そして愛し合うのよ」

「愛し合おう」

「あなたってとても聞きわけのいい夫ね」

「そのとおりさ」

「あなたと一緒にいられて、ありのままの二人でいられるってすてきだわ」

　二人はしばらく無言になった。この瞬間が永遠に続けばいいのに、とアビーは思った。

「なにを考えているの？」アビーは静かに尋ねた。

「今、ぼくは一人じゃないということだよ。ずっと孤独だと思っていたのに。君はなにを考えていた？」

「ソクラテスのこと」

　アビーは笑い、彼の顔をのぞこうと肘をついて体を起こした。ドルフがほほ笑んだ。アビーが大好きな、片えくぼができるほほ笑みだ。

「ソクラテスは変化を抱擁せよと言っていなかったかな？」ドルフはそう訊きながらアビーにキスし、あおむけにひっくり返した。「ぼくらも抱擁をするべきじゃないだろうか」

「ソクラテスがそう言うなら反論はしないわ」

14

一カ月。三十日。七百二十時間。四万三千二百分。

アビーは一秒の長さに焦《じ》れていたが、楽しみに待つ喜びも捨てがたかった。時間の流れは遅すぎると同時に速すぎた。

二人はランズドーンへ戻る前に、レディ・スタンホープに最初の報告をした。マデリーンはしばらく言葉を失い、われに返るとまた自分をからかっているのだろうとドルフを非難した。そして以前からドルフの正気を疑っていたとほのめかしたあと、不調を訴えて寝室にこもってしまった。

二人はマデリーンがしゃべる気力を回復してベッドから出てくる前に、屋敷を出た。

ミセス・ハリントンとルーシーも同じように言葉を失ったが、すぐにショックから回復して大喜びしてくれた。ミセス・フレッドだけは驚かず、こうなることはわかっていたというようにほほ笑んだ。

イギーはカーステンズ先生が自分の家庭教師ではなくなるという落胆と、公爵夫妻がロンドンへ戻るときに鋳物工場に連れていってもらえるかもしれないという希望の間でゆれていた。

二人はランズドーンに長居しなかった。ミセス・ハリントンがルーシーのデビューとアビーの結婚式に備えて買い物に行きたがったからだ。イーディス大おばは短期間でルーシーが見せた進歩に満足しているようだった。ミスター・トロロープからは毎日のように手紙が届いていたので、ルーシーとミセス・ハリントンは彼のプロポーズを期待していた。

そういうわけで三日後、馬車は一行を乗せてふたたびロンドンに向かった。

到着後、レディ・スタンホープがひょっこり訪ねてきた。お茶の時間にドルフのロンドンの屋敷でくつろいでいた彼らに、ベントンが沈痛な声で彼女の来訪を告げた。

いつもどおり流行の最先端の装いをしたレディ・スタンホープがさっそうと入ってきた。

ミセス・ハリントンは刺繍《ししゅう》に取りかかったところだったが、慌ててそれを見えないところに突っこんだ。手芸は彼女の得意とするところではなかったし、もつれた糸目はなにかの模様というより染みのように見えた。

アビーは読書の最中で、ドルフは暖炉のほうに脚を伸ばしていた。アビーは不安そうな目で彼を見たが、ドルフは励ますようにほほ笑み、口だけ動かして一緒にいるよ、と伝えた。ルーシーはごくりと唾をのみ、閲兵式に出る兵隊のごとく背筋をぴんと伸ばした。イギーは動じた様子もなく大きく切ったスポンジケーキをもぐもぐ食べていた。

「こんにちは。新しい紅茶のポットを出しましょうか」アビーはベントンにうなずいてみせた。

「一杯だけで結構よ。それからスポンジケーキはいらないわ。このあと用事があるから」マデリーンは火のそばに座った。「またデビュタントの会なのよ。でももう私がそんなに気を張る必要はないの、うちのスーザンはもう婚約しましたからね。あなたがた、『タイムズ』紙の広告はご覧になった？　お気づきでしょうけど、スーザンは聖ジョージ教会で式を挙げるのよ。それで思ったんだけど、ドルフ、アビゲイル、あなたたちも同じ場所で式を挙げたらどうかしら。箔《はく》がつくわよ。格式のある式場といえば聖ジョージですもの。手配なら私がしてあげられるわ」

「ありがとうございます」アビーは言った。「でもいいんです。もうランズドーンのウォルサー牧師にお願いしてありますから」

「まあ、ランズドーンなんて遠すぎて誰も来やしませんよ」

「そこがいいんです」

マデリーンは眉間に皺《しわ》を寄せた。「冗談のつもりなんでしょうけど、本気だと勘違いされたらどうするの。あなたにはもっと言葉遣いに気をつけてもらいたいものね」

「ぼくはアビーにこれまでどおり率直かつ正直でいてほしいと思っている」ドルフが口を挟んだ。

マデリーンは眉間の皺を深めたあと、急に変わった風向きにまごついたようにまばたきした。

「お気持ちはありがたいですが、私たちはごく親しい人たちと、村人と、小作人たちが出席してくれれば満足なんです」

「それじゃ地味すぎるわ」マデリーンは口元を引き結んだ。

「スーザンの式が埋め合わせになるさ。豪華にやるんだろう」ドルフが言った。

「ええそうよ。豪華にやるわよ」マデリーンが答えた。「それなりの格というものがありますからね」

「そうだろうね。だから格とやらの維持は安心して姉さんに任せようとぼくらは思っているわけだ」

「わかったわよ」マデリーンは軽く舌打ちした。「あなたとアビゲイルの婚約も『タイムズ』紙に載った以上、もう賽《さい》は投げられたのだもの。私は姉の務めとして、全力を尽くしてあなたたちを支えてあげるつもりよ」

アビーはドルフを見て、笑いを含んだ目くばせを交わした。「ありがとうございます」アビーは重々しく言った。

「とはいえ、そこまでの尽力は必要ないと思うよ。ぼくたちは未知の大陸を冒険するわけでも、高山に挑むわけでもないんだから」ドルフがつけ加えた。

「そんな甘い考えは通用しませんよ。未知の大陸だの高山だのは、社交の難しさに比べたらなんてことはないんですからね。ところで、これはいいお知らせだけど」マデリーンは続けた。「ジェイソンはランズドーンを相続する見こみが薄くなったことを残念には思っていないようよ。スタンホープで十分だと言っていたわ」

「それを聞いて安心した」ドルフが言った。「ぼくはできるだけ長生きするつもりだからね。近頃は人生が楽しく思えてきたんだ」

「ジェイソンはあなたから学ぶところがあると思っているみたいだし、素行もずいぶん落ち着いてきたわ。それに、どうやらあなたのことがとても好きらしいわ、アビゲイル」

マデリーンの声音と眉の吊《つ》りあげ方からすると、彼女自身は息子の意見を信じがたいと思っているらしい。

「カーステンズ先生となら〝マブダチ〟になれるって言ってたよ」イギーがスポンジケーキを頬ばったまま言った。「ぼくは知らない言葉だったけど、褒め言葉なんだってさ」

「それはよかったわ」アビーは言った。「でも口に食べ物を入れたまましゃべらないで。それからバジルはどこへ行ったの？」

「ミスター・フレッドが散歩に連れてったよ。マーティンは犬の訓練も得意なんだって」

「マーティンは私の英雄になりそうだわ」アビーは言った。

「いくらマーティンでもあの犬にはさじを投げるに決まってるわ」マデリーンが紅茶のカップを置きながら断言した。

「最近はずっといい子にしてるよ。薔薇《ばら》も食べなくなったし」イギーが反論した。

「田舎に行けばバジルも窮屈な思いをせずにすむでしょう」アビーが説明した。

「田舎にとっては災難だわね。ところで、私はしつけのなっていない犬の話をしたいわけじゃないの。明日スーザンと買い物に行く話をしたかったのよ。あなたも一緒にいらっしゃい。まずはドレスをそろえなくてはね。この先あなたは毎日のように社交の場に出るわけだから」

「ありがとうございます。ルーシーとミセス・ハリントンが喜んでご一緒するでしょう」アビーの言葉を裏づけるように二人は勢いよくうなずいた。「でも私は家にいることにします。ランズドーンに作る予定の小さな学校のカリキュラムを考えないといけないので」

「学校ってあなた――公爵夫人になったらそんなものより大事な用事がたくさんできるのよ」

「子供の教育よりも大事な用事があるでしょうか」

マデリーンは眉をひそめ、変わりつつある風向きのなかで自分の立ち位置を探っているようだった。

「もちろん、あなたの子供たちの教育は大事だわ。でも小作人の子供には教育なんて要らないでしょう。そんなことよりも、あなたはまずロンドンの社交界において確固たる地位を確保しなければならないの。私の助言は聞いておいたほうがいいわ。この手のことにかけて私は第一人者ですからね」

「ところが」ドルフがすばやく口を挟んだ。「ぼくたちの目的は従来のやり方を守ることではなく、ものごとを変えていくことなんだ」

マデリーンは鼻を鳴らした。「変えるですって？　どんなふうに？」

「二人で協力してやっていくつもりさ。ランズドーンで過ごす時間を増やし、ロンドンで社交に使う時間は減らす。教育支援の会議でもあれば積極的に顔を出すつもりだけどね」

「奴隷制の廃止もよ」アビーが言い添えた。

「それから女性の投票権だな」

マデリーンは目を見開き、しばらく黙りこんだ。

「お父さまが生きていたらこんなことはお認めにならなかったはずよ」

「ああ、間違いないな」ドルフはそのあとで声をやわらげて言い足した。「でも母さんとバーナビーは喜ぶはずだ」

「バーナビーやあなたがなにを考えているのか、私には理解できたためしがなかったわ。とにかく、そんな考えは常識はずれよ。議会を通るはずがないし、誰の賛同も得られないわ」

「今日はそうかもしれない。明日もね。でもいつかは変わるさ」ドルフが言った。

マデリーンは席を立った。「あなたの姉として家名を守るための努力はします。でもあなたたち二人が迷いから覚めることを祈っているわ。ほんとうに明日の買い物には来ないのね、アビゲイル？」

「ええ、行きません」

「いいわ、それなら明日の昼食後に馬車でここに寄って、あなたたち二人を拾うことにしましょう」マデリーンはルーシーと母親のほうを見た。

そして席を立ち、しゃれたドレスの衣《きぬ》ずれの音をたてて部屋から出ていった。

緊張が解けたルーシーがくすくす笑い出した。みんながほっとため息をつき、イギーはケーキをお代わりした。

「彼女なりによかれと思って言ってくれたのよ」アビーは言った。「その気になれば広い世界を切り回せる能力を持っていながら、応接間に閉じこめられているのは窮屈でしょうね」

「あなたも買い物についていくの？」イギーがドルフに訊《き》いた。

「いや。どんなに退屈していても姉の買い物のお供は遠慮したい」

「やった」イギーが言った。「だったらぼくを鋳物工場の見学に連れていってよ。カーステンズ先生も来たければ来ていいよ」

「あなたは寛大ね」アビーが言った。

「先生も結婚したら、たいていのレディみたいに、つまらない人になる？」

「ならないように祈っているわ」

「なるはずがないさ」ドルフが言った。「鋳物工場みたいな刺激的なものがある間はね」

　ドルフは小さな田舎の教会の信者席を見回した。この数週間で知り合いになった顔や、子供の頃から知っている顔が並んでいる。ドルフは彼らの好意を感じ、自分が受け入れられているのを感じた。そして自分の居場所はここにあるという、深く、満ち足りた、幸せな感覚に包まれた。

　オルガンの音色が高まった。弾いているのはランズドーンでずっと昔からオルガンを弾いてきた神経質な中年女性、ミス・ロビンソンだ。

　ステンドグラスの窓から太陽が差しこみ、色とりどりの光の点を信者席や人々の顔にふりまいた。草花や古びた建物のにおいが空中に漂っている。

　最前列には家族と友人が座っていた。ミセス・ハリントンは早くもハンカチを握りしめ、目元をぬぐっている。彼女がかぶっている新しいボンネットは前のものよりはましだが、つばがあまりに巨大すぎるため、ミセス・フレッドの目に刺さりやしないかとドルフはひやひやした。ルーシーは嗅ぎ塩を持ってきていたが、喜びいっぱいの顔をしていて、嗅ぎ塩の出番はなさそうだ。

　イギーは母親の隣にいたが、ドルフはミセス・ハリントンの手がすでにイギーのひざを押さえつけているのに気づいた。フレッド夫妻は手を握り合って座り、通路の反対側にもスーザンとアイバーン卿《きょう》、そしてマデリーンやベントン、マーティンなどよく知った顔が並んでいた。

ジェイソンはドルフの隣に立っていた。ドルフは笑みが抑えられなかったが、ときどき不安にかられて指輪があるかどうか手探りで確かめた。ウォルサー牧師は彼の前にいて、皺だらけの顔にやさしい英知をたたえていた。

ついに扉の蝶番《ちょうつがい》がきしむ音がした。ざわめきがやみ、参列者たちがうしろをふり返ったので、木製の信者席がキイキイ鳴った。

彼女が来たのだ。

両開きの扉が大きく開け放たれた。陽射《ひざ》しがどっと流れこみ、床を金色に浸した。ドルフの心臓の音と競うようにオルガンの音色が高くなり、幸福を奏でた。

ドルフの花嫁の輪郭が、まばゆい光の中に浮きあがって見えた。その体がゆれたと思うと、花嫁は前に歩き出した。背後で扉が閉じた。

花嫁の歩みは着実だった。急いではいないが、きびきびとして迷いのない、彼女らしい歩き方だ。

彼女は美しい――いや、美しいという平凡な形容詞は当てはまらない。燦々《さんさん》と輝いていた。アイボリー色のドレスがすらりとした体を包んでいる。クリーム色のベールは顔の前ではなくうしろに垂れて栗《くり》色《いろ》の髪にやさしい印象を与え、ハート型の顔をふちどっていた。

音楽がやんだ。息苦しいほどの静寂が教会を満たした。ドルフは彼女がすばやく息を吸う音と、ベールの衣ずれの音を聞いた。目が合うと彼女はほほ笑んだ。きまじめな表情が崩れ、歓喜に変わった。

黒い上着とブリーチズをはいたドルフは信じがたいほどハンサムだった。彼がほほ笑むと、アビーは胸にいとおしさがこみあげるのを感じた。頭がくらくらするほどの喜びが全身で脈打った。

牧師が咳払《せきばら》いした。ハエがブンブンと羽音をたてている。誰かが咳こみ、男の子がひそひそ声でなにかをささやき、すぐにしいっとたしなめられた。アビーはなにもかも覚えておきたかった。ネックレスに連なる真珠のように、平凡な出来事の一つ一つが貴重な宝物なのだ。ハエでさえも。

ドルフが彼女の手を取り、手袋を脱がせた。アビーがからめた指を見つめている間に、牧師が永遠の誓いをうながした。

やがて二人は通路を歩き出し、ミス・ロビンソンは急に自信をつけたように、堂々とした演奏ぶりを披露した。鐘が鳴り、二人は外に出てまばゆい陽射しに目を細めた。集まった村人たちが米粒と花を投げ、降りそそぐ花びらがアビーの顔をくすぐり、髪にはりつき、シルクのドレスに舞い散った。

アビーは夫を見た。ドルフも妻を見た。

「一緒に」彼はそう言い、アビーの手を持ちあげて口づけした。

「永久に」

エピローグ

アビーはドルフと一緒に学校として改築した、牧師館に近い小さな家で机に向かっていた。

　外からアルバートの調子はずれな口笛が聞こえる。明日の授業のために薪《まき》を運んできてくれたのだ。空気はすっかり秋めいて肌寒くなり、ランズドーンの落葉樹は赤や黄色にお色直しをすませていた。

　アルバートは両腕いっぱいに薪を抱えて入ってきた。髪はあいかわらずぼさぼさだったが、サイズの合った靴をはき、ちゃんとした服を着ている。アルバートは適切な教育を受ければ書記か会計係になれそうだとアビーは考えていた。

　アビーは生徒用の筆記板を片づけて明日の午前の授業の準備をしようと立ちあがった。出席者はまだ少ないが、日ごとに増えている。だがそこでバジルが盛大に吠《ほ》えながら、アルバートが開けっぱなしにした扉から教室に飛びこんできた。

「こら、バジル！」アビーは叱り、捕まえようとしたが、バジルはいつもどおりの興奮ぶりで教室を三周したあと、また外に飛び出していった。

　イギーは屋敷から学校に向かっている途中だろう。彼には新しい家庭教師がついていたが、午後にはよく学校へ遊びに来た。

「ご苦労さま」アビーはアルバートに声をかけた。「火はおこしてくれなくていいわ。私はもう家に帰るから」

　家《ホーム》――なんてすてきな響きだろう。アビーがドルフと一緒に築いた家庭《ホーム》は聖域であり、愛の巣であり、二人が帰属する場所であり、議論し合う場所だ。アビーはいまだにときどき頬をつねりたいような気分になり、そのあと幸せを噛《か》みしめるのだった。

アビーは立ちあがり、コートを取った。ドルフはロンドンに出かけているが、もうすぐ帰ってくるはずだ。離れているのはさみしいけれど、帰りを待つ楽しみが埋め合わせになる。ミセス・ハリントンとルーシー、そしてジョージ・トロロープもまもなく到着するはずだった。彼らに会うのはスーザンの結婚式以来だ。スーザンとアイバーン公爵が挙げたのは、どれだけロマンチックなものに飢えている人でも満足するような、オレンジの花とレースをたっぷりあしらった豪華絢爛《ごうかけんらん》な式だった。

ルーシーはスーザンより一カ月先に結婚し、トロロープの領地で静かな式を挙げた。

アビーはイギーを探そうと玄関扉からポーチに出た。十月の風のなかに踏み出すと、足の下で落ち葉がカサカサと音をたてた。胸にこみあげた幸せにさらにつけ加えるように、イギーと一緒にドルフがこちらへ歩いてくる姿が見えた。長身で、肩幅の広いドルフが、小道をたどって悠々と脚を運んでいる。

アビーは喜びのままに手をふった。数秒後には、ドルフが彼女を抱擁し、地面から抱えあげて、回転させながらキスをした。愛情表現は抑えられていたが、このあとの情熱を予感させるには十分だった。

「あーあ」イギーがうめいた。「たった三日離れていただけなのにね」

「思っていたより早く帰ってきてくれたのね」アビーはドルフの肩に頭をのせ、その引きしまった感触を心強く思った。「さみしかったわ」

「君が恋しくて早く出発したんだ。ベントンはぼくが早起きをするようになったのに驚いていた」ドルフが言った。

「これがお土産だって」イギーが本を二冊ふってみせたが、速すぎてアビーには書名が読めなかった。

「ほかにも何冊かあるよ。どこに置けばいい？」

「落ち着いて。本を見せてちょうだい」

「ウェルギウスが二冊と、児童用の初歩読本が数冊、そしてメアリ・ウルストンクラフトが一冊だ」ドルフが説明した。

バジルが再び教室に飛びこんできて、今度は薪を持ち出そうとやっきになっているようだった。

「それは棒じゃないわよ」アビーは言った。「マーティンは犬の訓練が得意なんじゃなかったの？」

「その点はマデリーンが正しかったようだ。マーティンは自分の才能を超える相手に出会ってしまったんだな」

「ねえ、本はどうすればいいの？」イギーはバジルを捕まえ、口から薪を取りあげながら訊《き》いた。

「ウェルギウスと初歩読本は教室に置いておくけど、メアリ・ウルストンクラフトの『女性の権利の擁護』は私が読みたいわ。ミス・ブラウンリーと一緒に読んだのは、もうずいぶん昔のことだから。私の執筆にひらめきを与えてくれるかもしれない。さっそく今夜から読みはじめるわ」

「今夜は別の計画があるんだがな」ドルフがイギーに聞こえないように、アビーに耳打ちした。

だが、イギーは薪をめぐる格闘に夢中だった。

アビーは笑った。「あなたとメアリで激しい競争が起こりそうね」

「ぼくは引き下がる気はないぞ」

「わかっているわ」

彼らは小さな学校を閉めると、跳びはねるバジルを先頭に、色づいた木々の向こうにそびえるランズドーン・ハウスの小塔をめざして歩き出した。

アビーはため息をつき、ドルフの肘に手をかけた。

「幸せかい？」

「とってもね」

ドルフの隣を歩くイギーがいつものように手ぶりを交えて新しい発明のアイデアを説明するのを、アビーはうわの空で聞いていた。アビーはドルフがイギーのほうに体を傾け、前髪をはらりと垂らして、真剣に耳を傾ける様子が好きだった。

中庭の苔《こけ》はだいぶ取りのぞかれ、割れた窓は交換され、ツタも刈りこまれた。春夏の間に畑に種がまかれ、穀物が収穫された。

大広間はあいかわらず中世らしい威容を誇っていたが、アビーは以前よりも歴史と伝統に歩み寄れた気がしていた。どの時代にもこの場所で無数の笑いが起き、涙が流れたはずだ。喜びがあれば悲しみもある。どの家でも、どの人生でもそうなんだわ、とアビーは思った。

「イグナシウス坊ちゃま」ミセス・フレッドが飛んできた。「いったいなんですか、そのバジルの汚れぶりは」

「たぶんウサギを追いかけて泥にはまったんだ」

「バジルも坊ちゃまもお風呂を使わなくちゃいけませんね、トロロープご夫妻が到着される前に」

「ルーシーのためにお風呂に入る必要なんかないよ。きょうだいなんだから」イギーが不平をこぼした。

「私が嫌なんですよ、ミセス・ハリントンに留守の間、坊ちゃまを清潔にしておけなかったと思われたくありませんからね」

「清潔なんかより大事なものはいくらだってあるんだよ」イギーはその先を続けようとしたが、ミセス・フレッドに上階へ追いたてられ、バジルも使用人区画へ連れていかれた。

「ぼくが留守の間に変わったことはなかったようだね」ドルフはアビーと一緒に階段をのぼりながら言った。

「イギーは永久に変わらない気がするわ。成長するかしないかは自分で決めるものだと思ってるのよ」

「イギーがイートンに行かないことにしたのはうれしいよ。オックスフォードへ入るまでは村の学校と家庭教師で十分だろう」

「私もうれしいわ。あなたからイートンでの生活は楽しいものではなかったと聞いていたから」

「もちろんマデリーンは不服そうだったけどね」ドルフは言った。「彼女はイギーが王室動物園のサルみたいになるんじゃないかと心配している」

「マデリーンはお元気？」

「あいかわらずぼくの正気と社会的立場を心配しているよ。どっちを余計に心配しているんだかわからないが。でもまあジェイソンが落ち着いたのでマデリーンもだいぶ丸くなったようだ」

アビーは眉を上げた。

「マデリーンにしては、ということだ。幸せそうにさえ見えたよ。あんなに上機嫌な姉は見たことがない」

「スーザンの結婚式はすてきだったわね」

「ジェイソンは領地管理に本気で取り組むようになって、賭博場への出入りはきれいさっぱりやめたらしい」

「幸せは不機嫌に対する解毒剤ね」アビーが言った。「ジョージとルーシーは何時頃着くのかしら？」

「あと数時間はかかるだろう。ルーシーはしょっちゅう休憩しないと持たないと言っていた――でないと吐き気が戻ってくるそうだ。ところでミセス・ランプリーかミセス・フレッドにシュークリームを作るように頼んでおいたかい？　ルーシーは気分が悪くないときはシュークリームが食べたくてたまらないらしい」

二人は扉を開け、夫婦共有の寝室に入った。

「おかえりなさい」アビーは腕を伸ばして彼を抱きしめ、口づけをした。

「君が恋しかったよ」ドルフがつぶやいた。

「どれだけ恋しかったか教えて」

「その言葉を待っていた」

アビーはベッドの上で彼の胸に頭をのせ、安定した鼓動を聞きながら、至福の境地に浸っていた。

「そういえば、ウィルバーフォースとは話せた？」

アビーは彼の胸を撫《な》でながら訊いた。

「話せたとも。それにランズドーンの生徒に基本的な読み書き以上の教育機会を与えるためのアイデアも思いついた。〈慈善協会〉に協力を要請して、この領地の子供たち以外にも学ぶ機会を提供できたらすばらしいと思わないか？」

「大賛成よ。それからメアリ・ウルストンクラフトの本を買ってきてくれてほんとうにありがとう。私もメアリと同じテーマで書くつもりなのよ、でも扱う範囲を広げて、他民族の権利についても論じてみたいわ」

「ルーシーとジョージはまだ当分着かない。今すぐ始めてもいいんじゃないか」ドルフが言った。


アビーはくすくす笑いながら、頭を持ちあげて彼の唇にキスした。「今すぐには始めないわ。別の計画があるもの」

ハーレクイン®

公爵の花嫁になれない家庭教師

2024年9月5日発行

著　　者　　エレノア・ウェブスター
訳　　者　　深山ちひろ（みやま　ちひろ）

発 行 人　　鈴木幸辰
発 行 所　　株式会社ハーパーコリンズ・ジャパン
東京都千代田区大手町 1-5-1
電話 04-2951-2000（注文）
0570-008091（読者ｻｰﾋﾞｽ係）

印刷・製本　　大日本印刷株式会社
東京都新宿区市谷加賀町 1-1-1

装 丁 者　　小倉彩子

ISBN978-4-596-77731-7 C0297

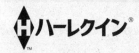

ハーレクイン・シリーズ 9月5日刊 発売中

ハーレクイン・ロマンス

愛の激しさを知る

黄金の獅子は天使を望む	アマンダ・チネッリ／児玉みずうみ 訳	R-3901
嵐の夜が授けた愛し子 《純潔のシンデレラ》	ナタリー・アンダーソン／飯塚あい 訳	R-3902
裏切りのゆくえ 《伝説の名作選》	サラ・モーガン／木内重子 訳	R-3903
愛を宿したウエイトレス 《伝説の名作選》	シャロン・ケンドリック／中村美穂 訳	R-3904

ハーレクイン・イマージュ

ピュアな思いに満たされる

声なき王の秘密の世継ぎ	エイミー・ラッタン／松島なお子 訳	I-2817
禁じられた結婚 《至福の名作選》	スーザン・フォックス／飯田冊子 訳	I-2818

ハーレクイン・マスターピース

世界に愛された作家たち
～永久不滅の銘作コレクション～

伯爵夫人の条件 《特選ペニー・ジョーダン》	ペニー・ジョーダン／井上京子 訳	MP-101

ハーレクイン・ヒストリカル・スペシャル

華やかなりし時代へ誘う

公爵の花嫁になれない家庭教師	エレノア・ウェブスター／深山ちひろ 訳	PHS-334
忘れられた婚約者	アニー・バロウズ／佐野　晶 訳	PHS-335

ハーレクイン・プレゼンツ作家シリーズ別冊

魅惑のテーマが光る
極上セレクション

カサノヴァの素顔	ミランダ・リー／片山真紀 訳	PB-392

※予告なく発売日・刊行タイトルが変更になる場合がございます。ご了承ください。

9月13日
発売

ハーレクイン・シリーズ 9月20日刊

ハーレクイン・ロマンス

愛の激しさを知る

王が選んだ家なきシンデレラ　ベラ・メイソン／悠木美桜 訳　R-3905

愛を病に奪われた乙女の恋　ルーシー・キング／森　未朝 訳　R-3906
《純潔のシンデレラ》

愛は忘れない　ミシェル・リード／高田真紗子 訳　R-3907
《伝説の名作選》

ウェイトレスの秘密の幼子　アビー・グリーン／東　みなみ 訳　R-3908
《伝説の名作選》

ハーレクイン・イマージュ

ピュアな思いに満たされる

宿した天使を隠したのは　ジェニファー・テイラー／泉　智子 訳　I-2819

ボスには言えない　キャロル・グレイス／緒川さら 訳　I-2820
《至福の名作選》

ハーレクイン・マスターピース

世界に愛された作家たち
～永久不滅の銘作コレクション～

花嫁の誓い　ベティ・ニールズ／真咲理央 訳　MP-102
《ベティ・ニールズ・コレクション》

ハーレクイン・プレゼンツ作家シリーズ別冊

魅惑のテーマが光る
極上セレクション

愛する人はひとり　リン・グレアム／愛甲　玲 訳　PB-393

ハーレクイン・スペシャル・アンソロジー

小さな愛のドラマを花束にして…

恋のかけらを拾い集めて　ヘレン・ビアンチン 他／若菜もこ 他 訳　HPA-62
《スター作家傑作選》

文庫サイズ作品のご案内

◆ハーレクイン文庫…………………毎月1日刊行
◆ハーレクインSP文庫……………毎月15日刊行
◆mirabooks…………………………毎月15日刊行

※文庫コーナーでお求めください。